KB098974

기다렸던 복수의 밤

The Last Night

Original Japanese title: THE LAST NIGHT

Text copyright © Gaku Yakumaru 2016

Original Japanese edition published by Jitsugyo no Nihon Sha, Ltd

Korean translation rights arranged with Jitsugyo no Nihon Sha, Ltd

through The English Agency (Japan) Ltd. and Eric Yang Agency, Inc

이 책의 한국어판 저작권은 EYA(Eric Yang Agency)를 통한
Jitsugyo no Nihon Sha社와의 독점계약으로
북플라자가 소유합니다.
저작권법에 의하여 한국 내에서 보호를 받는 저작물이므로
무단전재 및 복제를 금합니다.

기다렸던 복수의 밤

야쿠마루 가쿠 장편소설 | 김성미 옮김

BOOK PLAZA

일러두기

1. 본문에서 글자체가 다른 부분은 화자의 독백 또는 저자가 강조한 단어를
   의미합니다.
2. 본문 속의 주석은 모두 옮긴이 주입니다.

목　　차

프롤로그

문을 열고 방에 들어서니 초로의 남자가 이곳에서의 마지막 식사를 하고 있다.

"1752번-. 슬슬 시간 다 됐다."

남자가 젓가락을 든 손을 멈추고 이쪽으로 얼굴을 돌렸다.

나는 남자와 그럭저럭 5년을 알고 지냈지만 여전히 이 얼굴을 똑바로 쳐다보는 데 익숙해지지 못했다.

남자는 얼굴 한쪽에 표범무늬 문신을 빽빽이 새겨 놓았다. 남자가 이렇게 나를 쳐다보면, 나는 내가 마치 동물원의 사육사라도 된 듯한 착각에 빠진다.

하긴 이곳은 동물원과 그리 다르지 않은지도 모르겠다.

아무런 망설임 없이 사람을 죽이거나 상해를 입히는 야수 같은 무리로 넘쳐나는 곳이 바로 이곳이다.

하지만 이 남자는 그런 패거리와 달랐다. 무서운 외모와는 달리 사려 깊고 조용한 남자였다. 5년의 복역 기간 동안 한 번도 문제를 일으키지 않았다. 한 손이 자유롭지 못함에도 불구하고 수감 작업도 성실히 임했다.

얼굴의 문신은 혈기 왕성하던 시절에 경솔하게 새긴 듯하지만, 문신만 없으면 사회에 나가도 지극히 평범한 생활을 할 사람 같았다.

올해 쉰아홉인 이 남자는 인생의 절반 이상을 교도소에서 보내고 있다. 스물일곱에 처음 교도소에 들어온 후로 네 번의 출소와 복역을 반복해온 것이다.

남자는 식기를 정리하고 침대 옆에 놓아둔 가방으로 다가갔다. 오른손만으로 능숙하게 죄수복을 벗고, 가방 속에 들어 있던 사복으로 갈아입었다.

남자는 방에서 나와 교도소 복도로 향했다. 나는 통로에 있는 철문 자물쇠를 연이어 열어주고, 마침내 통로 끝의 마지막 철문을 열어준 뒤, 남자를 밖으로 내보냈다.

남자가 철문을 빠져나간 뒤, 나를 향해 말했다.

"지금까지 신세 많이 졌습니다."

기특하게도 남자는 머리를 숙였다.

"이제 다시는 들어오지 말게."

철문 안쪽에 있는 나는 그렇게 타일렀지만 남자는 즉답을 피했다.

"이제 나이도 먹을 만큼 먹었으니까, 나라에서 주는 생계 보조금에 의지해서라도 사회에서 안정을 찾아."

그렇게 말하자 남자의 문신이 일그러졌다.

웃고 있는 것 같다.

"교도관님 말씀처럼 하루라도 빨리 안정을 찾도록 노력하겠습니다."

남자는 그렇게 말하더니 가볍게 인사를 하고는 돌아섰다.

나는 멀어져가는 남자의 뒷모습을 바라보며, 이번에야말로 그의 앞날에 평온함이 자리잡기를 빌었다.

제1장

기쿠치 마사히로

뭔가 주문을 한 것 같지만 제대로 듣지 못했다.

"죄송합니다. 다시 한 번 말씀해 주시겠습니까?"

기쿠치 마사히로는 가게 입구 쪽 바 자리에 앉은 세 사람에게 다가가며 물었다.

"생맥주 한 잔 더."

한가운데 앉아 있던 안경 낀 남자가 벌게진 얼굴로 빈 잔을 들어보였다.

"네. 바로 드리겠습니다."

기쿠치는 냉장고에서 빈 잔을 꺼내 생맥주 기계에서 맥주를 따랐다.

그리고 바 안쪽에서 가게 전체를 둘러본다. 8석짜리 바 자리와 두 개의 원형 테이블이 거의 다 찼고, 바로 코앞에 있는 손님의 주문조차 알아듣기 힘들 정도로 가게 안은 떠들썩하다.

기쿠치가 힐긋 옆을 보니, 시게루가 초조한 손놀림으로 프라이팬을 흔들고 있다. 부추달걀볶음을 접시에 담아 양념소스를 뿌리더니, 그것을 그대로 바 자리에 있는 손님에게 가져가려 해서 일단 멈춰 세웠다.

기쿠치는 앞서 생맥주를 주문한 손님에게 먼저 잔을 건네고 돌아왔다.

그리고 시게루에게 다가가 들고 있는 접시를 쳐다보며 말했다. "보기에 안 좋아."

기쿠치는 시게루에게서 접시를 받아 키친타월로 접시 가장자리에 튄 부침가루를 닦았다. 그러고 나서 가게 안쪽 바자리 끝에 앉은 아라키에게 향했다.

"아라키 씨, 오래 기다리셨습니다."

접시를 눈앞에 내밀자, 아라키가 읽고 있던 책을 덮고 젓가락으로 부추달걀볶음을 집었다. 그는 부추달걀볶음을 절반 정도 먹은 상황에서 맥주잔을 든 채 온화한 표정으로 고개를 들었다.

"사장님이 만든 맛이랑 꽤 비슷해졌네요."

"그렇습니까?"

"후계자가 생겨서 사장님도 한시름 놓으셨지요?"

아라키의 물음에 기쿠치는 쓴웃음으로 답했다. 오늘은 가게가 최근 들어 보기 드물게 복작거리지만, 이 정도로 시게루가 허둥지둥 대서는 가게의 앞날이 걱정이다.

"아직 멀었어요."

아라키는 2년쯤 전부터 자주 오는 단골손님이다. 늘 책을 읽으며 홀로 조용히 저녁 반주를 한다. 차분한 편이어서 처음 가게에 왔을 때는 기쿠치보다 연상일 거라고 생각했는데, 알고 보니 기쿠치보다 5살이나 어린 쉰다섯이라고 한다.

"어서 오세요~"

시게루의 목소리에 기쿠치는 가게 입구를 보았다.

"어서 오세-"

기쿠치는 가게에 들어온 손님의 모습을 보고 말문이 턱 막혔다.

주황색 셔츠 위에 가죽 재킷을 걸치고 구깃구깃한 청바지를 입은 남자가 이쪽으로 다가온다.

가타기리 타츠오다.

그때까지 소란스럽던 가게 안이 거짓말처럼 고요해진 걸 보면, 손님들도 가타기리의 모습에 주목한 것이리라.

가타기리는 그런 주변의 반응 따위엔 신경 쓰지도 않고 기쿠치 앞까지 와서 멈춰 섰다.

"이거, 선물이다."

가타기리는 오른손에 들고 있던 작은 종이봉투를 내밀더

니, 오른손만 써서 등에 진 배낭을 내렸다. 배낭을 발치에 던지고, 아라키의 옆에 비어 있던 바 자리에 앉는다.

기쿠치는 종이봉투 안에 든 상자를 꺼냈다. 미야기 토산품인 과자이다.

이번에는 미야기에서 복역했다는 뜻인가.

"일단 생맥주."

가타기리의 말에 기쿠치는 냉장고에서 빈 잔을 꺼냈다. 그리고 얼어버린 얼굴로 서 있는 시게루에게 잔을 건넸다.

가타기리는 가만히 아라키를 보고 있다. 아라키는 눈을 마주치고 싶지 않은지 가타기리에게서 등을 돌리는 듯한 모습으로 바 안쪽 벽면에 걸린 TV를 보고 있었다.

기쿠치는 이미 익숙하지만, 다른 사람들은 누구라도 그런 얼굴을 보면 당황하고 말 것이다.

시게루는 기쿠치에게 맥주잔을 건네고, 다음 음식을 만들기 시작했다.

"오랜만이네."

기쿠치가 맥주잔과 간단한 안주를 건네며 가타기리에게 말을 걸자, 가타기리는 그제야 아라키에게서 이쪽으로 얼굴을 돌렸다.

기쿠치는 그 얼굴이 익숙하지만 막상 똑바로 쳐다보니 심장 박동이 빨라진다.

가타기리의 얼굴은 한쪽이 표범무늬 문신으로 덮여 있다.

마주보고 있으면 동물원 우리 안에 던져진 야수가 자기를 노려보고 있는 듯한 기분이 든다.

가타기리는 맥주를 단숨에 절반 정도 들이켜고 이쪽을 쳐다보며 입을 열었다.

"담배를 피우고 싶은데."

"우리 가게에서는 안 팔아. 다섯 집 옆에 담배 자판기가 있으니까 거기서 사."

가타기리 얼굴의 문신이 일그러졌다. 할 수 없다는 듯 일어나는 가타기리를 보고, 기쿠치는 뒤에 두고 있는 금전출납기에서 카드 한 장을 집어서 가타기리에게 건넸다.

"타스포(자판기를 통한 미성년자의 담배 구입을 막기 위한 것으로, 성인인증을 해야 발급받을 수 있는 담배 구매용 카드, 2008년부터 시행 중 - 옮긴이)가 있어야 살 수 있어."

"뭐야, 그게?"

가타기리가 고개를 갸웃했다.

"이 카드를 자판기에 넣어야 담배를 살 수 있어. 지난번에 왔을 때도 설명했잖아."

가타기리가 마지막으로 이곳에 온 것은 분명 5년 전이다. 그때도 이미 타스포는 도입되어 있었다.

"그랬나? 담장 안에 있으면 속세에서 배운 건 금방 잊어버리니까 말이지."

주위에서 들으라는 듯 큰소리로 말했다.

기쿠치는 가게를 운영중인 자기 입장을 제발 좀 이해해 달라고 말하고 싶었다. 그는 혀를 차고 싶은 충동을 참는다.

가타기리가 카드를 받고 가게를 나가자, 잠깐 동안의 정적이 소곤거리는 목소리로 채워졌다. 주변을 둘러보니 모든 손님이 이쪽을 바라보고 있다.

"잘 먹었습니다. 계산할게요."

기쿠치는 그 목소리에 시선을 돌렸다. 아라키가 가방에 책을 넣고 지갑을 꺼내고 있다. 아라키는 계산을 끝내고 허둥지둥 자리에서 일어나 가게 출구로 향했다.

"감사합니다. 조심히 가세요."

가게를 나서는 아라키를 배웅하고 잔과 접시를 치웠다. 맥주도 음식도 남긴 채이다.

잠시 후 미닫이문이 열리고 가타기리가 돌아왔다.

"아까 그 손님은 갔나?"

기쿠치가 끄덕이자 가타기리는 좀 전까지 아라키가 앉아 있던 자리에 앉았다. 맥주를 한 모금 마시고 나서, 오른손만으로 담배 포장지를 벗기더니 담배 한 개비를 입에 물었다.

기쿠치는 가타기리 앞에 재떨이와 『기쿠야』라는 가게 이름을 박은 성냥을 내밀었다.

"불 붙여줄까?"

기쿠치가 물었지만 가타기리는 고개를 옆으로 저으며 성냥갑을 붙잡았다. 오른손 손가락으로 능숙하게 성냥 한 개비를 잡아, 그것을 손바닥으로 성냥갑에 누르며 비빈다. 하지만 불이 잘 붙지 않는다. 같은 동작을 세 번 반복하고 나서 겨우 불이 붙어 담배로 가져갔다.

"역시 이 자리가 제일 편해."

가타기리는 담배가 맛있다는 듯 연기를 토해내며 담배를 재떨이에 내려 놓았다.

"언제 나왔어?"

기쿠치는 물었다.

"오늘. 여기 오기 전에 아무것도 안 먹어서 배가 고파. 기쿠치, 생맥주 한 잔 더 주고 볶음국수 부탁해."

가타기리는 여기에 오면 늘 볶음국수를 주문한다. 그것만은 예전과 똑같다.

행복했던 시절도, 이렇게 되어 버린 후에도.

"볶음국수 하나."

기쿠치는 시게루를 쳐다보고 말했다.

"볶음국수, 감사합니다."

시게루가 얼굴을 들지 않고 대답했다.

"미츠요 씨는?"

가타기리가 시게루에게서 이쪽으로 시선을 옮기고 물었다.

"죽었어."

기쿠치의 말에 놀라 가타기리가 눈을 부릅떴다.

"언제…?"

"4년 전에. 유방암이야."

"그랬군…. 그래서 새로운 종업원을 고용한 건가."

"종업원이라고 해야 하나…?"

기쿠치는 모호하게 고개를 끄덕였다.

35년 전에 가게를 연 이래 계속 부부 둘이서 가게를 꾸려왔지만, 미츠요가 죽은 뒤로는 혼자서 운영을 했다. 종업원을 고용할 만큼 바쁘지도 않고, 손님 대부분이 단골이라서 가게 형편도 어느 정도는 이해해주기 때문에 문제는 없었다.

"사위야."

"사위?"

기쿠치의 말에 가타기리는 고개를 갸웃했다.

"나츠코가 3년 전에 결혼했어."

시게루는 원래 시스템엔지니어인가 하는 컴퓨터 관련 일을 했었는데, 1년 전에 근무하던 회사가 부도나고 말았다. 관련 경력이 꽤 되는 것 같았지만 좀처럼 새로운 일을 찾지 못했다. 거기다 마침 아이가 막 태어나기도 해서, 부부관계가 삐걱거리는 것은 아닌지 기쿠치는 좌불안석이었다.

여기서 일하면서 가게를 이으면 어떻겠냐고 반 농담처럼 제안했는데, 의외로 나츠코도 시게루도 관심을 보였다. 나츠코는 아직 아이가 어려서 일하기 어렵겠지만 언젠가는 딸 부부에게 이 가게를 맡길 생각이다.

가타기리는 말없이 이야기를 듣고 있었다. 문신 아래의 표정에 일말의 외로움이 배어 있는 것 같다.

이곳은 가타기리에게 추억의 장소일 텐데, 기쿠치와 미츠요 부부가 모두 없어지고 나면 더 이상 오기 힘들어질 거라고 생각하는 것일까?

"마치 우라시마 타로(옛 이야기 속 인물, 어부인 우라시마 타로가 거북이를 살려준 것을 계기로 거북이의 안내에 따라 용궁으로 가게 된다. 환대를 받고 고향으로 돌아왔으나 용궁에서의 며칠은 지상에서는 700년이라는 긴 세월이었고, 타로가 아는 사람들은 모두 죽었더라는 이야기. 오랜 외국 생활이나 장기 복역 등으로 사회의 유행이나 화제에 따라가지 못할 때 마치 우라시마 타로가 된 것 같다는 표현을 쓴다 - 옮긴이)가 된 것 같네."

가타기리가 중얼거리듯 말했다.

"사장님, 계산!"

테이블 석에 있던 손님이 불러서 기쿠치는 가타기리 옆을 떠났다. 바 자리에서도 잇달아 계산하겠다는 소리가 난다. 기쿠치는 시게루와 나눠서 계산을 끝낸다.

"감사합니다. 또 오세요."

기쿠치는 어두운 마음으로 마지막 손님을 배웅하고 테이블 식기를 정리하기 시작했다. 그러면서도 흘긋 가타기리를 살핀다.

자기가 오자마자 손님이 죄다 나가는데도 전혀 신경 쓰는 기색이 없다.

기쿠치는 테이블 자리와 바 자리의 식기를 싱크대로 옮기고 가타기리에게 향했다.

"앞으로 어떻게 할 거야?"

가타기리 말고는 다른 손님들이 없어지자, 기쿠치는 정곡을 찔렀다.

"뭐 일단은 속세의 분위기를 즐겨야지."

"일할 생각은 없는 거야?"

기쿠치의 말에 가타기리는 그동안 계속 주머니에 넣고 있던 왼손을 꺼내 들어올렸다.

"이 꼴로?"

가타기리가 웃으며 말했다.

기쿠치는 염화비닐로 만든 왼손을 보고 아무런 대꾸도 하지 못했다.

"오, 오래 기다리셨습니다…."

머뭇머뭇하는 목소리와 함께 시게루가 가타기리 앞에 볶음국수를 내놓았다. 손이 조금 떨린다.

"네가 나츠코 남편이냐?"

가타기리가 시게루를 응시하자, 시게루는 얼굴이 굳어졌지만 잠시 후 고개를 끄덕였다.

"시게루입니다. 잘 부탁드립니다…."

"나츠코는 어떤 면에서는 내 자식 같은 애야. 아기 때 내가 기저귀를 갈아준 적도 있다. 그렇지?"

가타기리가 동의를 구하자, 기쿠치는 할 수 없이 고개를 끄덕였다.

자기 자식 같은 애라는 말에는 전혀 동의할 수 없지만, 가타기리가 나츠코의 기저귀를 갈아준 적이 있는 것 같기는 하다.

나츠코가 태어나고 얼마 지나지 않아, 가타기리의 아내였던 요코도 임신을 했다. 가타기리가 자기 아이가 태어났을 때를 대비해 기저귀 가는 법을 가르쳐 달라고 했었다고 미츠요가 말한 적이 있었다.

"소중히 여기지 않으면 죽여 버린다."

가타기리가 시게루에게 그렇게 말하더니 볶음국수를 먹기 시작했다. 시게루는 직립부동 자세로 그 모습을 지켜보고 있었다.

가타기리가 갑자기 젓가락질을 멈추고 얼굴을 들자, 시게루는 흠칫 놀라 몸을 뒤로 뺐다.

"아직 멀었구만. 종종 들를 테니까 공부 더 해라."

가타기리는 젓가락을 놓고, 오른손을 잔으로 뻗었다.

=

초인종이 울렸다.

이를 닦고 있던 기쿠치는 입을 헹구고 세면실에서 나왔다.

"나야."

인터폰 수화기를 드니 나츠코의 목소리가 들렸다.

기쿠치는 좀 들뜬 마음으로 현관으로 가서 문을 열었다. 나츠코가 잔뜩 찌푸린 얼굴로 눈앞에 서 있었다. 그러나 손녀 하루카는 없다.

"하루카는?"

기쿠치는 물었다.

"어린이집에 맡겼어."

그 말에 좀 실망한다. 기쿠치는 첫 손녀에게 완전히 빠져 있다.

"무슨 일이야?"

"좀 할 얘기가 있어. 들어갈게."

나츠코는 신발을 벗고 현관으로 들어와서 곧장 부엌으로 향했다.

"할 얘기가 뭐니?"

나츠코의 험한 표정에 신경이 쓰여 뒤에서 물었다.

"일단 차를 탈 테니까 앉아요."

나츠코의 말에 기쿠치는 주방 식탁 의자에 앉았다.

주전자로 물을 끓이며 차를 우려낼 준비를 하는 나츠코의 등을 쳐다본다. 나츠코는 찻잔 세 개에 차를 따라, 하나는 선반 위에 놓인 미츠요의 영정 사진 앞에 놓고, 나머지두 개를 식탁으로 가져와 기쿠치 맞은편에 앉았다.

기쿠치는 차를 마시며 나츠코의 모습을 살폈다. 나츠코는 찻잔을 손에 든 채로 얼굴을 살짝 숙이고 있다.

"대체 무슨 일이야? 시게루랑 무슨 일 있었니?"

기쿠치가 물으니 나츠코는 그제야 얼굴을 들었다.

"아니야. 어제, 가게에 이상한 손님이 왔다고 시게루가 그러던데."

그 일인가, 기쿠치는 이제야 무슨 상황인지 짐작이 갔다.

"가타기리라는 사람이지?"

나츠코가 미간을 찌푸리며 물었다.

아기 때는 가타기리가 자주 달래주었지만, 어른이 되고 나서는 한 번밖에 만난 적이 없다.

다만 나츠코가 대학생 때 잠깐 가게 일을 도운 적이 있었는데, 그때 찾아온 가타기리가 나츠코를 알아보고 끈질기게 말을 건넨 적이 있다. 그때 나츠코는 가타기리에게 공포만 느꼈던 것 같다. 그 날을 기점으로 나츠코는 가게 일을 돕지 않게 되었다.

"어어."

기쿠치가 고개를 끄덕이니 나츠코의 미간 주름이 더욱 늘어났다.

"아빠, 괜찮아?"

나츠코가 매서운 시선으로 기쿠치를 쳐다본다.

"괜찮냐니, 뭐가?"

"가게에 오게 해도 괜찮으냐고."

"좋든 싫든 손님이야."

음식 값을 내지 않는 것도, 손님이나 종업원에게 난폭한 짓을 하는 것도 아니다.

"하지만…, 어제 그 사람이 오니까 다른 손님이 다 가버렸다면서."

분명 그렇다. 가타기리가 오고 20분도 지나지 않아서 아라키뿐만이 아니라 다른 손님들도 모두 돌아갔다. 오랜만에 많은 손님으로 붐볐기 때문에 가게로서는 타격이 크다.

"물론 예전에는 소중한 친구였다고 엄마한테 들은 적이 있어. 그래서 가게에 오지 말라고 하기 난처한 입장인 건 이해해…. 하지만, 이제 아버지 혼자만의 가게가 아니잖아."

"조금만 참으면 돼."

모처럼 출소해도 대개 2주도 지나지 않아 늘 다시 붙잡히고 만다.

"그런 문제가 아니야. 아버지가 은퇴하면 우리가 상대하게 된다고. 교도소에서 나올 때마다 찾아오고, 금방 죄를 짓고 경찰에 붙잡히겠지. 미루지 말고 지금…, 다소나마 그 사람이랑 친한 아버지의 입으로 똑똑히 말해줘."

기쿠치는 아무 말도 잇지 못한 채 찻잔을 입으로 가져갔다.

"만약 우리가 출입을 금지하면 욱해서 무슨 짓을 할지 모르잖아. 그 사람, 가게에서 사람을 찌르고 붙잡힌 적도 있지?"

기쿠치는 그 표현에 어폐가 있어 반감을 느끼고 입에서 찻잔을 뗐다. 눈썹을 찌푸리고 나츠코를 쳐다본다.

"이웃 사람한테 들었어."

"그 녀석이 너희에게 위해를 가할 거라고 생각하지는 않아. 그 때는 미츠요를 감싸다가 일이 커져 버린 거야."

가게에서 일으킨 상해 사건만큼은 그 나름의 이유가 있어서 벌어진 일이다.

"그렇다 쳐도 그 다음에는 유괴사건을 일으켰다면서? 하루카가 크면 하굣길에 가게에 들를 수도 있잖아. 만약 하루카가 납치라도 되면 어떡해?"

유괴 사건에 대해서는 되받아칠 수가 없다.

32년 전에 가타기리는 몸값을 노린 유괴사건을 처음 일으켰다.

"아무튼…, 아빠가 그 사람이랑 잘 결말을 내야지, 안 그러면 우리는 가게 못 이어받아요. 그 말 하러 왔어요."

나츠코는 거기까지 말하고 일어섰다. 엄마의 영정 사진을 슬쩍 보고 주방에서 나간다. 잠시 지나 현관문이 닫히는 소리가 났다.

기쿠치는 무거운 한숨을 쉬고 미츠요의 영정 사진을 돌아보았다.

어떻게 하면 좋을까-

나츠코의 말은 지당하다. 기쿠치에게도, 가게에도, 지금의 가타기리는 성가신 존재일 뿐이다.

그렇지만 자신이 가타기리와의 관계를 끊을 수 있을까.

35년이나 알고 지낸 친구를.

기쿠치는 25살 때 가타기리를 처음 만났다. 막 결혼한 미츠요와 함께 『기쿠야』를 열고 반달 정도 지난 무렵이었다.

가타기리는 홀쩍 혼자 가게에 나타났다. 언뜻 보니 자신들과 비슷한 또래로 보였다.

처음에는 붙임성이 없게 느껴지는 손님이었다. 가게를 새로 연 참이라 손님이 적어서 기쿠치와 미츠요는 이것저것 말을 걸었지만 가타기리는 거의 입을 열지 않았다. 2시간 정도 가게에 있는 동안 가타기리가 자신들보다 한 살 아래라는 것과, 근처의 라면 가게에서 아르바이트를 한다는 것만 겨우 알 수 있었다.

가타기리가 처음 가게에 왔을 때 가게를 마음에 들어 했을 거라곤 생각하지 않았는데, 의외로 가타기리는 그 뒤로 일주일에 몇 번씩이나 가게에 찾아왔다.

가타기리는 본인 얘기를 별로 하지 않았지만, 기쿠치나 미츠요에 대해서는 이것저것 물어왔다.

기쿠치는 중학교를 졸업하고 바로 니혼바시에 있는 오래된 요릿집에서 일하기 시작했고, 그 가게에서 미츠요를 만나

사귀었다. 교제를 하면서 둘이서 가게를 차리고 싶다는 생각을 하게 되어, 둘 다 요릿집을 그만두고 기쿠치의 고향인 아카바네에 가게를 냈다.

"부럽다."

그 이야기를 들은 가타기리가 말했다.

서서히 가타기리에 대해 알게 된 것은 가게의 단골이 된 요코의 존재가 컸다.

요코는 근처 룸살롱에서 일하던 호스티스였다. 특별히 미인은 아니었지만, 천진하고 밝은 여성으로 말을 잘했다. 가타기리와 같은 시간대에 가게에 오다 보니 어느샌가 친해져 있었다.

나중에 안 이야기지만 가타기리와 요코는 같은 하마마츠 출신으로, 그것 때문에 대화가 활기를 띠게 되었다고 한다.

요코의 얘기에 따르면 가타기리에게는 가족이 없다고 했다. 자세한 사정까지는 알지 못했지만 어릴 때부터 복지시설에서 자란 것 같았다.

요코는 평소 밝은 성격이었지만 술만 들어가면 어딘지 모르게 쓸쓸함이 엿보이기도 했다. 고향을 떠나서 홀로 살아가고 있는 요코에게도 남모를 사정이 있었는지 모른다.

어느새 두 사람은 사귀게 되었다. 요코는 룸살롱을 그만두고 가타기리가 일하는 곳과는 다른 라면 가게에서 아르바이트를 시작했다.

그 이유에 대해 요코는 언젠가 둘이 라면 가게를 낼 때를 위해서라며 기쁘게 이야기했다.

서로 아르바이트를 해서 살아가는 몸이니 힘들었겠지만, 가게에 와서 시간을 보내는 두 사람은 사이가 좋았다. 바 자리에 앉아 좋아하는 볶음국수를 함께 먹으며 장래에 대해 즐겁게 떠들었다.

"저 사람 무뚝뚝해 보이지만 저래 봬도 엄청 다정해요. 정말 지나칠 정도로 상냥해."

요코는 가타기리가 화장실에 간 사이 그런 자랑을 자주 했다.

밝고 명랑한 요코를 닮아가는 것인지 가타기리도 점차 쾌활해졌고, 가게에서도 지역에서도 친구가 늘어갔다.

가게에서 가타기리가 요코에게 프로포즈를 했을 때는 그 자리에 있던 모두가 뜨거운 축복을 해 주었다. 두 사람은 쑥스러운 듯 웃더니 눈물을 글썽였다.

나츠코가 태어나고 얼마 지나지 않아 가타기리와 요코에게도 히카리라는 딸이 생겼다. 그들 부부는 주거비를 줄이기 위해서 아카바네보다 집세가 저렴한 사이타마의 우라와로 이사를 했다. 그래도 정기적으로 히카리를 데리고 가게에 찾아와 주었다.

가타기리는 그 전보다 더 열심히 일했다. 라면 가게가 쉬는 날도 히카리를 돌보느라 일을 하지 못하는 요코를 대신

해 일용직 육체노동까지 해서 가족의 생계를 지탱했다.

히카리를 낳고 요코는 점점 더 빛나 보였다. 육아 때문에 고생하는 일도 많았겠지만 여전히 밝고 생기가 넘쳤다.

그 무렵에는 모두 행복했다.

가타기리는 좋은 남편이자, 좋은 아버지이고, 좋은 친구였다.

그런 일만 없었더라면-

그 날, 기쿠치는 급한 용건이 생겨서 몇 시간 정도 미츠요에게 가게를 맡기기로 했다.

용건을 마치고 가게로 돌아오니 눈앞에 경찰차 몇 대가 서 있었다. 무슨 일일까, 그 자리에 멈춰 꼼짝 못하고 서 있을 때 가게 문이 열리더니, 가타기리가 두 남자 사이에 긴 채 걸어 나왔다. 가타기리는 양손에 수갑을 차고 있었다.

미츠요의 얘기로는, 가타기리가 가게에서 다른 손님과 싸움이 났고, 바에 있던 식칼로 그 손님을 찌르고 말았다고 한다. 하지만 싸움의 원인을 제공한 것은 그 손님이었다. 이름은 잊어버렸지만 이 지역 일대 음식점에서는 꽤나 악명 높은 남자로 통하고 있었다.

그 남자는 '야마시나카이'라는 폭력 조직의 말단이었던 것 같다. 음식점 종업원에게 이것저것 트집을 잡았고, 팔에 새긴 문신을 보여주며 공갈을 해 금품을 뜯고 있었다. 과거에 몇 차례 문제를 일으켜 구속된 적이 있다는 얘기를 기쿠치도 들은 적이 있다.

사건이 일어나기 며칠 전 그 남자는 질이 나쁜 패거리와 『기쿠야』에 와 있었다. 그때는 아무런 문제도 없었는데, 사건 당일 다시 와서 며칠 전에 가게에서 먹은 것 때문에 탈이 나서 함께 있던 동료가 앓아누워버렸다며 미츠요에게 생트집을 잡았다.

남자가 위자료를 내라고 협박하고 있던 상황에서 가타기리가 끼어들었다고 한다.

남자들이 며칠 전 가게에 왔을 때 가타기리도 가족들과 함께 『기쿠야』에 있었다. 그래서 가타기리는 자기들도 남자들과 같은 음식을 주문했지만 탈이 나지 않았다며, 협박 따윈 관두라고 하면서 싸움이 났다. 남자가 욱해서 바에 있던 식칼을 집으려고 하자 가타기리가 엉겁결에 그것을 빼앗아 상대를 찌르고 말았다는 것이다.

남자는 다행히도 생명에 지장은 없었지만 가타기리는 체포되어 한동안 경찰서에 구금되었다. 가타기리는 초범이었고 상대에게도 원인이 있었기 때문에 교도소에 가지는 않았지만, 이 사건 때문에 라면 가게에서 잘린 데다 요코와 이혼까지 하게 되고 말았다.

요코는 아이를 데리고 친정으로 돌아갔고, 가타기리는 혼자가 되었다.

그 뒤로 가타기리의 인생은 언덕을 굴러 내려가듯 추락해

갔다. 새 일을 찾지도 않고 하루 종일 술만 들이켜며, 마침내 이 일대의 나쁜 패거리와 어울리게 되었다.

기쿠치는 자신들 때문에 그렇게 사이좋던 부부의 연이 찢어진 것에 대해 깊은 죄책감을 느꼈다. 나날이 거칠어져가는 가타기리가 걱정되어서 기쿠치도 미츠요도 여러 말을 걸어 봤지만 전혀 듣지 않았다.

부부가 재결합하면 가타기리도 다시 일어설 수 있지 않을까 생각했지만, 요코는 친정이 어디인지 단서가 될 만한 말을 한 적이 없었고 가타기리도 요코에 대해 이야기하려 하지 않았다.

이윽고 가타기리는 가게에 발길을 뚝 끊게 되었다. 그리고 가타기리가 한 달쯤 지나 오랜만에 찾아왔을 때, 기쿠치와 미츠요는 깜짝 놀라 숨이 멎을 뻔했다.

가타기리가 얼굴에 엄청난 문신을 새기고 나타난 것이다.

그리고 그 직후에 유괴사건을 일으키고 체포되고 말았다.

기쿠치는 가타기리가 왜 그런 짓을 했는지 전혀 알 수가 없어서 가타기리의 형사 재판을 방청했다.

검찰의 이야기만 들어보면 참으로 허술한 범행이었다.

가타기리는 렌터카를 빌려 귀가중인 남자 중학생을 억지로 그 차에 태우고 달렸다. 남학생을 위협해 집 전화번호를 묻고 몸값 천만 엔을 요구하는 전화를 걸었다. 남학생의 부모님은 바로 경찰에 신고했다. 그리고 그때는 이미 남학생이 유괴되는 현장을 목격한 사람이 신고를 해서 경찰이 렌터카 번호 등을 통해 용의자를 특정한 시점이었다.

가타기리는 협박 전화를 건 직후에 남학생을 풀어주고 도망쳤지만, 온 얼굴에 문신이 있다는 특이한 몽타주 덕에 몇 시간 만에 체포되었다.

가타기리는 남학생을 차로 납치한 동안 손발을 묶기는 했지만 난폭한 짓은 일절 하지 않았고, 풀어줄 때는 "미안해." 라고 사과하며 과자를 주었다고 한다.

아무리 생각해도 범죄로서 빵점이다. 애당초 돈 때문에 유괴사건을 일으킨 것은 아니라고 직감했다. 아마도 자신을 떠난 요코에게 무언가를 보여주려는 의도였을 거라고 짐작되었다.

가타기리에게 내려진 판결은 징역 8년의 실형이었다. 그리고 출소하고 나서도 죄를 계속 지어 교도소를 들락날락하고 있다.

이제 요코가 사랑했던 가타기리는 없었다. 기쿠치는 가게 바 자리를 볼 때마다 그녀의 웃는 얼굴이 생각나서 견딜 수가 없어졌다. 가타기리를 진심으로 믿었을 텐데.

기쿠치는 다시 깊은 한숨을 몰아쉬고 무릎에 힘을 주어 의자에서 일어났다. 선반에 다가가 미츠요의 영정 사진을 쳐다본다.

미츠요는 죽기 직전까지 가타기리를 걱정했었다.

선반 서랍을 열고 안을 뒤져 사진 한 장을 손에 들었다. 가타기리와 요코와 히카리가 가게에서 찍은 사진이다.

카메라를 향해 만면에 미소를 짓는 가타기리의 말끔한 얼굴을 보면서, 기쿠치는 솟구치는 분노에 입술을 깨물었다.

=

양복 차림의 남성이 아까부터 가게 앞을 서성거리고 있다.

"포렴(영업중이라는 표시로 상점 출입구에 드리운 일본식 발 - 옮긴이)을 내걸게."

가게 문을 열 때까지는 아직 시간이 좀 남았지만 기쿠치는 시게루에게 포렴을 내걸라고 지시했다.

시게루는 꼬챙이에 닭고기를 꽂던 작업을 멈추고 바 안쪽에서 나왔다. 포렴을 들고 가게 밖으로 나가서 남성에게 뭔가 말을 붙였다. 남성이 가게로 들어온다.

"어서 오세요. 한 분이신가요?"

기쿠치가 말을 걸자 어딘지 모르게 불안해 보이는 듯한 청년이 가게 안을 두리번두리번 살피며 고개를 끄덕였다.

서른 전후의 처음 보는 손님이다.

"바 자리 아무 데나 앉으세요."

그렇게 권하자 입구 쪽 맨 끝 자리에 앉았다. 손에 들고 있던 성냥을 바 자리에 내려놓는 것이 보여서 기쿠치는 재떨이를 들고 남성에게 향했다.

"주문은 정하셨습니까?"

재떨이를 놓으며 물었을 때 성냥이 눈에 번쩍 들어왔다. 『기쿠야』의 성냥이다.

"일단 생맥주 한 잔 주세요."

기쿠치는 맥주를 따라 간단한 안주와 함께 남성 앞에 놓았다.

시게루가 바 안쪽으로 돌아들어와 다시 꼬챙이에 닭고기를 꽂기 시작했다.

"누구 소개를 통해서 오셨나요?"

"아…, 아니…, 뭐."

기쿠치가 성냥갑을 보며 묻자, 남성은 애매하게 답하고 잔을 입에 갖다댄다.

말을 거는 것을 별로 좋아하지 않는 건가 싶어서 좀 떨어져서 생선 밑준비를 했다.

"저…"

손님이 잠시 지나 기쿠치에게 말을 걸어 왔다. 기쿠치는 그쪽을 쳐다보았다.

"어떤 걸로 드릴까요? 참고로 오늘 추천 메뉴는-"

"혹시 가타기리라는 분을 아십니까?"

남성은 기쿠치의 말을 끊는 듯 말하고, 기쿠치는 입을 닫았다.

"이 가게 손님 중에 가타기리라는 분은 안 계십니까?"

의외의 이름이 나와 기쿠치로서는 어안이 벙벙했다. 그래서 남성을 쳐다보았다.

"이름만으로는 모르실까요? 뭐라고 하면 좋을까…? 얼굴에 특징이 있기 때문에 언뜻 보셨어도 알 것 같은데요."

"가타기리 타츠오 말입니까?"

"그렇습니다."

기쿠치의 말에 남성이 고개를 크게 끄덕였다.

"가타기리 씨는 이 가게에 자주 오시나요?"

남성이 다시 물었지만 기쿠치는 어떻게 대답해야 좋을지 알지 못한다.

"그렇게 자주는 안 옵니다. 연달아 오는가 하면, 몇 년 동안 오지 않을 때도 있습니다."

"가타기리 씨와 급히 연락을 취하고 싶은데, 혹시 지금 어디 계신지 아십니까?"

가타기리와 무슨 관계일까? 차림새로 봐서는 견실한 일을 할 것 같고, 가타기리와 어떠한 접점이 있을 것 같지는 않다.

"글쎄, 잘 모르겠네요."

"그렇습니까…?"

낙담한 듯 남성의 어깨가 처졌다.

"가타기리 씨와는 어떤 관계입니까?"

일단 『씨』를 붙였다.

"글쎄요…, 뭐라고 하면 좋을지…, 좀 아는 사이입니다."

혹시 경찰 관계자이고 가타기리가 어디 있는지 찾고 있는 것일까?

남성은 그대로 입을 다물었기 때문에 기쿠치는 다시 생선 밑준비를 시작했다. 그래도 궁금한 나머지 힐긋힐긋 남성의 모습을 살핀다. 남성은 뭔가 고심하는 듯 몇 번이나 한숨을 쉬며 잔을 쳐다보고 있다.

"저기-"

남성이 기쿠치를 다시 불렀다.

기쿠치가 쳐다보자, 그는 명함을 내밀었다.

"실은 저, 이런 사람입니다만…."

기쿠치는 명함을 받아서 보았다.

『사카우치 법률사무소 변호사 나카무라 히사시』라고 쓰여 있다.

"변호사분?"

나카무라가 고개를 끄덕이는 것을 보며 그와 가타기리와의 관계를 생각했다.

"혹시…, 가타기리 씨를 담당한 변호사분입니까?"

기쿠치의 말에 남성의 표정이 달라졌다.

"가타기리 씨 사건을 아시는군요?"

"네에."

"잘됐다. 그런 줄 알았으면 좀 더 빨리 말씀드릴 것을 그랬습니다."

아마도 의뢰인의 사생활과 비밀을 생각해서, 경솔하게 자신의 직업을 밝혀서는 안 된다고 생각했던 모양이다.

"혹시 가타기리 씨가 또 사건을 일으켰습니까?"

기쿠치는 불길한 예감을 느끼며 물었다.

"아니요, 그렇지는 않습니다. 어제 가타기리 씨와 만나고 헤어졌는데, 좀 신경 쓰이는 일이 있어서…."

"신경 쓰이는 일이요?"

기쿠치가 물으니 나카무라는 좀 어두워진 표정으로 고개를 끄덕였다.

"어떤 일입니까?"

나카무라는 고개를 숙였다. 이야기해야 할지 망설이는 듯 잠시 침묵했다.

"가타기리 씨와는 단순히 단골손님과 가게 주인의 관계인가요?"

대답하기 어려운 질문이었다.

"지금은 그렇습니다. 다만, 알고 지낸 지 35년이 되었으니까…."

"그렇게 오랫동안이나…."

"변호사 선생님이니 잘 아시겠지만, 그는 이 가게에서 처음으로 사건을 일으켰습니다."

기쿠치의 말에 나카무라는 놀란 듯 가게 안을 둘러보았다.

"그렇습니까…? 그런데도 여전히 교류가 있군요."

"뭐, 그런 관계입니다. 그런데 가타기리 일로 신경 쓰인다는 건 무슨 말씀인가요?"

이제 『씨』를 붙일 필요는 없으리라.

"어제 오후, 가타기리 씨가 선물을 들고 불쑥 제가 일하는 사무실로 찾아왔습니다. 가타기리 씨는 지금까지 몇 번이나 재판을 받았지만 저 같은 변호사는 처음이었다고 무척 고맙다고 하셨어요…. 다만 그 다음 말이 아무래도 마음에 걸려서요…."

"어떤 말입니까?"

"또 무슨 일이 있으면 제게 부탁하고 싶다고 말씀하시고 돌아갔습니다."

"그래서요?"

그게 왜 신경 쓰인다는 것인가?

"마치 또 죄를 짓겠다고 말하는 것 같지 않습니까?"

"그렇겠지요. 그래서 이왕이면 친절한 선생님께 부탁하고 싶다는 것 아니겠습니까?"

"네에? 그래선 곤란합니다!"

나카무라의 외침에 기쿠치는 기가 죽었다.

"저는 가타기리 씨가 한시라도 빨리 사회에 복귀할 수 있도록 애를 많이 썼습니다. 가타기리 씨의 이야기에서 정상참작이 될 재료를 찾고, 피해를 당한 분들께 사죄하러 다니고,

가타기리 씨로부터 반성의 말을 끌어내고, 두 번 다시 이런 일은 하지 않겠다는 맹세를 받았습니다. 그런데도 재차 범죄를 저지른다면, 제가 해온 일은 대체 뭐였다는 걸까요? 가타기리 씨는 아직 인생을 다시 시작할 수 있는데…."

무척 올곧은 변호사인 것 같다.

가타기리가 반성의 기미를 보이고 두 번 다시 죄를 짓지 않겠다고 판사 앞에서 맹세하는 것은 조금이라도 형기를 줄이고 싶다는 의도일 것이다.

"선생님이라면 아시지요? 그 녀석은 32년 동안 같은 일을 반복하고 있어요."

"그것은 알고 있습니다. 그렇지만 죄를 저지를지도 모르는 사람을 넋 놓고 놔둘 수는 없습니다."

그 말을 듣고 퍼뜩 정신이 들었다.

자신의 자식뻘인 젊은 사람이 하는 말인데 더없이 올곧은 말로 느껴졌다.

"그러니까 반드시 가타기리 씨에게 연락을 취해야 합니다."

"그렇게 말씀하셔도…, 휴대폰도 없을 거고 말이지요. 그제 밤에 오랜만에 이 가게에 들렀지만 어제는 오지도 않았습니다. 오늘도 올지 어떨지 알 수가―"

"가타기리 씨는 출소하면 어디서 묵으실까요?"

"모릅니다. 재워줄 만한 친구가 있다는 얘기도 못 들었고, 그렇다고 호텔이나 사우나에서 묵기는 더 어렵지 않을까요?"

"가타기리 씨에게는 헤어진 부인과 자녀분이 계셨지요? 거기에 몸을 의탁하는 일은-"

"그런 일은 있을 수 없습니다."

기쿠치는 바로 답했다.

"지금 그 두 분이 어디 계신지 모르십니까?"

"글쎄요. 가타기리 말로는 친정에 돌아갔다고 하더군요. 하긴 30년도 더 지난 얘기니까요."

"어디인가요?"

"하마마츠입니다. 그 이상 자세히는 모릅니다."

"그분들 이름을 가르쳐주세요."

나카무라는 펜과 수첩을 내밀었고, 기쿠치는 두 사람의 이름을 적어 건넸다.

"설마 두 사람을 찾을 생각입니까?"

기쿠치가 어안이 벙벙해져 그렇게 물으니, 수첩을 쳐다보고 있던 나카무라가 이쪽을 보았다.

"잘 모르겠습니다. 저도 일이 있기 때문에…"

찾아도 소용없을 거라고 생각한다.

기쿠치가 그 말을 삼키는 사이에 나카무라가 수첩에 뭔가를 적고 있다. 한 장을 찢어 기쿠치에게 건넸다. 나카무라의 이름과 휴대폰 번호가 쓰여 있다.

"가타기리 씨를 만나면 건네주시겠습니까? 제가 꼭 만나고 싶어 하니 연락을 달라고요."

"그거야 뭐…, 알겠습니다."

기쿠치는 종이 쪼가리를 주머니에 넣으며 말했다.

=

"있잖아, 기쿠치-"

단골인 도쿠야마가 불러 기쿠치는 식칼을 움직이던 손을 멈추고 쳐다보았다.

"가타기리가 왔었다며?"

도쿠야마의 입에서 그 이름이 나온 순간 바 자리에 앉아 있던 손님들이 술렁이기 시작했다. 여기에 앉아 있는 몇 명은 가타기리를 알고 있다.

"언제 왔어?"

"3일 전입니다."

도쿠야마가 물어 기쿠치는 어쩔 수 없이 대답했다.

빨리 나카무라의 연락처를 가타기리에게 건네고 싶지만, 가타기리는 어제도 오지 않았다.

나카무라는 정말로 요코 모녀를 찾고 있는 걸까 하는 생각이 스친다.

기쿠치와 미츠요도 요 32년 동안에 몇 차례 요코 모녀를 찾으려고 했었다. 하지만 미츠요와 그것에 대해 상의를 할 때마다 둘 다 망설임이 앞섰다. 요코와 히카리가 가타기리의 상황을 얼마나 알고 있는지는 알 수 없었기 때문이었다.

가타기리는 온 얼굴에 문신을 새기고 반복해서 죄를 짓고 있다. 만약 요코 모녀가 그 사실을 모르고 있다면 그런 상황을 전하는 것이 모녀를 더욱 슬프게 만들 것 같다는 생각이 들었다.

"정말 좀 작작했으면 좋겠네. 그 얼굴을 생각만 해도 구역질이 나. 한동안 여기에는 못 오겠어."

"그런 말 마세요."

기쿠치는 부드럽게 도쿠야마를 타일렀다.

도쿠야마는 특히 가타기리에 대해 냉담할 수밖에 없을 것이다.

가타기리는 교도소를 들락거리는 32년 동안에 딱 한 번 취직한 적이 있었다. 5년 전에 출소했을 때 미츠요가 어떻게든 가타기리를 갱생시키려고 지인과 단골손님에게 일할 곳이 있는지 물어보았다.

미츠요의 간절한 마음이 통했는지, 단골이었던 도쿠야마의 소개로 그가 일하는 스테인리스 제조 공장에서 가타기리를 채용해주었다. 하지만 일주일도 지나지 않아 가타기리는 공장 기계에 왼손을 손목부터 절단당하는 큰 부상을 입고 그만두고 말았다.

기쿠치와 미츠요는 엄청나게 불행한 일을 당했다고 가타

기리를 동정했지만, 도쿠야마의 생각은 달랐다. 가타기리가 사고의 원인이 공장에 있다고 주장하며, 사장에게서 많은 액수의 배상금을 뜯었다는 소문이 돌고 있다는 것이었다.

사고가 난 기계는 원래 자주 쓰는 손을 써서 작업하는 기계이기 때문에, 오른손잡이가 그 기계를 사용하면서 왼손이 절단되는 일이 발생한 것은 아무래도 이상하다고 했다.

가타기리가 배상금을 노리고 일부러 왼손을 절단했든가, 혹은 다음에 죄를 저질렀을 때 정상참작의 재료를 얻기 위해 그런 짓을 한 것 같다는 것이 공장 관계자의 한결같은 의견이었다. 상황이 그렇게 되자, 가타기리를 소개한 도쿠야마도 주눅이 들었을 것이다.

하지만 기쿠치는 가타기리가 돈을 뜯기 위해 그렇게까지 했을 거라고 생각하기는 힘들었다.

사실 가타기리는 퇴원한 후 얼마 지나지 않아 센다이에서 강도 사건을 일으키고 체포되었다. 많은 액수의 배상금을 얻었다면 그런 짓은 하지도 않았을 것이다.

"기쿠치, 이대로 괜찮은 거야? 모처럼 후계자가 생겼는데 그런 인간이 계속 들러붙어서야 되겠어?"

도쿠야마의 말에 기쿠치는 살짝 고개를 끄덕였다.

"나츠코한테 들었는데 유괴사건을 일으켰었다면서요…?"

시게루가 입을 열자, 가타기리를 모르는 손님까지 관심을 가진 듯 대화에 끼어들었다. 순식간에 가타기리에 대한 온

갖 욕설이 넘쳐난다.

기쿠치는 듣기가 거북해 가능한 한 귀를 닫으려 했다.

그렇게까지 악인이라고는 생각하지 않는다. 분명 계속 죄를 짓고 있지만 다른 사람의 몸에 위해를 가한 것은 첫 번째 사건뿐이다.

게다가 기쿠치로서는 미츠요와 공유한 가타기리와의 좋은 추억도 많았다. 미츠요를 구해준 일도 고맙게 생각하고 있다.

힐긋 맨 끝에 앉은 아라키를 쳐다보았다. 이 화제에는 흥미가 없는 듯 책을 읽으며 술을 마시고 있었다.

"뻔뻔스럽게 이 주변을 잘도 다니네. 저런 걸 후안무치라고 하는 거겠지. 낯가죽이 두껍다고 할까, 칠판에 낙서한 것 같은 얼굴이지만."

도쿠야마의 말에 가타기리를 아는 손님에게서 실소가 새어 나왔다.

"다른 술집에서 놈을 봤다는 얘기는 못 들었으니, 기쿠치가 녀석을 출입 금지시키면 이 주변을 서성거리는 일도 없어질 거야. 그렇지?"

도쿠야마가 동의를 구하는 것처럼 말하자 대부분의 손님이 끄덕였다. 시게루까지 맞장구를 치고 있다.

"나츠코가 그렇게 무서운 손님이 오는 가게는 이어받고 싶지 않다고 말했어요. 저더러 새로운 일을 찾는 편이 좋지 않겠냐고 권했고요."

시게루가 그렇게 말하고 기쿠치 쪽을 보았을 때 가게 미닫이문이 열렸다.

그 순간 가타기리가 가게에 들어오는 것을 보고 외마디 소리가 나올 뻔했지만, 그 뒤에 일어난 더 놀라운 일에 그 소리마저 감쪽같이 숨어들었다.

가타기리와 여성이 함께 들어온다. 염색한 갈색 머리칼에 화장을 두껍게 해서 나이는 짐작하기 힘들지만 30대로 보인다.

바 자리의 손님들도 두 사람을 주목했지만 바로 시선을 피했다.

가타기리는 가게 손님 중에 아는 얼굴이 있어도 동요하지 않고 비어 있는 테이블 자리에 여성과 마주보고 앉았다.

"어서 오세요."

기쿠치는 가타기리 일행에게 주문을 받으러 갔다.

코트를 벗은 여성의 가슴팍에 문신이 보인다.

"병맥주랑 잔 두 개. 그리고 성냥을 줘. 식사는?"

가타기리가 여성에게 메뉴를 내밀었다.

"그럼 두부 샐러드랑 튀김."

"그리고 볶음국수. 볶음국수는 기쿠치가 만들어줘."

"볶음요리는 시게루한테 맡기고 있어."

"그런 말 마. 부탁해."

가타기리가 드물게 응석부리는 말투로 말해서 기쿠치는 할 수 없이 고개를 끄덕였다.

기쿠치는 두 사람이 있는 테이블로 맥주잔과 성냥을 가지고 갔다가, 바 안쪽으로 돌아왔다.

"계산 부탁해요."

갑자기 아라키가 그렇게 말하고 자리에서 일어났다. 기쿠치는 계산을 하고 아라키를 배웅한 뒤, 요리를 만들기 시작했다.

바 자리의 손님들이 흘긋흘긋 가타기리 쪽을 본다. 그런 손님을 보는 기쿠치 역시도 요리를 만들며 두 사람을 의식하고 있었다.

두 사람은 서로의 잔에 맥주를 따라주며 즐겁게 대화하고 있는 것 같다.

대체 무슨 관계일까?

여성을 보고 있는 동안 어쩐지 요코의 모습과 포개졌다. 외모가 닮은 것은 아니지만 천진하게 웃는 얼굴로 대화하는 느낌이 그런 생각을 떠오르게 했는지도 모른다.

"어디 여자지…?"

바 자리에서 그런 소곤거림이 새어 나와 들렸다.

"어차피 길에서 몸 파는 창녀겠지."

도쿠야마의 중얼거림이 들린 다음 순간, 가타기리가 휙 돌아보았다.

"방금 뭐랬어?"

가타기리는 성난 표정으로 자리에서 일어나 오른손에 병을 쥔 채 바 자리로 향했다.

큰일이다—

기쿠치는 급히 바 밖으로 뛰쳐나왔다.

"방금 떠든 게 어떤 놈이냐? 죽여 버리겠어!"

가타기리가 소리를 치더니 바 자리 맨 끝 모퉁이에 병을 내려쳐 깨뜨렸다.

가게 안에 비명 소리가 울리고 손님들이 엉거주춤 일어난다.

"그만둬!"

기쿠치는 가타기리에게 달려들어 깨진 병을 든 가타기리의 오른손 손목을 붙잡았다. 그대로 몸을 꽉 누른 채 가타기리를 입구 쪽으로 데려갔다.

기쿠치가 다칠까봐 그러는지 가타기리는 거의 저항하지 않은 채 가게 밖으로 따라 나왔다.

"진정해. 일단 병을 놔."

기쿠치의 말에 가타기리가 병을 땅에 내던졌다.

"또 교도소에 들어가고 싶은 거야?"

"글쎄다."

가타기리가 부루퉁한 얼굴로 시선을 피했다.

"넌 도대체 왜 그 모양이야? 그래선 그때의 양아치랑 똑같잖아!"

기쿠치의 말에 울컥한 듯 가타기리가 기쿠치를 노려보았다. 손을 놓으라며 가타기리가 팔을 버둥거렸지만 기쿠치는 놓지 않았다.

"그 시절의 너는 대체 어디로 가버린 거냐? 지금의 모습을 보면 요코 씨도-"

"닥쳐!"

다음 순간, 기쿠치의 오른손에 뻐근한 통증이 느껴져 가타기리를 잡고 있던 손을 놓쳐버렸다.

의수(義手)로 내리친 것 같다.

기쿠치는 그 자리에 무릎을 꿇고 앉아 아픈 오른손을 눌렀다. 얼굴을 들고 가타기리를 노려본다.

"이제…, 더 이상 가게에 오지 말아줘…"

기쿠치는 그 말을 들은 가타기리가 흠칫 숨을 멈춘 것을 알아챘다.

"부탁이다. 나를 위해…, 아니, 우리 가족을 위해서, 이제 가게에 오지 말아 줘."

가타기리는 가만히 기쿠치를 쳐다본다.

"알았다."

가타기리는 이윽고 얼굴을 돌리며 말했다.

기쿠치는 일어나면서 아픈 오른손으로 주머니 속을 뒤졌다. 기쿠치는 가게 미닫이문을 열려고 한 가타기리의 오른손바닥 위에 자신의 손을 포개고, 나카무라가 준 메모지를 쥐어주었다.

"네 변호를 담당했던 나카무라라는 사람이 연락을 하고 싶어 했어. 연락해 줘."

자식 또래의 젊은이에게, 그것도 잘 알지도 못하는 사람에게 가타기리를 내팽개쳐버릴 수밖에 없는 자신이 보잘것없이 한심하게 느껴졌다.

자신과 가타기리의 35년 인연은 여기서 끝나려고 한다.

가타기리는 메모지를 바지 주머니에 넣고 미닫이문을 열었다.

"가지-"

가타기리가 부르자 안쪽 자리에서 걱정스러운 표정으로 앉아 있던 여성이 일어났다.

그녀가 가게를 나오기 전에 가타기리가 먼저 걷기 시작했다. 가게에서 나온 여성은 기쿠치에게 살짝 인사를 하고 가타기리 뒤를 좇아갔다.

기쿠치는 두 사람의 뒷모습을 잠시 바라보다가 가게 안으로 들어갔다.

=

"그만 들어가."

기쿠치의 말에 내일 장사 준비를 하고 있던 시게루가 얼굴을 돌렸다.

"하지만 아직 1시간 남았어요. 게다가 아직 깨진 유리조각 청소도…."

그 소동이 일어난 직후에 모든 손님이 돌아가고 지금은 아무도 없다.

"이 시간 이후에는 어차피 아무도 안 와. 게다가 오늘은 피곤하잖아."

"정말 그래도 되나요?"

기쿠치가 고개를 끄덕이자 시게루는 앞치마를 벗고 바 안쪽에서 나갔다. 미안한 듯 몇 번이나 머리를 숙이며 가게를 나간다.

혼자 있고 싶었다.

그래선, 그때의 양아치랑 똑같잖아-.

그렇게 말한 순간 가타기리가 내비친 눈빛이 머릿속을 떠나지 않는다. 기쿠치를 노려보는 증오 가득한 그런 눈빛은 처음 보는 듯했다.

심한 말을 해버렸다고 후회하고 있다.

누구라도 자기 인생을 망쳐버린 놈들과 자신이 똑같다는 말을 들으면 상처를 입을 것이다.

게다가 가타기리 입장에서 보면 자신은 미츠요를 구하려다 일이 그렇게 되어버린 것이다. 그리고 도쿠야마도 가타기리가 격분하도록 먼저 도발했었다.

기쿠치는 만약 지금 손님이 들어온다고 해도 도저히 일이 되지 않을 것 같아서 바 안쪽에서 나와 가게 미닫이문으로 향했다.

가게에서 나와 포렴을 걸고 있을 때 누군가가 불렀다. 돌아보니 아라키가 이쪽으로 다가온다.

"이제 끝났나요?"

"아아…, 어쩐 일이세요?"

기쿠치는 일단 그렇게 말했다.

아라키가 이 시간까지 술을 마시면서 집에 들어가지 않는 일은 드물다.

"내일은 휴일이라서 좀 더 마시고 싶었어요. 아까는 너무 소란스러워서 느긋하게 마시지를 못했거든요."

그렇게 말하니 거절하기가 힘들다.

"어서 들어오세요."

"고맙습니다."

기쿠치는 포렴을 다시 걸까 망설였지만, 결국 포렴을 손에 든 채 아라키와 함께 가게로 들어갔다.

"안주는 됐으니 핫카이산 사케(쌀 품질이 좋기로 유명한 니카타 현에서 생산하는 쌀로 빚은 유명한 일본술 - 옮긴이)를 차게 해서 주세요. 괜찮으시면 사장님도 드세요."

"그럼, 저도 한 잔 감사히 들겠습니다."

기쿠치는 냉장고에서 핫카이산 1.8리터병을 꺼내 잔 두 개에 따랐다. 아라키와 가볍게 잔을 부딪치고 절반쯤 마셨다. 기쿠치는 잔을 쳐다보며 자기도 모르게 한숨이 새어 나왔다.

"무슨 일 있습니까? 왠지 힘이 없어 보이시네요."

그 말에 기쿠치는 잔에서 아라키에게로 시선을 돌렸다.

"친구를 막 잃은 참이거든요."

"혹시 아까 그 사람인가요?"

끄덕여야 할지 잠시 망설였지만 이 모든 현실을 홀로 껴안기에는 마음이 너무 무겁다.

"그렇습니다."

기쿠치는 고개를 끄덕였지만 아라키의 표정에는 별로 변화가 없었다.

"그래서요?"

아라키가 기쿠치를 지그시 쳐다보며 말했다.

"아라키 씨는 그 녀석을 지난번에 처음 보셨는지도 모르겠지만, 그 녀석이 이래저래 손님들 입에 오르내리는 가타기리입니다."

"여기 단골손님한테 얘기는 들었기 때문에 그럴 거라고 이미 짐작하고 있었습니다."

자신과 가타기리의 관계, 그리고 좀 전의 소동과 결별의 경위를 간추려 얘기하자, 아라키가 살짝 신음하며 잔에 든 술을 들이켰다.

"그래서 사장님은 어떻게 하고 싶으신가요?"

아라키가 물었다.

쉽게는 대답할 수 없는 질문이다.

"외모가 아니라 살아가는 방식을 받아들이기가 힘듭니다."

기쿠치는 그렇게 대답했다.

"살아가는 방식을 바꾸면 받아들이고 싶다?"

"그렇겠지요…"

아마 이대로 결별한다면 죽기 직전까지 가타기리가 마음속에 어른거리지 않을까.

"분명 바꿀 수 있지 않을까요?"

아라키가 기쿠치를 쳐다보며 말했다.

"그럴까요?"

이제까지 알고 지낸 경험에 비추어보면 그렇다고 단정할 수 없다.

"제 친구 중에도 형편없는 녀석이 있었습니다. 여자와 도박에 빠져서 많은 빚을 지고 철창 신세를 졌습니다. 그래서 아내와 자식에게까지 버려지자 외로움에 사무쳐 술독에 빠진 채 일도 하지 않았습니다. 그리고 다시 죄를 저지르고 교도소에 들어가기도 했습니다. 하지만 지금은 그래도 성실하게 살고 있습니다."

"가타기리는 그 괴상한 얼굴에다가, 왼손은 의수이기까지

합니다. 도저히 일은 못하겠지요."

"사장님도 좀 아까 말씀하셨잖아요. 받아들이지 못하는 건 외모가 아니라고요. 그 사람을 받아들여줄 직장도 있지 않을까요? 괜찮으시다면 말씀드린 제 친구에게도 물어보지요. 그 친구는 배달 도시락을 만드는 공장에서 일하고 있는데, 전과가 있는 걸 알고도 받아줬답니다."

기쿠치의 뇌리에 문득 젊은 변호사의 얼굴이 떠올랐다. 그도 가타기리의 장래를 염려하고 있다. 아직 안 늦었을까.

"그나저나 이제 녀석과 얘기할 기회나 있을지 모르겠습니다. 휴대폰도 집도 없는 녀석이라서요."

"아까 『곤베』에서 술 마시고 있는 걸 봤습니다. 아직 있을지는 모르겠지만요."

바로 근처에 있는 선술집 이름이다.

만약 다시 성실하게 살아보라는 제안을 한다고 해도 가타기리가 선뜻 그 제안을 받아들일 거라는 자신은 없다. 오히려 아라키나 그의 친구에게 폐를 끼치게 되지는 않을까?

"아라키 씨 덕분에 그 친구분이 변할 수 있었던 걸까요?"

기쿠치는 물어보았다.

"글쎄요. 다만 자신을 외면하지 않는 사람이 있는 한 누구나 변할 가능성은 있다고 생각합니다."

아라키는 잔에 든 술을 다 마시자 지갑을 꺼냈다.

기쿠치가 계산대에서 잔돈을 집어 들고 아라키의 자리로

돌아가 보니, 아라키가 종이에 뭔가를 적고 있다. 잔돈을 건네자 아라키는 종이를 내밀었다. 휴대폰 번호가 적혀 있다.

"연락을 주시면 그 친구에게 얘기해 보겠습니다."

아라키는 그렇게 말하더니, 자리에서 일어나 가게를 나갔다.

자신을 외면하지 않는 사람이 있는 한 누구나 변할 가능성은 있다고 생각합니다-.

기쿠치는 이미 몇 번이나 배신당해왔다. 그렇다고 가타기리가 변할 가능성이 전혀 없는 것은 아니다. 적어도 자신은 아직 가타기리를 버리고 싶지 않다.

기쿠치는 계산대에서 가게 열쇠를 들고 나왔다. 가게 미닫이문을 열려고 한 순간, 슥 그림자가 나타나 기쿠치는 뒤로 물러났다.

쾅쾅 두드리는 소리가 나서 그제야 미닫이문을 열었다.

눈앞에는 가타기리가 서 있었다. 하지만 가타기리는 기쿠치와 시선을 마주치려고 하지 않는다.

"무슨 일이야?"

기쿠치가 물었다.

"이제 오지 말라고 했지만 꼭 부탁하고 싶은 게 있어서 왔어. 포렴이 없으니 지금은 일단 괜찮을 것 같았다."

"부탁이라니 뭐야?"

방금 기쿠치가 가타기리를 만나기 위해 가게 문을 나서려던 참이었다는 사실은 얘기하지 않은 채 물으니, 가타기리가 기쿠치에게 시선을 맞췄다.

"마지막으로 기쿠치표 볶음국수가 먹고 싶어."

기쿠치는 고개를 끄덕이고 가타기리를 가게 안으로 들였다.

가타기리는 느린 걸음으로 가게 안쪽으로 들어가서 바의 맨 끝 자리에 앉았다.

"술은 뭘로 할래?"

기쿠치는 바 안쪽으로 들어가며 물었다.

"이미 많이 마셨으니까 물이면 돼."

기쿠치는 잔에 물을 따라 가타기리 앞에 놓고 냉장고에서 재료를 꺼냈다.

"아까는 말이 심했어. 미안하다."

기쿠치가 야채를 썰며 말하자 가타기리가 이쪽으로 얼굴을 돌렸다.

"별로 신경 안 써. 하지만 미안하게 생각한다면 이 볶음국수는 한 턱 내. 그걸로 퉁이다."

기쿠치는 야채를 썰어 면과 야채를 함께 프라이팬에 넣고 볶았다. 볶음국수를 접시에 담아 가타기리에게 가져간다.

기쿠치가 가타기리의 눈앞에 볶음국수를 놓자, 가타기리는 나무젓가락을 입에 끼워서 가른 뒤 오른손으로 젓가락을 집어 들었다.

한 입을 먹고 이쪽으로 얼굴을 돌린다.

"역시 내가 만들면 다른가?"

기쿠치가 물으니 가타기리의 입매가 살짝 벌어졌다.

"미츠요 씨는 편히 갔나?"

가타기리가 중얼대듯 말했다.

"그래. 다만 마지막까지 널 걱정했었어."

가타기리는 살짝 얼굴을 숙였다.

"인생 참 싱겁지. 우리도 분명….."

자신도 가타기리도 남은 인생이 그렇게 길지는 않을 것이다.

미츠요의 마지막에는 기쿠치와 나츠코가 함께 했다. 자신의 마지막에는 분명 나츠코와 시게루와 하루카가 함께 해줄 것이다.

가타기리는 어떨까.

가타기리는 인생의 절반 이상을 교도소 안에서 보내고, 가족과 친구도 없이 고독하게 죽어갈 것인가.

그렇게 만들고 싶지는 않다.

설령 요코와 히카리와 함께 살지는 못해도 가타기리가 새로운 행복을 찾았으면 좋겠다.

가타기리는 재촉했던 것과 달리 별로 배가 고픈 것 같지도 않았다. 움츠리는 듯 몸을 살짝 앞으로 숙여 천천히 젓가락을 입으로 가져간다.

잠시 후 가타기리는 젓가락을 든 손을 멈추고 기쿠치를 쳐다보았다.

"나츠코 결혼식 사진 있나?"

"어."

기쿠치는 주머니에서 휴대폰을 꺼냈다. 휴대폰을 만져 그 때의 사진을 불러낸다.

"이 버튼을 누르면 다른 사진도 볼 수 있어."

기쿠치는 그렇게 설명하고 나서 가타기리에게 휴대폰을 건넸다.

가타기리는 휴대폰 화면을 뚫어지게 응시하고 있었다.

그 표정을 쳐다보다 깜짝 놀랐다. 눈물이 가타기리의 얼굴에 새겨진 문신을 타고 흐른다. 가타기리의 눈물을 처음 본다.

아니, 처음은 아니다.

그러고 보니, 기쿠치는 틀림없이 이 광경을 이전에도 보았다.

맞다. 가타기리가 요코에게 프러포즈했을 때이다.

그 시절 두 사람은 라면 가게를 개업하기 위해 검소한 생활을 하고 있었기 때문에 물을 마시며 볶음국수 하나를 둘이서 나눠 먹었었다.

"잘 부탁드립니다."

가타기리의 프러포즈에 요코는 그렇게 대답했다. 그때 가타기리가 보인 눈물.

그 시절과 똑같은 가타기리가 여기에 있다.

"미츠요 씨가 봤으면 좋았을걸."

가타기리는 바 위에 휴대폰을 놓고 눈물을 닦았다. 볶음국수를 단숨에 다 먹고 일어났다.

"잘 먹었다. 맛있었어."

가타기리는 빠른 걸음으로 걸어가서 미닫이문에 손을 댔다.

"저기-"

기쿠치가 불러 세우자 가타기리는 문을 열려던 손을 멈추고 돌아다보았다.

"너한테 일을 소개해주겠다는 사람이 있어. 얘기를 한번해 볼 테야?"

가타기리가 쓴웃음을 지은 듯 그의 얼굴이 일그러졌다.

"가끔이 아니라 더 자주 여기에 왔으면 좋겠으니까, 나는 네가 일을 하면 좋겠어."

기쿠치는 가타기리의 눈을 쳐다보며 말했다.

"고맙다. 생각해보지."

가타기리는 뒤돌아서 미닫이문을 연 뒤, 오른손을 살짝 들며 나갔다.

미닫이문이 조용히 닫혔다.

다음 날 늦은 밤에 나카무라가 가게에 찾아왔다.

"가타기리 씨는 안 오셨습니까?"

나카무라가 가게 안을 둘러보고 말했다.

"여기서 만나기로 약속하셨습니까?"

"아니요…. 약속한 건 아니에요. 일단 생맥주를 주세요."

나카무라가 그렇게 말하며 바 자리에 앉았다.

기쿠치는 잔에 맥주를 따라서 나카무라 앞에 놓았다.

"이거, 선물입니다."

나카무라가 종이봉투를 건넸다. 기쿠치가 안에 든 물건을 꺼내 보니, 하마마츠의 명물인 장어파이(장어 엑기스를 넣은 파이 - 옮긴이)이다.

"정말 하마마츠에 갔었습니까?"

기쿠치가 물으니, 나카무라가 고개를 끄덕였다.

"가타기리는 만났었나요?"

"네에, 오늘요. 하마마츠에 같이 갔었습니다."

"그래서요…?"

"앞으로 가타기리 씨는 괜찮을 겁니다. 저는 그렇게 믿고 있습니다."

나카무라가 묘한 표정으로 자신 있다는 듯 고개를 끄덕였다.

하마마츠에서 무슨 일이 있었으리라. 나카무라의 표정으

로 보건대, 가타기리에게 무언가 진전이 있었던 것 같다.

"그렇습니까? 선물을 받았으니 맥주는 그냥 드리겠습니다."

친구를 위해 힘 써준 나카무라의 노고를 치하하고 싶었다.

"그럼 또 그 답례로서 사장님께 제가 한 잔 살게요."

"사양 않고 받지요."

기쿠치는 자기 몫의 맥주를 새로 따라서 나카무라 앞으로 돌아와 잔을 부딪쳤다. 밝은 마음으로 맥주를 들이켜고 나카무라 쪽으로 몸을 내밀었다.

"그런데 하마마츠에서 무슨 일이 있었습니까?"

기쿠치가 물어 보았지만, 흘러나오는 TV 소리에 TV를 쳐다보았다.

TV 뉴스에서는 『공원에서 총격사건 발생. 남성 사망.』이라는 자막이 흐르고 있다.

"반복해서 전합니다. 오늘 오후 9시 반경, 신주쿠 오오쿠보 3초메 혼조 공원에서 총격사건이 일어나, 경찰관이 출동해 쓰러진 남성을 발견하고, 근처에 있던 남성을 체포했습니다…"

자막에 나오는 이름과 나이를 보고, 둘은 온몸이 얼어붙었다.

제2장

나카무라 히사시

"진짜, 그만…, 저런 놈이랑 빨리 헤어지고 맘 편히 살고 싶어. 어떻게 좀 해주세요."

눈앞의 여성은 한바탕 남편에 대한 불평을 떠들어대고는, 마지막에 그렇게 말하고 턱을 괴었다.

어떻게든 해달라고 호소하지만 상당히 어려운 상담이다.

좀 전에 기입한 의뢰서에 따르면 여성은 32살이고 남편도 동갑이다. 결혼한 지 7년째라고 한다.

나카무라와 나이는 동갑이지만 그는 아직 결혼을 하지 않아서인지, 여성이 남편과 간절히 헤어지고 싶어 하는 이유를 쉽게 공감하기 어렵다.

나카무라 히사시는 테이블 위에서 양손에 깍지를 낀 채

온화한 말투를 다짐하며 말을 꺼냈다.

"이혼을 생각중이시라면 우선 남편분과 대화를 나눠보시면 어떨까요?"

"몇 번이나 얘기했어요. 남편한테 진절머리 나니까 헤어져 달라고 여러 번 부탁했어요. 하지만 남편은 들은 체도 안 해요. 이 변호사 사무실에 이혼소송을 의뢰하면 돈이 얼마나 들까요?"

"경우에 따라 다릅니다만, 재판에서 승소했을 때의 성공 보수를 포함하면 대략 백만 엔 정도 든다고 생각하시면 됩니다."

"그렇게나 많이 들어요?"

여성이 놀란 것처럼 눈을 부릅떴다.

"네에."

"그래도 위자료를 받으면 본전을 찾을 수 있겠죠? 위자료로 몇 백만 엔 정도 요구할 수 있을까요?"

"상담 내용만 봐서는 그 정도도 기대하기 힘들 것 같습니다. 게다가 소송으로 이혼을 인정받으려면 법률이 정하는 이혼 사유에 해당해야 합니다."

"그건 뭐예요?"

"민법으로 정해진 이혼 사유를 말합니다. 예를 들면 남편 분께서 외도나 불륜 등의 부정한 행위를 했을 때-"

"아내가 있는데 룸살롱에 가는 건 부정행위가 아닌가요?"

여성이 즉각 반발했다.

겉옷 주머니에 룸살롱 명함이 들어 있었다는 것인데, 남편은 상사가 억지로 데려갔다고 주장하고 있다고 한다.

"분명 사모님 입장에서 보면 극히 불성실한 행위일지도 모르지만, 외도를 했다는 확실한 증거가 없으면 이혼 사유로 인정받기는 어렵겠지요. 그리고 남편분의 벌이가 적다고 불만이신 것 같습니다만 생활비를 꼬박꼬박 넣고 계시다고 하고, 사모님에게 폭력을 휘두르지도 않으니까, 그것도 이혼 사유가 아닙니다. 매달 비슷한 건프라(건담 프라모델 피규어 - 옮긴이)를 사온다는 사모님의 불만도 이해는 합니다만, 한 달에 만 엔 정도 쓰고 있기 때문에 심한 낭비벽이 있다는 이혼 사유에도 해당하지 않습니다."

"그 피규어라는 거 정말 거추장스러워. 내가 무슨 어린애랑 결혼한 것도 아니고."

여성이 그렇게 말하고 한숨을 쉬었다.

"덧붙여, 좀 전에 말씀하셨던 입 냄새가 심하다든가, 쉬는 날 하루 종일 빈둥거린다는 것도 이혼 사유가 되지 않습니다. 물론 극심한 애정 결핍과 성격 불일치 등도 법정 이혼 사유이기는 하므로, 이혼이 성립할 가능성이 아예 없지는 않지만요."

나카무라는 거기까지 말하고 벽시계를 쳐다보았다.

앞으로 10분 정도 후면 1시간인 무료상담이 끝난다.

"이혼소송이 시작되어도 결말이 나기까지 1년에서 2년씩 걸리는 일도 허다합니다."

나카무라는 여성에게 시선을 되돌리며 말했다.

"그렇게 오래 걸리나요?"

나카무라는 고개를 끄덕였다.

"실제 이혼소송이 시작되기 전에 숙려기간을 거치고 이혼 조정 신청을 해야 합니다. 즉, 조정이혼을 먼저 시도하는 것입니다."

"조정이혼이요?"

"가정법원에서 조정위원이 부부 양쪽의 이야기를 청취해 보고 이혼에 대한 얘기를 진행하는 것입니다. 소송이 시작되는 경우는 남편분이 그 조정에 응하지 않았을 경우입니다."

소송과 조정에 대하여 설명을 시작했을 때 테이블 위의 전화가 울렸다. 내선 전화이다.

"잠시 실례하겠습니다."

나카무라는 여성에게 양해를 구하고 수화기를 집었다.

"가타기리 씨라는 분이 나카무라 선생님을 찾아오셨습니다. 2번 방으로 안내했으니-"

비서인 구보의 목소리였는데 기분 탓인지 목소리가 날카롭게 느껴진다.

"알겠습니다. 감사합니다."

나카무라는 수화기를 내려놓았다.

머릿속으로 가타기리라는 인물을 떠올려보았지만 그가 누구인지 짐작 가는 바가 없다.

여성에게 조정이혼에 대한 설명을 얼추 다 했을 때 상담시간이 종료되었다.

"시간이 다 되어서 이것으로 무료상담을 끝내겠습니다. 더 상담하고 싶은 게 있으신가요?"

나카무라는 물었다.

"지금부터는 유료라는 얘기지요?"

"죄송하지만, 지금부터는 1시간에 5천 엔의 상담료를 받게 됩니다."

"잠시 생각할 시간을 갖고 싶어요."

"그게 좋을지도 모르겠습니다. 또 궁금하신 사항이 있으면 언제든지 연락 주십시오."

"알겠습니다."

여성은 고개를 끄덕이고 의자에서 일어났다. 나카무라도 일어나서 방문을 열고 그녀를 밖으로 안내했다. 사무실 입구까지 배웅한 뒤, 가타기리라는 손님이 기다리고 있다는 2번 방으로 향한다.

대체 누구일까.

지금 맡고 있는 사건 관계자 중에 가타기리라는 인물은 없다. 게다가 내선전화를 걸어온 구보의 목소리가 평소와 달랐던 것도 신경 쓰인다.

아니, 보다 정확히 말하자면 딱 한 명 기억 속에 강렬하게 남아 있는 남자가 있지만 그 남자가 이곳에 찾아올 일은 없다.

나카무라는 다소 긴장한 채 노크를 하고 문을 열었다.

테이블 안쪽에 앉아서 담배를 피우고 있는 남성과 눈이 마주치자, 나카무라는 자기도 모르게 움찔하고 물러설 뻔했다.

"여어, 선생, 잘 지내나?"

남성은 그렇게 말하고 담배를 든 오른손을 들었다.

그 얼굴은 잊을 수 없다.

눈앞에 있는 남자의 얼굴은 표범무늬 문신으로 덮여 있다.

"가타기리 씨…, 어떻게 된 겁니까?"

나카무라는 테이블 가까이로 가며 말했다.

"어제 미야기 교도소에서 나왔어."

나카무라는 그 말을 듣고 가타기리의 왼손 의수를 힐긋 보았다.

센다이 교정관구 내에서 신체장애자를 수용하는 곳은 미야기 교도소뿐이다. 교정관구란 교도소 등의 형사시설과 소년원 등의 소년시설을 관리운영하기 위해 설치된 것으로서, 전국을 8개의 권역으로 나누고 있다.

"오랜만에 속세에서 한 잔 했더니, 선생 생각이 이것저것 나서 말이지. 민폐였나?"

"아니요…, 일부러 찾아와 주시고 고맙습니다."

나카무라는 겨우 마음의 동요를 진정시키고, 어색하게 미소를 보이며 가타기리의 맞은편에 앉았다.

"교도소는 이 근처니까 곧장 올 수도 있었겠지만, 귀소본능 때문일까, 그대로 아카바네로 갔었어."

"아카바네라는 건 도쿄의?"

가타기리는 고개를 끄덕이더니 담배를 재떨이에 비벼 끄고는, 의자 옆에 둔 종이 봉투를 집어 나카무라에게 내밀었다.

나카무라는 종이봉투 안에 든 상자를 꺼냈다. 가미나리 오코시(쌀을 찐 후 불려 설탕, 물엿 등을 섞어 만든다 – 옮긴이)라는 과자이다.

"별 건 아니지만 선물이야."

"고맙습니다. 나중에 사무실 사람들이랑 잘 먹겠습니다."

"선생한테는 신세 많이 졌으니까. 그때는 고마웠어."

"변호사로서 당연한 일을 한 것뿐입니다."

5년 전에 가타기리는 강도 용의자로 체포되었고, 그때 나카무라가 변호를 담당했다.

"나는 이때까지 몇 번이나 재판을 받아 봤지만 당신같이 성심성의껏 변호해주는 변호사는 처음이었어."

가타기리가 얼굴을 일그러뜨리며 그렇게 말했다. 얼굴을 덮는 문신이 없었다면 틀림없이 애교 있는 미소로 보일 것이다.

가타기리가 테이블 위에 놓은 담뱃갑을 향해 손을 뻗었다. 담배 한 개비를 집어 입에 물고 성냥갑을 잡았다. 오른손만을 써서 성냥을 성냥갑에 비비지만 좀처럼 불이 붙지 않는다.

"불을 붙여드릴까요?"

나카무라가 물어보자 가타기리가 이쪽을 쳐다보았다.

"부탁해. 하나밖에 안 남았어."

나카무라는 가타기리를 대신하여 성냥불을 붙인 뒤, 그것을 가타기리가 물고 있는 담배에 가져갔다.

"앞으로 어떻게 하실 건가요?"

나카무라가 그렇게 물어보자, 피어오르는 연기를 향하고 있던 가타기리의 시선이 나카무라에게 돌아왔다.

"글쎄, 어쩔까."

"아카바네에 가셨다고 했는데 그쪽에는 의지할만한 분이 계신가요?"

"아는 사람은 몇 있어."

그러고 보니 가타기리가 처음 상해사건을 일으키기 얼마 전까지 아카바네에서 생활했었다고 얘기했던 것이 생각났다.

그 뒤로는 출소할 때마다 전국을 유랑하듯 죄를 저지르고 있다. 나카무라가 담당한 사건 전에는 시코쿠의 다카마츠에서 체포되었다.

"그러면 아카바네에 정착하시는 게 가장 좋겠네요. 5년 전에도 얘기했지만 일을 찾지 못해 어쩔 수 없는 상황이시라면 국가에 생활보호신청을 하는 방법도 있습니다."

"나라의 신세를 지는 건 왠지 말이지…"

가타기리는 그렇게 말하더니, 담배를 문 채 천장을 향해 연기를 토해냈다.

교도소에 들어가는 것도 나라의 신세를 지는 일입니다-.

나카무라는 그렇게 말할 뻔했지만 그만두었다.

"가타기리 씨, 저와의-"

거기까지 말했을 때 테이블 위의 전화가 울렸다.

"잠깐 실례합니다."

나카무라는 가타기리에게 양해를 구하고 수화기를 집었다.

"메구로 씨가 오셨습니다."

구보의 목소리를 듣고 나카무라는 시계를 보았다. 이제 곧 2시이다.

2시부터는 의뢰인인 메구로와 다음 주에 있을 소송에 대한 면담을 하기로 되어 있다.

"알겠습니다. 잠시 기다려달라고 전해주세요."

나카무라는 수화기를 내려놓고 가타기리를 보았다.

"죄송합니다. 2시부터 의뢰인과 면담이 있어서요…"

"선생도 바쁘구만."

가타기리는 그렇게 말하고 담뱃불을 비벼 끄고는 자리에서 일어났다.

"1시간 반 정도 기다려주시면 일이 끝나는데요. 모처럼 센다이까지 오셨으니까 얘기를 좀 더 나누시지요."

나카무라는 일어나며 말했다.

"아니야, 선생 얼굴을 본 것만으로 충분해."

나카무라는 문을 열고 가타기리와 함께 방을 나왔다. 사무실 입구까지 나간 가타기리가 갑자기 되돌아보았다.

"또 무슨 일이 있으면 당신한테 부탁하고 싶어."

그 말을 듣고 나카무라는 흠칫 놀랐다.

"무슨 일이 있으면'이라니 어떤…?"

가타기리는 대답을 하지 않은 채 뒤돌아섰다.

"가타기리 씨-!"

나카무라가 불러 세우자, 문을 열고 나가려던 가타기리가 돌아보았다.

"가타기리 씨…, 저와 한 약속을 기억하시지요?"

나카무라가 물었다.

가타기리는 문신한 얼굴을 살짝 일그러뜨리고 아무 말 없이 나갔다.

"저기, 듣고 있어?"

나카무라는 레이카의 목소리가 들려 정면에 있는 주류 선반에서 옆에 있는 레이카에게로 시선을 옮겼다.

"응, 뭐라고?"

"진짜…."

나카무라의 반응에 레이카는 입을 삐죽이더니 칵테일을 마셨다.

"미안, 미안해, 뭐라고 했어?"

"오늘 피고인 말이야. 상대 검사가 여자라고 깔봤어."

"그랬구나…."

나카무라는 맞장구를 친 뒤 레이카에게서 시선을 거두어, 물을 타서 묽게 만든 술을 홀짝였다.

"좀 이상하네, 오늘 무슨 일이야? 평소보다 힘이 없네. 일 때문에 그래?"

"아니…, 특별히 무슨 일이 있었던 건 아닌데. 그냥 좀 신경 쓰이는 게 있어서 그래."

"신경 쓰이는 일이라니, 그게 뭐야?"

레이카가 나카무라의 겉옷을 당기며 묻자, 나카무라는 그녀를 보았다.

"오늘 5년 전에 변호를 담당했던 사람이 사무실을 찾아왔어. 가타기리라는 사람인데."

레이카의 표정이 달라졌다.

"가타기리라면…, 혹시 온 얼굴에 문신투성이였던 사람?"

나카무라는 고개를 끄덕였다.

레이카가 사건을 담당하지도 않았는데 그를 알고 있는 걸 보면, 가타기리는 지방검찰청 내에서도 나름 화제였던 모양이다.

"뭐 하러 왔던 거야?"

레이카가 몸을 앞으로 내밀고 물어온다.

"어제 출소했다는 보고. 나한테 이래저래 신세를 많이 졌다고 선물까지 가지고 와줬어. 다만, 돌아갈 때 또 무슨 일이 있으면 나한테 부탁하고 싶다고 말했어."

"그래서?"

"'또 무슨 일이 있으면'이라니, 혹시 또 죄를 저지를 생각인가 해서-"

"그런 뜻 아니야?"

레이카가 아무렇지도 않게 말해 나카무라는 할 말을 잃었다.

"30년 넘게 교도소를 들락날락거리고 있잖아. 게다가 문신투성이의 얼굴에, 왼손도 사고로 잃었다고 했던 거 같은데. 그런 사람이 사회에 복귀할 수 있을 것 같아?"

"너무 노골적으로 말하네."

레이카는 매일 형사 피고인들과 대치하고 있기 때문에 어쩔 수 없는 것인지도 모르지만 범죄자에 대해 엄격하다.

레이카는 사법연수원 동기이다. 그 무렵에는 공부에만 전념하고 있었기에 이성으로 의식하지는 않았지만, 4년쯤 전에 센다이역 앞 백화점에서 우연히 재회한 것을 계기로 둘은 사귀게 되었다.

"나카무라랑은 관계없잖아. 이제 형사 변호는 안 하잖아."

변호사가 되고 나서 한동안은 국선으로 형사 변호를 맡았지만, 3년쯤 전부터 맡지 않고 있다.

"관계가 있냐고 묻는다면, 엄밀하게 말해서 '없다'고 표현하는 게 맞긴 하겠지만…."

나카무라는 주류 선반을 쳐다보고 자신이 왜 이렇게까지 가슴이 술렁이는지 생각해 보았다.

당신, 내 딸이랑 동갑이구만-.

가타기리가 아크릴판 너머로 그렇게 말하고 웃었던 것이 생각났다.

나카무라는 처음 가타기리를 경찰서 유치장에서 대면했을 때, 그의 너무나도 이상한 모습에 기가 눌렸었다.

나카무라가 잠시 말을 잇지 못하고 있을 때 가타기리가 나이를 물어왔다. 나카무라가 대답하자, 가타기리는 이쪽을 응시하고 있던 눈을 가늘게 뜨고 자신의 딸과 동갑이라고 말했다.

가타기리는 이어서 자신의 반생에 대해 털어 놓았다. 당시로부터 27년 전 처음 상해 사건을 일으키고 체포된 이래, 교도소를 들락날락하는 생활을 하고 있다고 했다.

첫 사건을 계기로 처자식과 헤어지고 자포자기하는 심정으로 얼굴에 문신을 새겼다고 했다. 그리고 그 직후에 유괴사건을 일으키고 다시 체포되었다.

8년의 징역형을 받고 아사히카와 교도소에서 복역했는데, 출소한 후 2주도 지나지 않아 이번에는 나고야에서 같은 사건을 일으켜 9년간 기후 교도소에서 복역했다. 그곳을 출소하자마자 다시 다카마츠에서 유괴사건을 일으키고 10년의 징역형을 언도 받았다. 5년 전에 도쿠시마 교도소를 나온 후에는 갱생하려고 생각한 듯 지인의 소개로 공장에서 일했다고 한다. 하지만 거기서 왼손이 절단되는 사고가 일어나는 바람에 일을 그만둘 수밖에 없었다고도 했다.

그 후, 가타기리는 돈도 거의 없이 센다이로 갔다고 한다. 왜 센다이였는지 물으니 가타기리는 "그냥."이라고 답했다.

센다이에서 일을 하려고 했지만 일자리를 찾지 못하고 노숙을 하면서 버텼는데, 공복을 견디지 못해 강도를 하자는 생각에 이르렀다고 했다.

가타기리는 모자와 마스크, 선글라스로 얼굴을 가린 채, 편의점에 침입해 점원을 식칼로 위협해서 11만 엔을 빼앗았다. 하지만 그로부터 얼마 지나지 않아 근처 파출소에 스스로 출두했다. 빼앗은 11만 엔은 도망치는 도중에 잃어버렸다고 진술했고, 그 후에도 발견되지 않았다.

나카무라와의 접견 과정에서 가타기리가 말하기를, 이런 생활을 반복하고 싶지는 않지만 출소해도 일할 곳을 찾기 힘들다고 했다.

분명히 가타기리의 경력과 외모, 그리고 왼손을 잃어버린 장애를 고려하면 사회에서 생활하기가 쉽지는 않을 것이다.

가타기리가 스스로 경찰에 출두한 것도 그에게는 도리어 교도소 안이 그야말로 구원의 땅이었기 때문이 아닐까 생각됐다.

나카무라는 죄를 저지르지 않아도 생활보호 등의 복지에 의탁할 수 있다고 가타기리에게 호소했고, 가타기리에게 다시는 재범을 저지르지 않겠다는 약속을 받고 재판에 임했다.

가타기리가 장애를 안고 있다는 점과 진심으로 반성하고 있다는 사실, 나아가 자수한 정황 등을 근거로 정상참작을 구해 강도죄로서는 가장 낮은 형량인 징역 5년의 판결을 재판부로부터 끌어냈다.

가타기리가 아직도 갱생 의지를 가지고 있다고 믿었기 때문에 나카무라는 최선을 다했다. 그런데도 재범을 저지른다면-.

"그런데 일요일은 괜찮은 거지?"

나카무라는 레이카의 목소리에 정신을 차리고 쳐다보았다.

"어어. 기타야마 역 개찰구에서 10시에 만나는 거지?"

슬슬 부모님께 소개하고 싶다고 해서 글피에 레이카의 본가에 가기로 했다.

그 일을 생각하니 갑자기 긴장감이 끓어올랐다.

레이카는 평소 전혀 내색하지 않았지만, 그녀의 집안이 유서 깊은 집안이라는 것을 잘 알고 있다. 레이카의 부모님은 과연 나카무라를 받아들여줄까.

=

나카무라는 집 앞에 도착해서 현관문 옆에 놓인 세탁기의 뚜껑을 열었다. 그 안에 넣어둔 목욕 바구니와 수건을 꺼낸 뒤, 뚜껑을 닫고 그대로 아파트 계단으로 향한다.

계단을 다 내려가기 전에 걸음을 멈췄다. 아직 10시 전이라서 목욕탕은 열었겠지만 갑자기 목욕탕까지 간다는 것이 귀찮게 느껴졌다. 그냥 부엌 싱크대에서 머리를 감고 대충 몸을 씻기로 마음먹고 집으로 돌아왔다.

집 안에 들어가 바로 옷을 벗고 속옷 차림이 되었다. 싱크대에서 수돗물로 머리를 감고 적신 수건으로 몸을 닦았다. 하지만 벌써 11월이 되어서인지 한기가 느껴진다. 바로 옆의 다다미방으로 들어가 운동복으로 갈아입었다.

전기스토브를 켜고 선반 위에 둔 엄마의 영정 사진을 바라보았다.

"게으름 피우지 말고 주전자로 물을 데워서 쓸 걸 그랬다."

무심결에 혼잣말을 흘렸지만 영정 사진 속 엄마는 이쪽을 응시할 뿐 아무 대답도 하지 않았다. 물론 당연하다. 그 대신, 또 하나의 자아가 애당초 이런 후회를 하기 전에 욕실 딸린 집으로 이사를 했으면 괜찮지 않았겠냐고 추궁한다.

월급쟁이 변호사이기는 해도 현재보다 나은 집으로 옮길 수 있을 정도는 번다. 그럼에도 불구하고 좀처럼 결단을 내리지 못했다. 다른 사람이 보면 욕실도 없는 낡아빠진 연립주택이지만 이 집에는 엄마와의 추억이 담겨 있다. 부모님의 이혼을 계기로 12살에 엄마의 집에 오고 나서, 사법시험에 합격한 뒤 사법연수원 기숙사에 들어가기 전까지의 10년 동안의 추억이 고스란히 남아 있다.

나카무라는 문득 어떤 생각이 떠올라 부엌으로 향했다. 가스 불에 주전자를 올려 차를 탄 다음, 가방 안에 넣어두었던 쌀 과자와 함께 엄마의 영정 사진 앞에 놓았다. 엄마는 단 것을 좋아하셨다. 하지만 늘 자신이 먹고 싶은 것을 참고 나카무라를 위해 주셨다.

빈곤한 형편임에도 변호사가 되고 싶다는 나카무라의 바람을 들어주어 대학에 보내주었다. 물론 장학금으로 모든 것을 조달할 수는 없었기 때문에 늘 가정의 형편은 위태위태했다.

나카무라는 엄마의 기대에 부응하기 위해서 재학 시절부터 사법시험 공부에 전념했다. 그리고 졸업 후 곧바로 사법시험에 합격하고 사이타마에 있는 사법연수원 기숙사에 들어갔다. 이제 사법연수원만 졸업하면 변호사가 되어 엄마를 편하게 모실 거라고 공부에 매진하고 있을 무렵, 엄마가 심장병으로 돌아가셨다.

고교를 졸업하고 곧바로 취업전선에 뛰어들었더라면 엄마는 좀 더 오래 살지 않았을까 하는 후회가 지금도 가슴을 스친다. 그래서인지 엄마가 돌아가시고 혼자가 되고 나서도 이 집을 떠날 결심이 좀처럼 서지 않았다.

나카무라는 사법연수원 과정을 끝낸 뒤에도 8년간 이 집에서 계속 살면서, 여기서 다닐 수 있는 근처의 변호사 사무실에서만 일하고 있다. 엄마를 고생만 시켰다는 죄책감 때문에 여유로운 생활을 하는 것이 망설여졌기 때문이다.

그리고-

아버지의 얼굴이 갑자기 뇌리에 떠오르는 듯했다. 나카무라는 허둥지둥 그것을 머릿속에서 지우려고 한다.

5년 전에 아버지도 돌아가셨다. 돌아가시던 그 때의 얼굴이 머릿속에서 떠나지 않는다.

나카무라가 형사 변호를 맡지 않게 된 것은 법정에서 레이카와 다투고 싶지 않다는 마음 때문이기도 했다. 하지만 그것보다 더 큰 이유는, 변명과 자기변호를 반복하는 피의자들의 모습을 보면서, 마음 깊은 곳에 봉인해 두었던 아버지의 얼굴이 어른거렸기 때문이다.

나 때문이 아니다. 내가 아버지를 죽게 내버려둔 것이 아니다. 당신은 자신이 저지른 행동의 대가를 치른 것뿐이다.

그렇지?

나는 잘못이 없지?

엄마도 그렇게 생각하지? 엄마를 호되게 괴롭혀온 남자니까.

나카무라는 영정 사진을 쳐다보며 마음속으로 한결같이 같은 질문을 던졌다.

=

내가 지금 왜 이곳에 와 있는 것일까?

나카무라는 아카바네 역 개찰구를 빠져나오며 새삼 그런 의문에 빠져들었다.

어젯밤에는 거의 한숨도 자지 못했다. 의문이 꼬리에 꼬리를 물었다. 결국 생각은 가타기리가 한 말 때문이 아닐까 하는 데까지 도달했다.

또 무슨 일이 있으면 당신에게 부탁하고 싶어—

가타기리의 말에 신경이 쓰인다.

레이카의 말마따나 가타기리가 다시 범죄를 저지른다고 해도 나카무라가 상관할 바는 아니다. 나카무라가 설득에 나서면 가타기리의 재범을 막을 수 있을 거라는 순진한 착각에 빠져 있는 것도 아니다.

다만, 이대로 가타기리를 놔둬도 괜찮은 건지에 대한 고민이 아침이 되었음에도 쉽사리 머릿속을 떠나지 않았다. 만약 가타기리가 도저히 되돌릴 수 없는 죄를 저질러 버린다면, 자신이 그를 말리지 않았던 것을 후회하게 되지는 않을까.

물론 나카무라가 아무리 가타기리를 걱정한다 한들 자신이 지금 어찌할 방도는 없다. 가타기리가 나카무라의 사무실을 떠난 뒤로 지금 어디에 있는지조차 모르니까.

5년 전의 광경이 떠올라서 예민해진 것뿐이다. 가타기리를 잊기로 결심했을 때 테이블 위에 남겨진 성냥갑이 다시 떠올랐다. 아침에 사무실에 출근해 쓰레기통을 뒤져 가타기리가 들고 있던 성냥갑을 찾았다.

오늘은 오후 1시부터 소송 때문에 법정에 가야 한다. 소음을 둘러싸고 벌어진 이웃주민간의 분쟁이다. 법정에서 구두변론을 마치고, 메일을 통해 의뢰인에게 오늘 일을 간단히 보고한 다음, 사무실에 연락을 넣었다. 이대로 바로 퇴근한다고 전한 뒤, 센다이 역으로 가서 도쿄 행 신칸센을 탔다.

성냥갑에 적힌 주소를 토대로 상점가를 걸어 다니다가
『기쿠야』라는 간판을 찾았다.

포렴이 걸려 있지는 않았지만 금요일이라 영업을 쉴 리는
없다고 생각하고 가게 가까이로 갔다. 미닫이문에 걸린 간
판을 쳐다보았다. 6시부터 영업을 한다고 쓰여 있으니 앞으
로 20분 정도 기다려야 했다.

무료하게 가게 밖에서 서성거리고 있을 때, 미닫이문이 열
리더니 나카무라와 비슷한 또래의 남성이 나왔다.

"어서 들어오세요."

남성이 포렴을 걸며 안내를 하길래, 나카무라는 가볍게
인사를 하고 가게 안으로 들어섰다.

"어서 오세요. 한 분이신가요?"

바 안에 있던 나이 지긋한 남성이 말을 걸어왔다.

나카무라가 고개를 끄덕이자, 그는 "바 자리 아무 데나
앉으세요."라고 말했다. 나카무라는 바로 앞 맨 끝 바 자리
에 앉았다.

"주문은 정하셨습니까?"

분위기로 보아 주인인 듯한 연배의 남성이 나카무라 앞으
로 와서 재떨이를 놓았다. 나카무라는 담배를 피우지 않지
만, 주인은 나카무라가 바 자리에 올려놓은 성냥갑을 보고
준비했으리라.

"일단 생맥주 한 잔 주세요."

나카무라가 주문을 하자 그는 생맥주 기계 앞으로 가서 잔에 맥주를 따랐다. 그리고 나카무라 앞에 안주를 담은 작은 사발과 함께 생맥주잔을 내려놓는다.

"누구 소개를 통해서 오셨나요?"

주인인 듯한 남성이 성냥갑을 보며 물었다.

가타기리의 이름을 말하면 어떤 반응이 돌아올까? 가타기리는 누가 봐도 특이한 인물이니, 갑자기 흥미를 보이면서 나카무라와 가타기리가 어떤 관계인지 이것저것 물어올지도 모른다. 만약 그럴 경우 나카무라가 변호사라고 밝힐 수도 없는 노릇이다. 변호사라고 말하는 순간 가타기리가 그동안 어떤 죄를 저지르고 다닌 것이 드러날 가능성도 있기 때문에 경솔한 언행은 금물이다.

"아…, 아니…, 뭐."

일단 얼버무리고 나서 잔에 입을 대자, 남성이 눈앞에서 벗어나 생선 요리를 할 준비를 시작했다.

하지만 가타기리의 이름을 꺼내지 않는다면 애당초 아무런 진전도 없다.

"저…."

나카무라가 말을 거니, 주인장이 바 안쪽에서 이쪽을 쳐다보았다.

"어떤 걸로 드릴까요? 참고로 오늘 추천 메뉴는-"

"혹시 가타기리라는 분을 아십니까?"

나카무라의 물음에 남자의 입은 얼어붙은 듯했다.

"이 가게 손님 중에 가타기리라는 분은 안 계십니까?"

거듭 물으니 주인장은 미간을 찌푸리고 가만히 이쪽을 쳐다본다.

"이름만으로는 모르실까요? 뭐라고 하면 좋을까…? 얼굴에 특징이 있기 때문에 언뜻 보셨어도 알 것 같은데요."

"가타기리 타츠오 말입니까?"

"그렇습니다. 가타기리 씨는 이 가게에 자주 오시나요?"

"그렇게 자주는 안 옵니다. 연달아 오는가 하면, 몇 년 동안 오지 않을 때도 있습니다."

어제 가타기리는 아카바네 역 근처에 지인이 몇 명 있다고 했다. 그래서 귀소본능으로 아카바네 지역에 갔었다고 했다. 그렇다면 어쩌면 출소할 때마다 일단 아카바네에 오는지도 모를 일이다. 하지만 그렇다고 해서 지인들이 가타기리의 전과와 교도소 복역 사실을 모두 알고 있으리라 단정할수는 없다.

"가타기리 씨와 급히 연락을 취하고 싶은데, 혹시 지금 어디 계신지 아십니까?"

남자는 고개를 갸웃했다.

"글쎄, 잘 모르겠네요."

"그렇습니까…?"

"가타기리 씨와는 어떤 관계입니까?"

"글쎄요…, 뭐라고 하면 좋을지…, 좀 아는 사이입니다."

주인은 의아하다는 듯한 표정으로 나카무라를 쳐다보았지만, 곧 시선을 떼고 다시 생선 요리 준비를 했다.

이대로는 이야기가 진전될 수 없다. 이 사람이 가타기리의 소재를 알고 있으면서도 나카무라를 의심한 나머지 그냥 얼버무리는 것인지도 모르기 때문이다. 실제로 지금도 힐긋힐긋 이쪽의 모습을 살피고 있다.

가타기리가 사건을 일으켰다는 사실은 드러내지 않는 한도 내에서 신분을 밝혀보면 어떨까? 예를 들어 어떤 사람의 변호를 맡은 상황인데 가타기리와 꼭 연락을 취해 얘기를 하고 싶다거나 그런 식으로.

그래, 그게 좋겠다.

주머니에서 명함을 한 장을 꺼내 다시 남성을 불렀다.

"실은 저, 이런 사람입니다만…"

나카무라가 명함을 내밀자 남성이 건네받았다.

"변호사분?"

나카무라는 고개를 끄덕였다.

"혹시…, 가타기리 씨를 담당한 변호사분입니까?"

가타기리가 사건을 일으켰다는 사실을 알고 있다는 뜻이다. 맥이 빠졌지만, 알고 있다면 차라리 이야기는 빨리 진전될 것이다.

"가타기리 씨 사건을 아시는군요?"

"네에."

"잘됐다. 그런 줄 알았으면 좀 더 빨리 말씀드릴 것을 그랬습니다."

"혹시 가타기리 씨가 또 사건을 일으켰습니까?"

"아니요, 그렇지는 않습니다. 어제 가타기리 씨와 만나고 헤어졌는데, 좀 신경 쓰이는 일이 있어서요…."

"신경 쓰이는 일이요?"

나카무라는 고개를 끄덕였다.

"어떤 일입니까?"

남성이 그렇게 물었지만, 가타기리에게 재범의 우려가 있다는 말은 차마 하지 못한다.

어떻게 설명해야 좋을지 알 수 없어 고개를 숙인 채 무의미하게 눈앞의 메뉴에 시선을 고정했다. 맨 상단에 있는 『달걀을 푼 특제 볶음국수』라는 특이한 이름의 요리를 보다가, 가타기리의 입에서 똑같은 이름의 요리를 들은 것이 떠올랐다.

그게 정확히 어떤 이야기 도중에 나온 것이었지?

그래, 분명 가타기리가 나카무라에게 결혼했는지 물어본 것이 계기였다.

"좋아하는 사람은 있나?"

나카무라가 결혼을 안했다고 했는데도, 가타기리는 거듭 좋아하는 사람은 있냐고 물었다.

"없습니다."라고 대답하니, "쓸쓸하네." 가타기리가 탄식하듯 말했다.

그 말에 조금 발끈한 나머지 "그런 존재가 있는 것만이 행복은 아닙니다. 그 사람을 좋아하게 되어서 불행해지는 일도 있으니까요."라고 말대꾸를 했었다.

엄마를 생각할 때마다 절절히 그렇게 느끼기 때문이다. 자신이 좋아하는 사람과 결혼한다고 해서 행복해진다는 보장은 없다.

"듣고 보니 분명 그런 점도 있네."

가타기리가 깊은 한숨과 함께 중얼거리더니, "좋아하기 때문에 어떤 예기치 못한 사건이 벌어졌을 때의 절망감은 더욱 크지. 하지만 그런 존재가 마음속에라도 있으면 불행한 삶을 버텨나갈 힘이 되기도 해."하고 쓸쓸한 듯 웃었다.

그리고 나서 가타기리는 아내였던 여성과의 추억을 이야기했다. 단골 술집에서 그 여성을 만나 결혼하고 아이를 낳았다고 한다. 부부는 라면 가게를 열기 위해 돈을 아끼느라 늘 살림이 쪼들렸다. 하지만 그들이 다녔던 단골 술집의 명물인 볶음국수를 먹으며 둘만의 꿈에 젖어 있었을 때가 인생에서 가장 행복한 시간이었다고 말했다.

30년쯤 전에 헤어졌다는데도 전처 이야기를 그토록 즐겁게 할 수 있는 것이 신기하게 느껴졌기 때문에 인상 깊이 남아 있다.

제조단가를 낮추기 위해 고기를 쓰지는 않지만 야채가 듬뿍 들어 있고 계란을 풀어서 영양만점의 볶음국수였다고-

설마 가타기리가 전처와 만났다는 곳이 바로 이 가게인 걸까?

"가타기리 씨와는 단순히 단골손님과 가게 주인의 관계인 가요?"

나카무라는 얼굴을 들고 물었다.

"지금은 그렇습니다. 다만, 알고 지낸 지 35년이 되었으니까…."

"그렇게 오랫동안이나…."

역시나 그 단골 가게가 여기일 가능성이 있다.

"변호사 선생님이니 잘 아시겠지만, 그는 이 가게에서 처음으로 사건을 일으켰습니다."

나카무라는 너무 놀라 가게 안을 둘러보았다.

"그렇습니까…? 그런데도 여전히 교류가 있군요."

"뭐, 그런 관계입니다. 그런데 가타기리 일로 신경 쓰인다는 건 무슨 말씀인가요?"

자신의 가게에서 상해 사건을 일으킨 가타기리를 지금도 손님으로서 받아들이고 있다는 걸 보면, 상당히 깊은 사이가 아닐까?

어쩌면 이 남성도 가타기리의 누범을 걱정하고 있고, 어떻게든 해결하고 싶다고 생각할지도 모른다.

"어제 오후, 가타기리 씨가 선물을 들고 불쑥 제가 일하는 사무실로 찾아왔습니다. 가타기리 씨는 지금까지 몇 번이나 재판을 받았지만 저 같은 변호사는 처음이었다고 무척 고맙다고 하셨어요…. 다만 그 다음 말이 아무래도 마음에 걸려서요…."

"어떤 말입니까?"

"또 무슨 일이 있으면 제게 부탁하고 싶다고 말씀하시고 돌아갔습니다."

"그래서요?"

"마치 또 죄를 짓겠다고 말하는 것 같지 않습니까?"

"그렇겠지요. 그래서 이왕이면 친절한 선생님께 부탁하고 싶다는 것 아니겠습니까?"

"네에? 그래선 곤란합니다!"

나카무라가 강한 말투로 말하자 남성이 움찔한 나머지 뒤로 물러났다.

"저는 가타기리 씨가 한시라도 빨리 사회에 복귀할 수 있도록 애를 많이 썼습니다. 가타기리 씨의 이야기에서 정상참작이 될 재료를 찾고, 피해를 당한 분들께 사죄하러 다니고, 가타기리 씨로부터 반성의 말을 끌어내고, 두 번 다시 이런 일은 하지 않겠다는 맹세를 받았습니다. 그런데도 재차 범죄를 저지른다면, 제가 해온 일은 대체 뭐였다는 걸까요? 가타기리 씨는 아직 인생을 다시 시작할 수 있는데…."

왜 이렇게 발끈하고 있는 건지 스스로도 모르겠지만 흘러 넘쳐 나오는 말이 멈추지 않는다.

"선생님이라면 아시지요? 그 녀석은 32년 동안 같은 일을 반복하고 있어요."

"그것은 알고 있습니다. 그렇지만 죄를 저지를지도 모르는 사람을 넋 놓고 놔둘 수는 없습니다. 그러니까 반드시 가타기리 씨에게 연락을 취해야 합니다."

"그렇게 말씀하셔도…, 휴대폰도 없을 거고 말이지요. 그제 밤에 오랜만에 이 가게에 들렀지만 어제는 오지도 않았습니다. 오늘도 올지 어떨지 알 수가─"

"가타기리 씨는 출소하면 어디서 묵으실까요?"

"모릅니다. 재워줄 만한 친구가 있다는 얘기도 못 들었고, 그렇다고 호텔이나 사우나에서 묵기는 더 어렵지 않을까요?"

"가타기리 씨에게는 헤어진 부인과 자녀분이 계셨지요? 거기에 몸을 의탁하는 일은─"

"그런 일은 있을 수 없습니다."

남성이 대수롭지 않게 당연하다는 듯 말했다.

"지금 그 두 분이 어디 계신지 모르십니까?"

"글쎄요. 가타기리 말로는 친정에 돌아갔다고 하더군요. 하긴 30년도 더 지난 얘기니까요."

"어디인가요?"

"하마마츠입니다. 그 이상 자세히는 모릅니다."

"그분들 이름을 가르쳐주세요."

나카무라는 가방에서 메모장과 펜을 꺼내며 말했다.

주인 남성에게 그것을 내밀자 이름을 적어 건넸다.

『전처 마츠다 요코, 딸 마츠다 히카리』라고 쓰여 있다.

"설마 두 사람을 찾을 생각입니까?"

주인 남성이 어안이 벙벙해진 채 물어서, 나카무라도 함께 쳐다보았다.

지금까지 하마마츠에 살고 있다고 해도 이 이름만으로 정확한 소재지를 찾기는 쉽지 않을 것이다.

"잘 모르겠습니다. 저도 일이 있기 때문에…"

나카무라는 메모장에 자신의 이름과 휴대폰 번호를 적은 뒤, 그것을 찢어서 남성에게 건넸다.

"가타기리 씨를 만나면 건네주시겠습니까? 제가 꼭 만나고 싶어 하니 연락을 달라고요."

"그거야 뭐…, 알겠습니다."

남성이 어깨를 움츠리면서 메모를 호주머니에 넣었다.

=

심장이 심하게 뛰어 잠에서 깼다. 나카무라는 어둠속에서 어렴풋이 떠오르는 아버지의 얼굴 때문에 천장을 향해 손을 뻗었다. 하지만 아무리 손을 휘저어도 형광등에 달린 끈에는 좀처럼 손이 닿지 않는다. 잠시 시간이 흘러, 이곳이 호텔방이라는 것이 떠올라 침대 옆에 설치되어 있는 조명 스위치를 켰다.

눈이 부셔 눈을 가늘게 뜨고 동시에 안도의 한숨을 토했다.

휴대폰을 들고 화면을 본다. 새벽 2시가 지나고 있었다. 『기쿠야』가 문을 닫을 시간은 벌써 지났다. 그렇다면 가타기리는 오지 않은 것일까? 아니면 연락처를 받았지만 가타기리가 전화를 걸지 않는 것일까?

나카무라는 『기쿠야』를 나와 아카바네 역으로 가던 도중에, 오늘 밤은 근처 호텔에 묵기로 결심했다.

센다이 집으로 돌아가 버리면, 혹시 가타기리가 연락을 해와도 만나지 못하고 전화 통화밖에 할 수가 없다. 그 경우 가타기리가 나카무라의 호소를 귀찮게 여기고 전화를 끊어 버리면 그걸로 끝이다. 주말은 변호사 업무를 쉬니까 토요일인 내일까지 묵을 수 있다. 일요일 아침에 첫 신칸센을 타면 집에 들러서 옷을 갈아입고 나갈 수 있으므로 레이카와의 약속에도 늦지 않을 것이다.

게다가 다음 주는 변호 업무가 꽉 차 있기 때문에 다시 가타기리를 만나러 도쿄에 올 여유가 없다. 가타기리에게서 연락이 왔을 때 어떻게든 재범을 막을 수 있는 방도를 찾고 싶다.

나카무라는 침대 협탁에 올려둔 메모지를 보았다.

어떻게든 가타기리의 전처 요코를 만날 수는 없을까?

적어도 5년 전까지 가타기리는 요코를 생각하고 있는 마음이 역력했다.

가타기리가 과거 걸어온 길과 지금의 용모를 고려해볼 때, 두 사람의 관계를 되돌리는 것은 바랄 수 없겠지만, 요코의 입으로 가타기리를 직접 설득하면 지금까지의 인생을 회개할지도 모른다.

아침이 되면 요코의 친정인 하마마츠에 가볼까?

전화번호부를 찾아보면 요코나 딸인 히카리를 찾을 수 있을지도 모른다. 물론 재혼해서 요코의 성(姓: 일본은 보통 결혼하면 남편의 성을 따른다 - 옮긴이)이 달라졌다면 어찌할 수 없다. 조금이라도 단서를 얻으려고 그동안 가타기리가 이야기했던 가족사를 필사적으로 떠올려 보았다.

기억을 더듬는 사이 한 가지 이야기가 생각났다.

아이가 태어난 뒤 요코가 일을 하지 못하게 되어 경제적으로 힘들어졌었는데, 그래도 집에서 가끔 기모노 수선 일을 해서 가계에 보탰다고 한다.

"기모노 수선을 할 수 있다니 대단하네요."

"가업을 도와서 배웠대."

나카무라가 감탄하자 가타기리가 그렇게 대답했던 기억이 있다.

"나 같은 상대가 아니라면 요코의 부모님도 딸 결혼식에 기모노를 새로 지어서 보내주고 싶었겠지."

가타기리가 그렇게 말하며 씁쓸하게 웃던 모습이 뇌리에서 되살아난다.

=

"곧 하마마츠 역에-"

나카무라는 신칸센 안내 방송을 듣고 자리에서 일어났다.

신칸센에서 내려 개찰구로 가면서 손목시계를 보았다. 12시 반을 조금 넘었다.

나카무라는 하마마츠 역에서 나와 역 앞 로터리를 둘러보았다. 공중전화 박스를 찾아 그쪽으로 뛰어갔다.

공중전화 박스 안에 들어가 공중전화를 얹은 판 밑에서 두꺼운 전화번호부를 꺼냈다. 얇은 종이를 팔랑팔랑 넘기며 하마마츠 시내에 있는 포목점을 전부 찾아본다.

『마츠다야』라는 것을 발견하고 저도 모르게 성취감에 주먹을 불끈 쥐었다.

주소는 나카구신즈쵸이다. 휴대폰으로 지도를 검색해보니 스케노부 역에서 가깝다. 여기서 조금 걸어간 곳에 있는 신하마마츠 역에서 네 정거장을 가면 스케노부 역이다.

=

스케노부 역에서 휴대폰 지도에 의지해 걷다 보니, 오래된 일본 전통가옥이 눈에 들어왔다. 기와지붕에 『마츠다야』라고 적힌 중후한 나무 간판이 걸려 있다.

여기까지는 지극히 순조롭게 왔지만, 이 가게 규모를 보고 앞으로 할 일의 높은 문턱을 새삼 실감했다.

가게 앞을 잠시 서성거리며 어떻게 말을 꺼내면 좋을지 생각해 봤다. 결국 솔직하게 얘기할 수밖에 없다고 결심하고 미닫이문을 열었다.

가게 안도 운치가 있다. 안쪽이 한단 높은 다다미방이고, 옷걸이에 걸린 기모노 한 벌이 장식되어 있다. 그 가까이에 기모노 차림의 여성이 정좌를 하고 책상 앞에서 무언가를 쓰고 있었다.

"어서 오세요."

자신과 같은 또래로 보이는 그 여성이 나카무라의 기척을 느끼고 일어나서 먼저 말을 걸어왔다.

나카무라는 가볍게 인사를 하고 가게 안을 둘러보았다. 하지만 상품이 전시되어 있지 않아서 아무래도 이야깃거리를 찾지 못했다.

"기모노를 찾으시나요?"

여성이 그렇게 물어, 나카무라는 얼굴을 돌렸다.

"아니요, 저⋯, 갑작스럽게 이런 말씀을 드려 죄송하지만, 혹시 여기에 마츠다 요코 씨라는 분이 계십니까?"

나카무라의 말에 그때까지 온화했던 여성의 표정이 달라졌다.

어딘가 험악함이 느껴지는 눈빛에서 요코를 알고 있다는 걸 눈치챘다.

이 여자가 어쩌면 요코의 딸인 히카리가 아닐까?

"사실…, 저는 이런 사람인데요."

나카무라는 명함을 꺼내며 여성에게 다가갔다.

여성은 의아하다는 듯 명함을 받아 잠시 쳐다보았다.

"엄마는 돌아가셨습니다."

여성이 이쪽으로 시선을 되돌리며 말했다.

"그렇습니까…?"

가슴속에 낙담이 퍼져간다.

"센다이 지역에서 일하시는 변호사분께서 무슨 용건으로 여기까지 찾아오셨나요?"

"혹시 히카리 씨인가요?"

그 질문에 여성이 고개를 한 번 갸웃하더니 이내 고개를 끄덕였다.

"가타기리 타츠오라는 분에 관한 일로 잠시 말씀을 좀 드리고 싶어서요."

나카무라의 말에 여성의 눈빛이 더욱 험악해졌다. 그리고 이제야 무언가를 이해했다는 듯 한숨을 토하며 말했다.

"지금 그분이 변호사님의 신세를 지고 있다는 거군요?"

아버지의 행적에 대해서 들어온 것 같다.

"네, 분명 저는 5년 전에 가타기리 씨의 변호를 맡았었습니다. 그러나 지금은 그 죗값을 치르고 출소했습니다."

"그렇습니까."

히카리가 아무래도 좋다는 듯한 말투로 답했다.

"가타기리 씨는 32년 전부터 교도소를 들락날락하는 생활을 하고 있습니다. 당연히 가족도 없습니다. 제가 보기에는 마치 인생을 내팽개쳐버린 사람처럼도 보입니다."

"듣던 대로 형편없는 사람이네요. 제게도 그런 사람의 피가 흐르고 있다는 생각만 해도 섬뜩합니다."

"분명…, 성실한 인생을 살았다고 말하기는 힘듭니다. 하지만 저는 그가 다시 인생을 제대로 시작하길 바라고 있습니다. 두 번 다시 죄를 짓지 않길 바랍니다. 앞으로 남은 인생을 성실하게 보내길 바라죠. 5년 전에 저와 이야기를 나누었을 때 가타기리 씨는 요코 씨와 히카리 씨와의 추억을 행복한 듯 말했습니다. 헤어지고 30년 가까이나 지났는데도 말이지요."

히카리에게는 그 얘기가 의외라는 듯 고개를 갸웃했다.

=

"직접 만나시는 것까지야 어렵겠지만, 가타기리 씨에게는 지금도 두 분이 틀림없이 소중한 존재입니다. 두 분이라면 가타기리 씨가 이제까지 살아온 삶의 방식을 바꿀 수 있지 않을까, 인생을 다시 시작할 계기를 줄 수 있지 않을까 싶어서 결례를 무릅쓰고 찾아왔습니다. 어떠한 형태로든 가타기리 씨에게 마음을 전해주실 수 없을까요? 부탁드립니다."

나카무라는 깊이 머리를 숙였다.

"자기 멋대로…."

히카리의 중얼거림이 들려 나카무라는 얼굴을 들었다.

"그 사람 때문에 엄마와 내 인생은 엉망이 되었습니다. 내 안에 가타기리라는 사람의 기억은 거의 없습니다. 그저 쭉 그 사람을 미워하며 살아왔어요. 그 사람이 고독하게 어딘가에서 객사한다면 그것이야말로 제가 바라는 것입니다."

히카리의 매서운 눈빛에 기가 죽을 것 같았지만 그 심정도 뼈저리게 이해할 수 있었다.

"충분히 이해합니다."

나카무라가 그렇게 말하자, 히카리가 반발하듯 몸을 앞쪽으로 살짝 기울였다.

"제 아버지도 변변치 못한 사람이었거든요."

이제 히카리가 의표를 찔린 듯, 나카무라를 쳐다본 채 입을 다물었다.

가타기리처럼 경찰 신세까지는 지지 않았지만 나카무라가 어릴 때부터 술과 도박, 여자에 빠져서 엄마를 몹시 고생시켰다.

이혼한 후에도 종종 집에 찾아와서 엄마에게 우는 소리를 하며 돈을 뜯었다. 엄마는 그런 아버지를 완전히 떼내지 못한 듯, 고생해 번 돈을 할 수 없이 아버지에게 건네기 일쑤였다.

"어머니는 제가 23살 때 돌아가셨습니다. 저는 아버지에게 말할 수 없는 분노를 느꼈습니다."

아버지는 나카무라가 변호사로 일을 시작하고 얼마 지났을 무렵에, 몇 년 만에 그 집에 찾아왔다. 돈을 뜯으러 온 것 같았는데, 엄마가 죽은 사실만을 전하자 아버지는 말없이 돌아갔다.

그 뒤로 한동안 소식이 없었는데 5년 전에 갑자기 나카무라가 일하는 사무실에 찾아왔다. 처음 보는 듯한 초췌한 표정으로 10만 엔 정도의 돈을 빌려달라고 간원했다. 하지만 나카무라는 딱 잘라 거절했다.

"정말 그 돈이 없으면 위험해. 이대로라면 무슨 짓을 저지를지 몰라. 그렇게 되면 너한테도 폐가 가잖니."

그러자 아버지는 협박인지 눈물의 애원인지 알 수 없는 말을 토하며 눈앞에서 무릎을 꿇었다.

아들에게 무릎을 꿇어버릴 정도로 몰락한 아버지의 모습을 보고 구역질이 올라왔다.

나카무라와 엄마가 힘들었을 때 아버지는 아무것도 도와주지 않았다. 참 태연히도 자신 앞에 나타나서 이럴 수 있구

나. 눈앞의 아버지와 어떤 말을 섞는 것조차도 허무하게 느껴졌다.

"두 번 다시 내 앞에 나타나지 마세요."

나카무라는 그렇게 내뱉고 아버지를 쫓아냈다.

"그로부터 일주일 뒤에 경찰서에서 연락이 왔습니다. 아버지가 전동차에 뛰어들어 자살했다고요."

나카무라의 말에 히카리는 혼란스러운 표정을 지었다.

신원 확인을 해달라고 해서 경찰서에서 아버지 시신과 대면했다. 천으로 덮인 몸은 뿔뿔이 흩어진 것 같았지만 얼굴은 비교적 깨끗해서 자신이 아는 아버지의 모습을 확인할 수 있었다.

"지금도 후회하고 있습니다."

"아버지께 돈을 빌려드리지 않은 일을 말인가요?" 히카리가 물었다.

"물론 그런 점도 있을지 모릅니다. 하지만 그 이상으로 내 생각을 토해내지 않았던 점이 후회스러운 것이겠지요. 아버지에게는 원망의 말을 포함해 제가 하고 싶은 말이 많았습니다. 그걸 말하지 않은 채로 보내고 말았습니다. 그것을 말했더라면, 한심한 부모에게 자식으로서 느꼈던 분노를 확실히 표출했더라면, 어쩌면 뭔가가 달라지지 않았을까 하고…."

나카무라는 아버지가 죽고 나서 한 달쯤 지났을 때 가타기리의 변호를 맡았다.

히카리에게 아버지와의 관계를 고백하면서, 왜 자신이 가타기리 일에 이리도 필사적으로 매달리는 것인지 스스로 깨닫게 되었다. 나카무라는 가타기리의 모습을 돌아가신 아버지의 모습에 투영하고 있는지도 모른다.

"저는 지금도 아버지를 미워하고 있습니다. 아니, 이제 미워할 수밖에 없습니다. 저는 아버지와 어머니 두 분이 모두 돌아가신 지금까지 아버지에 대한 미움과 어머니에 대한 애절한 마음에 묶여 살고 있습니다. 설령 용서할 수는 없었다고 해도 저는 그때 아버지에게 뭔가를 전해야 했습니다. 엄마를 위해서도 제 자신을 위해서도. 그랬다면 이 마음이 조금은 풀렸을지도 모릅니다."

히카리는 고개를 숙이고 있다.

"어머님은 가타기리 씨에게 어떤 마음을 품고 계셨을까요? 그것을 전하는 것만이라도…."

히카리가 얼굴을 들었다. 지그시 이쪽을 쳐다보고 마침내 입을 열었다.

"생판 남인 저를 위해 그렇게 괴로운 얘기를 꺼내주셔서 감사합니다."

"아니요…."

"다만, 지금의 저는 그 사람에게 뭔가 전하고 싶은 것이 없습니다. 잊고 싶을 뿐입니다. 저는 2년 전에 결혼해서 아이도 있습니다. 다시 엮이는 일 자체가 싫습니다."

나카무라는 히카리를 쳐다보았다. 괴로운 듯 입가가 일그
러져 있다.

"미안합니다…"

"아니요…, 저야말로 죄송합니다."

나카무라는 머리를 숙이고 가게를 나왔다.

=

나카무라는 휴대폰 벨 소리에 잠에서 깼다.

침대에서 일어나 휴대폰을 놓아둔 테이블로 향했다.

화면을 보니 저장되어 있지 않은 모르는 휴대폰 번호이다.

"여보세요…?"

나카무라는 전화를 받았다.

"선생인가?"

곧바로 가타기리의 목소리라는 걸 알았다.

"네에, 나카무라입니다."

"기쿠치가 연락해 보라고 메모를 주던데 대체 무슨 일이
야?"

"실은 지금 아카바네에 있습니다. 지금 좀 만날 수 있을까
요?"

"미안하지만 지금부터는 내가 볼일이 있어."

"오늘 밤이 아니어도 괜찮습니다. 조만간 저를 좀 만나주

시지 않겠습니까?"

"저기, 선생…, 선생도 바쁘잖아. 이제 내 일은 신경 쓰지 마. 나는 선생이 기대하는 것 같은 인간이 아니야."

"또 지금까지처럼 죄를 저지를 거라는 겁니까?"

가타기리는 아무 대답도 하지 않는다.

"5년 전에 약속했잖아요! 이제 죄는 저지르지 않겠다고요!"

웃음소리가 들렸다.

"당신, 정말 좋은 사람이네. 앞으로 무슨 일이 있다고 해도 그건 변하지 않을 거야."

"무슨 뜻입니까?"

그 말에 신경이 곤두섰다.

"뭐, 뭐든 좋잖아. 선생이랑 만나서 즐거웠어. 하지만 이걸로 작별이야."

"잠깐만요! 오늘 히카리 씨를 만나고 왔습니다."

이대로 전화를 끊지 못하도록 순간적으로 히카리 얘기를 꺼냈다. 그 말에 가타기리가 숨을 죽인 것이 느껴졌다.

"2년 전에 결혼해서 아이도 있답니다. 가타기리 씨가 성실한 인생을 걷기를 바라고 있습니다."

그녀로부터 그런 말은 들은 적이 없지만 급한 마음에 어쩔 수 없이 거짓말을 보탰다.

"저도 가능한 한 힘을 보태겠습니다. 저랑 조금이라도 빨

리 만나서 앞으로의 일과 생활에 대해서 이야기를 나누시
지요."

"요코는…?"

가타기리가 요코에 대해 물어서 뭐라고 대답해야 할지 잠
시 망설였다.

"유감스럽지만, 돌아가셨답니다."

긴 침묵이 흘렀다.

"그래. 잘 지내게…"

전화가 끊겼다.

나카무라는 깊은 한숨을 흘리고 침대에 다시 누웠다.

내일은 아침에 신칸센 첫차를 타고 센다이로 돌아가야 한
다.

가타기리 같은 사람은 얼른 잊어버리고 빨리 잠들기 위해
눈을 감았다. 하지만 아무래도 잠이 오지 않는다. 술이라도
몇 모금 마셔 날카로워진 기분을 조금이라도 진정시키는 편
이 좋을 것 같았다.

나카무라는 침대에서 일어나 옷을 갈아입었다.

호텔을 나와서 곧장 『기쿠야』로 향했다.

그 앞에 도착했는데, 아직 문 닫을 시간이 아닌데도 포렴
을 걸고 있다.

미닫이 유리 창문을 통해 가게 안을 들여다보았다. 바 자
리에 모자를 쓴 한 남성이 홀로 앉아 있다. 기쿠치와 마주보

고 뭔가 이야기를 하는 중인 것 같다. 심각한 얘기 중인지 기쿠치의 표정이 어둡다.

나카무라는 여기서 한 잔 하는 건 포기하는 게 나을 것 같아서, 다른 가게를 찾아 걷기 시작했다.

=

레이카가 개찰구 밖에 서 있는 것이 보였다.

나카무라가 개찰구를 빠져나가 가까이 다가가자 레이카가 배시시 웃었다.

"얼굴이 엄청 굳어 있어. 그렇게 긴장하지 않아도 돼."

레이카의 말에 나카무라는 뺨부터 턱 주변을 손으로 쓸어내렸다.

사실 레이카 일로 크게 긴장한 건 없지만, 분명 나카무라의 얼굴은 상당히 굳어 있을 것이다.

앞으로 무슨 일이 있어도-

어젯밤 가타기리의 말이 계속 마음에 걸린다.

가타기리는 다시 죄를 저지를 생각일까. 그래서 다시 체포되더라도 이제는 나카무라와는 관계없다고 말하고 싶었던 것일까.

가타기리는 자신의 소중한 인생을 홀로 감옥 안에서 끝내려고 하는 것일까.

아버지의 얼굴이 뇌리에 다시 들러붙을 것 같아 나카무

라는 가볍게 머리를 흔들었다.

"케이크라도 사갈까?"

더 이상 가타기리에 대한 생각은 하지 말자.

"역을 나가면 맛있는 케이크 가게가 있어. 가자."

레이카가 나카무라의 팔에 팔짱을 끼고 걷기 시작했다.

역에서 나와 케이크 가게에 들렀다. 레이카가 케이크 고르는 걸 보고 있을 때 가방 안에서 진동이 울렸다. 업무용 휴대폰에 전화가 걸려온 것 같다. 휴대폰을 꺼내 화면을 보니 저장되지 않은 모르는 번호였다.

"전화가 와서 잠깐만."

나카무라는 레이카에게 양해를 구하고 밖으로 나와 전화를 받았다.

"갑자기 죄송합니다. 마츠다야의-"

여성의 목소리를 알아채고 나카무라의 심장 박동이 빨라졌다.

"요코 씨의 따님이신 히카리 씨지요? 무슨 일이신가요?"

나카무라가 물었다.

"그 사람을 만나고 싶어서 전화했어요."

그것은 나카무라가 진심으로 원하던 일이기는 했다.

그러나 온 얼굴에 문신을 잔뜩 새긴 아버지와 대면하면 정작 히카리는 어떻게 생각할까.

"어려울까요?"

히카리가 물었다.

"아니요…, 다만, 직접 만나시면 충격을 받을지도 모릅니다."

"왜요?"

"가타기리 씨는 얼굴 전체에 문신을 새겼습니다."

침묵이 흘렀다.

"상관없습니다."

긴 침묵 후, 겨우 히카리의 목소리가 들렸다.

"혹시 오늘 일정은 어떻게 되세요?"

가타기리가 죄를 저지르기 전에 만나지 않으면 의미가 없다.

"괜찮습니다."

"가타기리 씨에게 연락을 해보고 다시 전화 드리겠습니다."

나카무라는 전화를 끊고 주머니에서 개인용 휴대폰을 꺼냈다. 착신 내역을 불러내 어젯밤 가타기리가 걸어온 전화번호로 전화를 건다.

"여보세요…?"

짜증 섞인 여성의 목소리가 들려 나카무라는 기가 꺾였다.

"저기…, 나카무라라고 합니다만, 가타기리 씨 전화 아닙니까?"

"가타기리?"

여성은 의아한 듯이 되물었다.

"어제 이 번호로 제 휴대폰에 전화를 하셨는데요."

"아아…, 지금 여기에는 없는데요."

"급히 가타기리 씨와 연락을 하고 싶은데 어디 계신지 모르십니까?"

"글쎄요…, 오늘 밤에 만날 약속을 하긴 했는데."

여성의 곤혹스러워하는 듯한 목소리가 들렸다.

"가타기리 씨를 만나면 곧바로 이 번호로 연락을 해달라고 전해주실 수 있을까요? 그분의 따님 일로 꼭 하고 싶은 얘기가 있다고요."

"따님?"

"네에."

"꼭 하고 싶은 얘기라는 건 뭐예요?"

"죄송하지만, 그건 가타기리 씨께 직접 이야기하고 싶습니다. 하지만 가타기리 씨 인생에서 무척 중요한 일이라고 생각합니다."

"알았어요. 만날 수 있을지 어떨지 모르겠지만 지금부터 좀 찾아볼게요."

"짐작 가는 곳이라도 있나요?"

"뭐 그냥…."

"그럼, 잘 부탁드립니다."

나카무라가 전화를 끊었을 때 레이카가 케이크 상자를 들고 가게에서 나왔다. 지금부터 무슨 수를 써서라도 가타기리를 찾아내려면 당장 도쿄로 가는 편이 좋을 것이다.

"레이카, 미안해. 갑자기 급한 볼일이 생겼어."

나카무라의 말에 레이카가 "뭐?"하고 떨떠름한 표정을 짓는다.

"오늘은 쉬는 날 아니야?"

"어어…, 그런데 너무 중요한 일이야."

"설마, 가타기리라는 사람 일은 아니겠지?"

나카무라가 즉답을 못하고 우물거리자, 그렇다고 확신한 듯 레이카의 표정이 험악해졌다.

"우리 일보다 전과자 찾는 일이 더 중요하다는 거야?"

레이카가 납득할 수 없다는 듯 말했다.

"물론 우리 일이 더 중요하지. 하지만 이대로 아무것도 하지 않으면 평생 후회할 것 같아."

나카무라가 레이카의 눈을 지그시 쳐다보며 호소하자, 그녀는 한숨을 크게 내쉬었다.

"할 수 없네. 다녀와."

"미안해. 레이카의 부모님께서 화내시겠지?"

"당연히 화내지."

나카무라는 풀이 죽어 얼굴을 숙였다.

레이카에게 모진 짓을 하고 있다는 건 잘 안다. 하지만 가타기리에게는 이것이 딸과 이야기할 수 있는 마지막 기회가 될지도 모른다. 행동으로 옮기지 않아서 뒷날 후회하는 일은 이제 지긋지긋하다.

"하지만 일단 일을 열심히 하는 사람이라고 부모님께 전해둘게."

나카무라는 얼굴을 들었다.

"어떻게 생각하실지는 잘 모르겠지만."

"고마워. 다음에 만날 때 꼭 만회할게."

"나한테는?"

"물론. 무덤 속에 들어갈 때까지 이 은혜 잊지 않을게."

나카무라의 말에 레이카의 입가가 풀어졌다.

"뭐야, 그게? 혹시 그게 프러포즈야?"

나카무라는 쑥스러워져 머리를 긁적였다.

"이왕이면 좀 더 가슴에 울릴만한 프러포즈를 해. 꼭 다시 해야 해!"

"알았어."

레이카를 향해 미소를 짓고 나카무라는 역으로 향했다.

기타야마 역에서 센다이 역을 경유해서 도쿄로 가는 도쿄 행 신칸센을 탔다. 우츠노미야 역을 지났을 즈음에 휴대폰이 주머니 안에서 진동했다.

나카무라는 자리에서 일어나 열차 연결통로로 향하며 전화를 받았다.

"대체 뭐야? 어제로 작별이라고 말했잖아."

언짢아하는 듯한 가타기리의 목소리가 들려왔다.

"아까 히카리 씨에게 연락이 왔는데, 가타기리 씨를 만나고 싶다고 했습니다."

침묵이 흘렀다.

"여보세요, 듣고 있나요?"

너무나도 긴 침묵에 나카무라는 다시 말을 했다.

"어어, 듣고 있어. 무슨 낯짝으로 만나라는 거야! 좀 봐줘."

"주눅이 드는 기분은 이해합니다. 만난다고 해도 따님이 기분 좋은 말을 들려줄 거라는 기대는 하지 마세요. 다만, 그래도 저는 만나야 한다고 생각합니다. 가타기리 씨는 아버지로서 자식의 마음을 받아들일 의무가 있습니다. 설령 그것이 아무리 신랄한 평가일지라도요."

가타기리는 침묵하고 있다.

"이번 기회를 놓치면 이제 두 번 다시 못 만날지도 모릅니다."

가타기리는 답하지 않는다.

"가타기리 씨!"

"알았어…, 어떻게 하면 되나?"

가타기리가 초조한 듯 말했다.

"지금 어디에 계십니까?"

"아카바네 근처야."

이 신칸센 열차는 오후 1시를 좀 지나 도쿄 역에 도착한다.

"1시 반에 도쿄 역에서 만나지요. 역 구내의 도카이도 신칸센 중앙개찰구 앞에서요. 이 번호를 적어두셨다가 혹시 길을 못 찾으시면 전화를 주세요."

"어어…."

전화를 끊고 모바일로 인터넷에 접속해 신칸센 시간을 알아본 뒤, 히카리의 휴대폰에 전화를 걸었다.

"가타기리 씨와 연락이 되었습니다. 3시 32분에 도착하는 신칸센으로 하마마츠 역에 도착할 예정입니다."

"알겠습니다."

히카리의 목소리가 들렸다.

"약속 장소는 사람들 눈에 잘 띄지 않는 곳이 좋을 것 같습니다."

"하마마츠 역 앞에 큰 백화점이 있어요. 거기 주차장에서 만나면 어떨까요? 차로 갈 거거든요. 하얀색 왜건 차량입니다."

히카리는 그렇게 말하더니 전화를 끊었다.

나카무라는 도쿄 역에 도착해 신칸센 중앙개찰구로 향했다.

가타기리는 벌써 와 있었다. 오가는 사람들의 호기심 가득한 시선을 받으며 무료한 듯 서 있다.

"오래 기다리셨습니다."

가까이 다가서며 말을 걸자 가타기리가 이쪽을 보았다.

눈빛이 마치 두려움과 쓸쓸함이 뒤섞인 미아 같았다.

이 사람도 이런 눈을 할 수 있구나 하는 생각에 나카무라는 놀라지 않을 수 없었다.

"표를 사 올 테니 여기서 기다리세요."

나카무라는 가타기리에게 그렇게 말하고 매표소로 향했다.

=

나카무라는 잔에 남은 커피를 다 마시고 손목시계를 보았다.

오후 5시 반을 지나고 있다.

가타기리가 백화점 주차장에서 히카리의 차에 올라탄 지 2시간 가까이 지나고 있다.

약속한 주차장에서 히카리의 차인 듯한 차를 발견해 그쪽으로 가까이 다가서자, 히카리가 차에서 내렸다. 히카리는 가타기리와 얼굴을 마주하자 입술을 꼭 다물고 뚫어져라 쳐다보았다. 하지만 바로 차에 타라고 손짓을 했다.

나카무라는 부녀끼리 얘기하는 편이 낫겠다고 판단하고, 이야기가 끝나면 휴대폰으로 연락을 달라고 말한 뒤 그 자리에서 떠났다. 그리고 하마마츠 역에서 가까운 찻집에 앉아 있다.

지금쯤 두 사람은 무슨 얘기를 하고 있을까.

히카리의 표정을 감안할 때, 평온한 재회의 장면은 바랄 수 없으리라. 하지만 그래도 이번 만남이 앞으로의 가타기리 인생에 아주 작은 마음의 버팀목이라도 되면 좋겠다 싶었다.

주머니 속에서 휴대폰이 진동해서 꺼냈다. 공중전화에서 걸어온 착신이다.

"여보세요, 나카무라입니다…."

"나야. 지금 역으로 가지."

가타기리의 목소리가 들리더니 곧바로 전화가 끊겼다.

나카무라는 가방과 찻집 전표를 들고 일어서 계산대로 향했다.

역에서 신칸센 표를 사고 개찰구 앞에서 기다리고 있으니, 가타기리가 이쪽으로 오는 것이 보였다.

입술을 굳게 다문 채 뭔가 생각에 잠긴 것 같았다.

나카무라는 가타기리에게 신칸센 표를 건네고 개찰구를 빠져나갔다. 그리고 플랫폼으로 이어지는 에스컬레이터를 탔다.

눈앞에 선 가타기리의 등을 바로 뒤에서 쳐다보고 있으니 겉옷에서 희미한 냄새가 떠돌았다. 제사향 냄새일까.

나카무라는 지금까지 두 사람이 보낸 시간을 상상했다.

신칸센을 타고 2인석에 가타기리와 나란히 앉았다.

"요코 씨 성묘를 하셨습니까?"

나카무라가 물었다.

"어어."

"가셔서 어떤…?"

"더 이상 죄를 짓지 않겠다고 맹세했어."

"그렇군요."

"자도 되나? 나 피곤해."

가타기리가 반대편으로 얼굴을 돌렸다.

칠흑 같은 차창에 가타기리의 얼굴이 비친다. 자고 있지 않은 것은 분명했다. 가타기리는 가만히 자신의 얼굴을 쳐다보며 무슨 생각을 하고 있을까.

가타기리는 1시간 넘게 꼼짝도 하지 않고 침묵했지만, 이제 곧 시나가와에 도착한다는 안내방송이 흐르자 창문 쪽에서 정면을 향해 얼굴을 돌렸다.

"가타기리 씨, 지금 『기쿠야』에 가실래요? 언젠가 말씀하셨던 계란 푼 볶음국수를 먹고 싶습니다."

나카무라는 아침 첫 신칸센을 타면 출근길에 늦지 않을 테니, 오늘 밤도 아카바네의 호텔에 묵을 생각이다.

"나는 지금부터 볼일이 있어서 여기 시나가와 역에서 내리겠어."

가타기리가 자리에서 일어나 나카무라를 넘어 통로로 나갔다.

"무슨 볼일인가요?"

"그냥 별일 아니야."

"그럼 끝나고 오세요. 기다릴게요."

가타기리는 아무 말도 하지 않고 걷기 시작하다가 곧 발길을 멈췄다. 그리고 나카무라를 돌아본다.

"선생, 고맙네. 감사하게 생각해."

가타기리는 온화한 미소를 띠고 열차의 연결통로를 향해 걷기 시작했다. 나카무라는 가타기리의 모습이 사라지자 비로소 창밖을 쳐다보았다.

그 순간, 문득 플랫폼을 향해 걸어가는 어떤 남성의 모자에 눈길이 갔다. 분명 기억에 남아 있는 모자이다. 나카무라는 가타기리가 걸어가는 쪽으로 향하는 그 모자 쓴 남자의 얼굴을 쳐다보았다.

어제 문을 닫은 『기쿠야』에서 본 모자 쓴 남성을 닮았다.

기분 탓일까?

신칸센이 출발하자, 그제서야 다른 생각이 머릿속을 채웠다.

도쿄 역에 도착하면 근처 백화점에서 레이카에게 줄 선물을 사가자.

오늘 진 빚은 꽤 비싸게 쳐줘야 할 것 같지만, 그래도 좋다.

제3장

마츠다 히카리

거의 1시간 가까이 백화점의 신사복 코너를 돌고 있지만 좀처럼 좋은 것을 찾지 못했다.

좀 고급스러운 넥타이와 넥타이핀을 발견했지만, 원래 아버지는 거의 양복을 입지 않는다. 포목점에서 일할 때는 늘 기모노를 입고, 개인적인 일을 볼 때는 청바지에 셔츠를 걸친 수수한 차림이다.

마츠다 히카리는 손목시계를 보았다.

오후 6시 50분이다. 7시에 신지와 약속이 있다.

생일은 아직 이틀 남았다. 게다가 내일도 여기에 올 일이 있으니까 그 때 다시 고를까?

그렇지만 그 **볼일**을 끝낸 후에 과연 선물을 고를 기분이 들까?

히카리는 새삼 그 일이 떠오르자 무거운 마음으로 에스컬레이터를 향해 갔다.

도중에 눈에 띄는 것이 있어 멈춰 섰다. 흥미가 생겨 진열대로 다가갔다. 진열대에는 다양한 종류의 모자가 놓여 있다.

히카리는 그 중에서 가장 먼저 눈에 들어온 회색 중절모를 집었다.

이거라면 기모노에도 어울리지 않을까?

게다가 아버지는 요즘 머리숱이 줄어들어 고민하고 있었다. 이제 곧 예순이니 머리숱이 줄어드는 것도 어쩔 수 없다고 생각되지만, 본인은 빈번히 거울을 들여다보며 신경을 쓰는 것 같다.

가격표를 보니 4만 8천 엔이다. 생각했던 예산을 훨씬 초과한다.

히카리는 모자를 쳐다보며 아버지가 이 모자를 쓴 모습을 상상해 보았다. 상당히 멋져 보일 것 같다.

하지만 그 이상으로 부끄러워할 것 같은 아버지를 뇌리에 떠올리며, 귀신에 홀린 듯 모자를 든 채 계산대로 향했다. 신용카드로 계산하고 선물 포장을 하는 사이에 신지에게 15분 정도 늦는다고 문자메시지를 보냈다.

상품을 받아 서둘러 백화점을 나왔다.

약속 장소는 하마마츠 역 근처에 있는 이탈리안 레스토랑이다. 퇴근하고 만날 때는 대개 거기서 술과 식사를 즐긴다.

가게에 들어가니 신지가 바 자리 맨 안쪽 자리에서 기다리고 있었다.

"늦어서 미안해. 먼저 마시지 그랬어?"

히카리는 신지의 옆에 앉으며 말했다.

"금방 온다고 했으니까. 일단 레드 와인 괜찮아?"

신지가 그렇게 묻자 히카리는 조금 망설였다.

"오늘은 좀 컨디션이 별로라서 일단 오렌지 주스로 할게."

히카리가 대답했다.

"몸이 안 좋아?"

"응. 어제 아버지랑 한 잔 했는데 좀 과음했나봐."

히카리가 그렇게 둘러대자 신지는 의문이 해소된 듯 점원에게 주문을 했다.

잔이 나오고 일단 둘은 건배를 했다. 신지는 맛있게 레드 와인을 마시며, 히카리 옆자리에 놓인 종이봉투를 보았다.

"뭘 샀어?"

"모자."

신지가 의외라는 듯한 표정을 지었다.

히카리가 모자를 쓴 모습을 본 적이 없기 때문이리라.

"아버지 거야. 일요일이 생신이거든."

신지가 그제야 이해했다는 듯 고개를 끄덕였다.

"그러고 보니…, 아버님, 올해 환갑 아니신가?"

"맞아. 그래서 좀 큰 맘 먹고 샀어. 5만 엔이나 하는 거야."

"그렇게나?"

신지가 놀란 목소리를 냈다.

"하지만 엄청 멋진 중절모야. 기모노에도 잘 어울릴 것 같고."

"좀 보고 싶은데."

신지가 흥미롭다는 듯 몸을 앞쪽으로 내밀어왔다.

"안 돼. 깔끔하게 포장했거든."

히카리가 뾰로통하게 말하자 신지는 웃으며 다시 레드 와인을 입으로 가져갔다.

"나도 절반 내면 안 될까? 일요일은 휴일이고 하니, 나도 함께 아버님 생신을 축하하는 건 어떨까?"

신지의 갑작스런 제안에 히카리는 딱히 대답할 거리가 궁했다. 지금 두 사람을 만나게 했다가는 자신의 의사와 관계없이 혼사가 급작스럽게 진행되어 버릴지도 모르기 때문이다.

"우리 일…, 역시 아버님께서 반대하시는 건가?"

그때까지 얼굴에서 웃음기가 떠나지 않았던 신지가 갑자기 진지한 표정으로 말했다.

신지는 2주 전에 프러포즈를 했다. 하지만 히카리는 생각할 시간을 좀 달라고 대답을 미룬 상태이다.

"나, 진심이야." 신지가 진지한 눈빛으로 히카리를 쳐다본다.

그건 잘 알고 있다.

히카리는 외동딸이고 본가는 메이지 시대부터 이어지는 유서 깊은 포목점을 운영하고 있다. 신지는 히카리가 바로 프러포즈를 받아들이지 않았던 이유를, 히카리가 시집을 가면 가업을 이을 사람이 없어진다는 이유로 히카리의 아버지가 반대하기 때문이라고 생각한 듯하다. 그래서 신지는 자신이 지금 하는 일을 그만두고 포목점을 이어받아도 좋다고까지 말해주었다.

"그건 현실적이지 않아. 신지의 부모님께서 분명 납득하기 힘드실 거야."

히카리는 신지에게서 시선을 돌렸다.

신지도 외아들이다. 게다가 하마마츠 시내에서 유명한 제과회사 창업자의 자제이다. 지금은 일개 영업부 사원으로 일하고 있지만, 신지의 부모님도 분명 언젠가는 신지에게 회사를 맡기고 싶다고 생각할 것이다.

"가벼운 마음으로 프러포즈한 거 아니야. 사귀고부터 서로의 집에 대해 많이 생각했어."

신지와는 3년 동안 사귀고 있다. 만난 계기는 친구의 결혼식이었다. 신부는 히카리와 가장 친했던 고교 동급생이고, 신랑의 가장 친한 친구가 신지였다. 둘이서 뒤풀이 진행을 맡은 일로 친해졌다.

하마마츠에 사는 사람이라면 모두가 아는 회사의 자제인 데도, 신지에게는 거드름 피우는 면도 잘난 척하는 면도 없었다.

오히려 신랑의 친구들 중 누구보다도 배려심이 깊은 사람이라 만난 날부터 호의를 품었다. 사귄 이후로도 그 생각은 바뀌지 않았고 히카리의 아버지도 신지의 인품에 호감을 가지고 있다.

"히카리와 사귀고부터 부모님에게는 넌지시 회사는 잇지 않을지도 모른다고 잘 말해왔어. 지금은 아버지도 나한테 무리해서까지 회사를 잇지 않아도 된다고 말씀하셔. 다만, 나도 정착해야 할 나이니까 하고 싶은 일이 있다면 빨리 결정하라고 하시지."

"포목점을 잇는다고 결심해도 운영하기가 쉽지 않아."

"그런 건 잘 알아. 하지만 히카리와 쭉 함께 있고 싶으니까 결심했어. 게다가 아버님도 정말 좋으신 분이야. 잘 해나갈 자신 있어."

히카리에게는 과분할 정도의 마음이지만 히카리는 선뜻 받아들이지 못한다.

물론 히카리도 신지를 좋아한다. 쭉 함께 있고 싶다는 마음도 있고, 신지와 가정을 꾸리는 모습을 상상하기도 한다.

그렇지만….

"날 좋아하지 않아?"

신지가 불안한 듯 묻고, 히카리는 작게 고개를 옆으로 저었다.

"그럼 우리 부모님이 문제야?"

히카리는 다시 고개를 옆으로 저었다.

몇 번인가 신지의 집에 간 적이 있는데, 부모님 모두 온화하고 다정한 분들이라고 느꼈다.

"그럼 대체-"

"불안해."

히카리는 중얼거렸다.

"불안?"

"결혼해도 내가 좋은 아내가 될 수 있을지, 아이가 생겨도 좋은 엄마가 될 수 있을지, 자신이 없어…."

신지에게 처음으로 자신의 본심을 전했다.

"혹시 어릴 때 어머님을 잃어서?"

신지가 물어왔다. 신지는 좀 착각을 하고 있다.

신지는 처음 히카리의 집에 왔을 때 히카리 엄마와 조부모의 불전 앞에서 합장을 한 적이 있다. 그때 신지가 본 히카리 어머니의 영정 사진은 그녀가 스무 살 정도일 때의 사진이어서, 신지는 히카리의 어머니가 일찍 돌아가셨을 거라고 짐작했을 것이다.

하지만 실제로 히카리의 엄마가 죽은 건 히카리가 18살

때로, 향년 45살이었다.

"우리 둘 다 경험해본 적이 없는 일이니까 결혼 생활에 불안을 느끼는 건 당연해. 나도 그래. 좋은 남편이 될 수 있을지, 아이가 생겨도 좋은 아빠가 될 수 있을지."

"신지는 틀림없이 될 수 있어."

설령 상대가 자신이 아니라 해도 신지는 좋은 가정을 꾸릴 수 있을 것이다.

"물론 나도 그렇게 되도록 노력은 할 거야. 히카리도 분명 그렇게 될 수 있어. 그러니까 프러포즈한 거야."

"고마워. 하지만…"

히카리는 거기서 말을 흐렸다.

═

히카리는 스케노부 역에 내려서 집을 향해 걷기 시작했다.

알코올은 한 방울도 마시지 않았지만, 마음도 발길도 묘하게 무겁게 느껴졌다.

고작 몇십 그램이라고 해도 자신의 몸속에 잉태한 또 하나의 생명이 그 무게를 느끼게 하는 것일까.

일주일 전 생리가 늦어지는 것이 신경 쓰여 임신 테스트기로 진단을 해 보았다. 결과가 양성으로 나와서, 곧바로 산부인과를 찾아가봤더니 임신이라고 했다.

자신의 몸에 잉태하고 있다고 해서 히카리만의 아이라고 할 수는 없다. 자신의 결심만으로 멋대로 태아를 지우는 것은 아무래도 큰 죄라는 생각이 들었다. 그래서 그 일을 제대로 얘기하려고 신지를 만나기로 했던 것이다. 하지만 결국 얘기하지 못한 채로 헤어졌다.

현관문을 열고 안으로 들어가니 집 안이 캄캄했다.

그러고 보니 오늘 밤에는 포목 상점회 모임이 있다고 했으니까, 아버지는 아직 어딘가에서 술을 마시고 있을 것이다.

히카리는 현관을 통해 자기 방으로 향했다. 옷장 속에 아버지에게 줄 선물을 감추고, 옷을 갈아입었다.

현관 문 닫히는 소리가 들려서 히카리는 방을 나왔다. 현관에서 아버지가 흔들흔들 몸을 비틀거리며 신발을 벗고 있다.

"다녀오셨어요? 즐거우셨어요?"

히카리가 말을 걸자 아버지가 얼굴을 들고 쾌활하게 손을 흔들었다.

아버지의 붉어진 얼굴을 보고 우울했던 마음이 조금은 풀어졌다.

"다음 달에 여행 가는 일로 이런 저런 얘기를 했어."

이곳 상점가에서는 연말에 점주가 모여 힐링 여행을 간다. 예전부터 아는 동료들끼리 스스럼없이 즐기는 편이 좋을 거라 생각해서 히카리는 참가하지 않고 있는데, 올해는 아타

미에 간다고 했다.

"재밌겠네. 선물 사와요."

히카리는 미소 지었다.

"올해는 히카리 방도 잡았다!"

"그랬어요?"

"신지랑 데이트 약속이라도 있니?"

"다음 달 데이트 일정까지는 안 정했는데?"

"그럼 결정이다! 앞으로는 같이 여행갈 기회가 좀처럼 없을 테니까."

아버지는 비틀비틀 거실로 들어가 의자에 앉았다.

"꽤 과음하셨나봐요?"

히카리가 컵에 물을 따라 테이블에 놓으니 아버지가 단숨에 들이켰다.

"물 한 잔 더 마실래요?"

히카리는 물었다.

"맥주가 좋은데."

"배는 안 고파요?"

"조금 고프네."

히카리는 냉장고를 열고 안을 들여다보았다. 콩나물과 양배추, 그리고 면이 있으니 볶음국수를 만들 수 있겠다. 냉장고에서 캔 맥주와 음식 재료를 꺼내고, 맥주와 잔을 테이블에 올려놓은 뒤 요리를 시작했다.

=

"내일 오전에 말인데…. 내가 볼일이 좀 생겨서 아빠한테 가게를 맡겨도 될까?"

히카리는 아버지 앞에 볶음국수를 놓으며 말했다.

가능하면 가게가 쉬는 일요일에 예약을 하고 싶었지만 산부인과 병원은 일요일에 하지 않는다.

"어어, 별로 상관없는데 무슨 볼일이니?"

"친구가 상의할 게 있대서 얘기를 듣고 오려고 해. 2시까지는 가게에 돌아올 거야."

"알았다. 한 잔 할래?"

아버지가 캔 맥주를 들고 물었다.

"아니. 나는 좀 많이 마셨어요."

히카리는 냉장고에서 페트병에 들어 있는 우롱차를 꺼낸 뒤, 아버지 맞은편에 앉았다.

"신지랑 마셨니?"

히카리는 고개를 끄덕였다.

"신지랑은 어떻게 되고 있어?"

"어떻게 되고 있냐니?"

히카리는 아버지를 보았다.

"사귄 지 3년쯤 됐잖아. 슬슬 결혼 생각은 안 해?"

"내가 시집가면 가게는 어떡해?"

히카리는 가볍게 웃어넘겼다.

"가게 일은 별로 걱정하지 않아도 돼."

아버지가 아무렇지도 않다는 듯 말해서 히카리는 어안이 벙벙했다.

"생각 안 해도 된다는 건 말이 안 되잖아. 집안 대대로 이어지고 있는 가게인데."

"그거야 뭐…. 네가 아이를 몇 명 낳고 그 중 누군가가 하고 싶다고 한다면 물려주지 뭐."

아이라는 말에 히카리는 자기도 모르게 반응할 뻔했지만, 아버지는 아무것도 눈치채지 못한 듯 볶음국수로 젓가락을 뻗었다.

"그런 나중 얘기를…? 그 때쯤이면 아빠가 몇 살인 줄 알아?"

히카리의 말에 아버지도 희미하게 웃음을 띠고 쳐다보았다.

"신지는 좋은 녀석이야. 널 분명 행복하게 해줄 거야. 그것과 바꾼다면 아버지 대에서 가게를 닫는다 해도 나는 좋다."

거기까지 생각해주고 있었던 것이다.

히카리는 마음이 감동으로 울컥함과 동시에, 그것에 부응하지 못하는 자신 때문에 괴로워져서 고개를 숙였다.

"혹시 양녀라는 걸 신경 쓰는 거니?"

아버지가 물었지만 히카리는 볶음국수 접시를 쳐다본 채 입을 다물고 있었다.

"분명 결혼을 생각하게 되면 신지나 신지 부모님께는 솔직히 얘기해야겠지. 하지만 네가 아버지 자식인 건 틀림없어. 어떤 부모보다도 널 소중히 여겨 왔어. 전혀 주눅 들 건 없어."

"주눅 같은 건 요만큼도 안 들어. 오히려 아버지 딸이라서 정말로 행복하다고 생각해."

"그럼…?"

아버지가 거기서 말을 끊어서 히카리는 얼굴을 들었다.

"놈의 존재가 불안한 거니?"

아버지가 얼굴에서 웃음기를 지우고 물었다.

놈-. 가타기리 타츠오를 말하는 것이리라.

그것이 전혀 불안하지 않다고 말하면 거짓말이다.

설령 자신을 버렸다고는 해도 그 남자가 친아버지인 것은 사실이다.

언제 어느 때 히카리 앞에 나타나서 돈을 요구할지도 모르고, 그것을 위해서라면 무슨 짓을 저지를지도 알 수 없다. 친아버지가 전과자라는 것을 협박거리로 삼을 수도 있다. 만약 히카리가 유명한 회사의 자제와 결혼하면 더욱 그러리라.

"안심해. 만약 놈이 네 앞에 나타나면 내 목숨과 바꿔서라도 물리쳐 주마. 히카리의 아버지는 나뿐이야."

아버지는 그렇게 말하며 힘차게 고개를 끄덕였다.

=

불을 끄고 이불 속으로 들어갔지만 좀처럼 잠이 오지 않는다.

내일 일어날 광경을 상상해버린 탓인지도 모르겠고, 오랜만에 가타기리 생각을 해서 신경이 예민해진 탓인지도 모른다.

가타기리에 대한 기억은 '전혀'라고 해도 좋을 만큼 아예 없다.

히카리는 고등학생이 되기 전까지 자신의 출생에 대한 진실을 몰랐다. 지금의 아버지가 친아버지라고 믿고 살아왔다. 철들었을 무렵에 이미 없었던 엄마는 아버지의 말대로 아버지와 이혼한 뒤 어디에 있는지 모르는 상태라고 믿어 왔다.

히카리가 처음 자신의 출생에 대한 진실과 엄마의 존재에 대해 알게 된 것은 고교에 입학하고 얼마 지나지 않았을 때였다.

"너한테 하고 싶은 얘기가 있단다."

저녁밥을 다 먹고 TV를 보고 있을 때 아버지가 묘한 얼굴로 말했다.

"지금까지 네게 거짓말을 해왔어."

아버지는 TV를 끄고, 히카리와 마주 앉아 그렇게 말하더니, 머리를 숙였다.

그때 아버지가 한 이야기는 히카리에게 큰 충격을 주었다.

아버지는 히카리의 친아버지가 아니라고 한다. 아버지는 엄마의 오빠, 즉 히카리에게 외삼촌이라는 말을 듣고 이성을 잃을 뻔했다.

"진실을 얘기하면 충격을 받을 것 같아서 네가 어른이 될 때까지 기다렸어."

아버지의 얼굴이 괴로운 듯 일그러졌다.

간신히 제정신을 유지하고 친아버지에 대해 물었다.

"아버지는 어디에서 뭘 하는지는 모르지만 엄마는 지금 바로 만날 수 있단다. 하지만 엄마를 만나면 괴로울 거야. 그래도 만나고 싶다고 하면 만나게 해주마."

아버지는 그렇게 말했다.

히카리는 아버지의 심상치 않은 모습에 기가 좀 꺾였지만 당장 엄마를 만나기로 했다.

다음 날, 아버지는 집에서 차로 30분 정도 떨어진 곳에 있는 병원으로 히카리를 데려갔다.

병실에 들어가서 침대에 누워 있는 여성을 본 순간, 머릿속이 새하얘졌다.

"이 사람이 엄마야?"

히카리가 믿을 수 없다는 듯 물으니 아버지는 입술을 깨물고 고개를 끄덕였다.

침대에 누워 있는 여성의 빰은 홀쭉하고, 감은 눈 주위는 움푹 패어 있는 데다 입과 코에는 튜브를 꽂고 있었다. 간신히 호흡하는 소리가 들릴 뿐 꿈쩍도 하지 않는다.

"진실을 전해야 할지 말아야 할지 무척 고민했다. 하지만 언젠가는 알게 될 거라 생각했어."

아버지는 그렇게 말하더니 침대 옆으로 의자를 가져와 히카리를 앉혔다. 아버지는 히카리 옆에 앉아서 침대 위의 엄마를 쳐다보며, 자신이 히카리를 맡게 되기까지의 자초지종을 더듬더듬 얘기하기 시작했다.

엄마는 고교를 졸업하고 본가인 포목점 일을 도왔지만 22살 때 집을 뛰쳐나갔다고 한다. 자신에게 여러 가지로 엄격한 데다 원하지 않는 상대와 억지로 결혼을 시키려고 하는 외할아버지에 대한 반발심 때문이었던 것 같다.

엄마로서는 그것이 처음으로 한 자기 주장이었던 것 같다. 어릴 때부터 소극적이었고, 고교졸업 후에 곧바로 군소리 없이 본가 일을 도울 정도였다. 그런 엄마가 집을 뛰쳐나갔다. 그만큼 부모가 정한 상대와 결혼하기가 싫었다는 뜻이었겠지만, 아버지는 집을 나간 엄마가 혼자서 살아갈 수 있을지 무척이나 걱정했었다고 한다.

어릴 때부터 함께 살았던 외조부는 3년 전에 돌아가셨는데, 분명 예의범절에 엄격한 면이 있어서 히카리에게도 무서운 존재였다. 외할아버지 입으로는 엄마에 대한 얘기를 들어본 적이 없다.

엄마는 가명으로 오빠인 히카리의 아버지에게 편지를 보내 정기적으로 근황을 전했지만, 아버지가 아무리 설득해도 본가로 돌아오려고는 하지 않았다.

엄마는 본가를 뛰쳐나가고 5년쯤 지났을 무렵, 아버지 앞으로 『결혼을 생각하는 사람이 있다.』는 편지를 보내왔다. 아버지는 그렇다면 본가에 데려와 소개를 해야 한다고 엄마를 편지로 설득해서 조부와 만나게 할 준비를 했다.

엄마는 결혼 상대인 가타기리를 데리고 본가에 찾아왔다.

가타기리는 어릴 때 부모에게 버려져 탁아시설에서 자랐다고 한다. 그런 환경 속에서 비뚤어져 버려 10대 시절에는 몇 번인가 경찰 신세를 진 적도 있었다고, 자신의 신상을 솔직하게 얘기했다고 한다.

그 얘기를 들은 외할아버지는 두 사람의 결혼을 완강하게 반대했다.

엄마와 가타기리는 어떻게든 인정받기 위해 필사적으로 호소했지만, 외할아버지는 두 사람이 끝까지 결혼할 거라면 부모 자식의 연을 끊겠다고 격분하며 두 사람을 쫓아냈다.

아버지는 그 후로도 엄마와 계속 편지를 주고받았다. 결혼해서 히카리가 태어난 것을 알자, 아버지는 두 사람 편을 들면서 어떻게든 가타기리를 결혼 상대로 인정받게 하려고 외할아버지를 열심히 설득했다.

성장과정이야 어떻든 그 당시의 가타기리는 나쁜 사람으로는 보이지 않았다고 한다. 무엇보다 아버지는 누구보다 엄마의 행복을 바라고 응원하고 싶었던 것이다.

하지만 아버지의 그런 마음은 철저히 배신당하고 말았다.

어느 날, 아버지가 가게에 걸려온 전화를 받았을 때 누군지 알 수 없는 여성의 비명소리가 들려왔다.

"요괴가…, 많은 요괴가 우리 딸 히카리를 죽일 거야! 빨리 살려줘!"

"무슨 일이야?"

아무래도 엄마의 목소리인 것 같아 아버지가 다급하게 물었지만, 수화기 너머로는 기괴하게 울부짖는 소리가 들릴 뿐 더 이상 대화는 되지 않았다.

아버지는 당시 엄마가 살던 우라와 지역의 경찰서에 연락을 해서 사정을 이야기하고 외할아버지와 함께 사이타마로 향했다.

우라와에 있는 아파트 단지 앞에 도착하니 경찰차 몇 대가 서 있었다. 아버지와 외할아버지는 경찰관을 통해, 엄마가 5층에서 뛰어내려 자살을 시도했고 그리하여 병원으로 이송되었다는 것과, 방에 있던 히카리를 경찰서에서 보호하고 있다는 사실을 알게 되었다.

두 사람은 바로 병원으로 향했지만 엄마는 중환자실로 옮겨져 면회 사절이었다. 엄마는 간신히 목숨은 구했지만 추락할 때 뇌에 큰 상처를 입어 식물인간이 되어버렸고, 의사는 의식을 되찾는 일은 절대 없을 거라고 뇌사판정을 했다고 한다.

엄마가 자살미수에 그쳤기 때문에 다행히 그 사건이 뉴스에 보도되지는 않았지만, 엄마의 몸 안에서는 다량의 마약 성분이 검출되었다. 그리고 경찰은 압수수색을 통해 마약과 그것을 쓰기 위한 주사기를 방에서 찾았다고 한다.

아버지는 엄마가 전화를 걸어왔을 때 했던 말들로 보아, 엄마가 마약의 환각 작용 때문에 요괴가 히카리를 죽이고 말지도 모른다는 생각에 스스로 5층 집에서 몸을 던진 것이 아닌가 추측했다.

아버지는 남편인 가타기리와 연락을 취하려고 했지만 행방은 알 수 없었다.

다음 날, 가타기리는 일주일 전에 어떤 사람을 칼로 찌르고 체포되어 경찰서에 구금중이라는 사실을 알게 되었다.

아버지는 가타기리가 경찰에서 풀려나기를 기다렸다가 만나러 갔다. 아버지는 그대로 가타기리를 병원으로 데려가 엄마의 눈앞에서 어떻게 된 거냐고 추궁했지만, 가타기리는 아무것도 모른다는 말만 반복했다고 한다.

가타기리는 재판이 끝날 때까지 히카리를 맡아달라고 아버지에게 부탁했다.

경찰에서는 가타기리가 마약을 입수해서 엄마에게 투여했을 가능성도 있다고 보고 수사를 한 것 같지만, 결국 상해죄로만 기소되었다. 그리고 그 결과, 징역 1년 6개월의 판결이 내려졌지만, 집행유예가 붙었기 때문에 교도소에는 들어가지 않았다.

하지만 가타기리는 재판이 끝나자 그때까지 살던 집을 떠나 연락이 두절되었다.

아버지는 할 수 없이 엄마를 하마마츠에 있는 병원으로 옮기고 히카리를 돌볼 수밖에 없었다.

그로부터 얼마 지났을 무렵, 가타기리가 유괴사건을 일으키고 다시 체포되었다는 사실이 신문과 뉴스 등을 통해 보도되었다.

아버지는 가타기리가 잇달아 범죄에 손을 대는 모습을 보고, 경찰 수사에서는 판명되지 않았지만 가타기리가 엄마에게 마약을 억지로 투여한 것이 틀림없다고 생각하게 되었다.

엄마가 스스로 마약에 손을 댔으리라고는 생각할 수 없었기 때문이다.

아니, 만에 하나 엄마가 스스로 마약을 했다고 해도 그것은 가타기리와 결혼해 버린 탓이라고 생각했다.

그리고 아버지는 자신이 가타기리라는 남자를 완전히 잘못 봤다고 몹시 후회했다.

외할아버지도 같은 생각으로, 억지로라도 두 사람 사이를 갈라놓았더라면 엄마가 이런 일을 당하지는 않았을 거라고 생각했다.

가타기리에게는 징역 8년형이 내려졌다.

어느 날 교도소에 있는 가타기리가 아버지에게 편지를 보냈다. 『교도소에 면회를 와줬으면 좋겠다.』라는 내용이었다.

아버지는 가타기리의 얼굴 따윈 절대 보고 싶지 않았다고 하는데, 그래도 꼭 해두어야 할 이야기가 있어서 홋카이도에 있는 교도소까지 면회를 갔다.

가타기리는 면회실에서 얼굴을 마주하자마자 아버지가 하려던 말을 먼저 꺼냈다고 한다.

"저는 꼴이 이러니까 더 이상은 두 사람을 돌보지 못합니다. 담당 변호사에게 이혼신고서와 양자결연서를 맡길 테니 받아 가세요."

아버지 마음속에는 가타기리를 후려갈기고 싶은 충동이 용솟음쳤지만, 아크릴판이 두 사람 사이를 막고 있어서 자신의 생각을 실행하지 못한 채 교도소를 나왔다고 한다.

"히카리의 진짜 아버지는 나야. 아니, 진짜고 뭐고 히카리의 아버지는 나밖에 없다."

아버지의 말을 들으며 히카리도 그렇게 생각하고 있었다. 그리고 어릴 때부터 자신을 맡아주고, 괴로워하면서도 진실을 얘기해준 아버지에게 감사했다.

히카리는 그 후로 정기적으로 엄마 문병을 갔다.

히카리는 말도 하지 못하고, 표정의 변화도 없는 엄마를 보며 엄마가 자신에게 어떤 마음을 품고 있었을지 상상하려고 했다.

하지만 그 마음을 알지도 못한 채 히카리가 18살 때 엄마는 돌아가셨다.

본가를 뛰쳐나간 후의 엄마 사진이 없었기 때문에 포목점 일을 돕던 젊은 시절의 엄마 사진을 영정 사진으로 썼다.

히카리는 엄마의 영정 사진을 볼 때마다 너무나 안타까운 마음이 들었다.

엄마가 아버지와 외할아버지에게 결혼을 하고 싶다고 말했을 때는 가타기리와의 행복한 미래를 꿈꾸었을 것이다.

하지만 외할아버지에게 절연 당하면서까지 따라간 남자에게 인생을 빼앗긴 것이다.

물론 신지가 가타기리 같은 짓을 할 거라고는 결코 생각하지 않는다. 하지만 엄마도 어느 시기까지는 가타기리를 믿었을 것이다. 그런 생각을 하면 누군가와 함께 새로운 미래로 발을 내디딜 용기가 나지 않는다.

아버지는 엄마에 대해 나쁘게 말한 적은 없다. 엄마는 분명 히카리를 소중히 생각했다, 그렇지 않았다면 뛰어내리지도 않았을 거라고 히카리를 타일렀다.

하지만 엄마에 대한 기억이 거의 나지 않기 때문에 확신은 가지지 못한다.

엄마는 자신에게 애정을 쏟아주었을까. 하지만 만약 그렇다면 왜 마약 따위에 손을 대고 말았을까. 가타기리가 억지로 하게 만들었다면 도망칠 수도 있었을 것이다.

결국 히카리보다도 스스로의 쾌락을 중요하게 생각했던 여자는 아니었을까.

엄마의 애정을 실감하지 못한 탓인지, 히카리 본인에게 아이가 생겼다고 해도 자신이 그 아이에게 애정을 쏟을 수 있을지 자신이 없다.

신지에게는 결국 말하지 못했지만, 자신의 선택은 틀리지 않을 거라고 생각했다.

=

히카리는 산부인과 병원 앞에 멈춰 서서 주변을 둘러보았다. 주위에 아는 사람이 없는 것을 확인하고 문을 열고 안으로 들어갔다. 접수대 가까이 다가가자 안에 있던 여성이 얼굴을 들었다.

"9시에 예약한 마츠다입니다."

히카리가 그렇게 말하자 접수대 여성이 뒤쪽 선반에서 진료기록카드를 집었다.

"동의서는 가져오셨나요?"

접수대 여성의 말에 히카리는 가방에서 종이를 꺼냈다.

"저…, 상대 남성과 연락이 되지 않아서…."

히카리는 망설이며 말했다.

"상대 남성의 동의가 없어도 수술은 받을 수 있습니다. 그쪽에서 기다리세요."

히카리는 여성에게 수술동의서를 건넨 뒤, 접수대 앞에 있는 대기석에 앉았다.

아이를 데려온 옆 자리 여성과 눈이 마주쳐서 어색하게 시선을 피했다.

"앞으로 몇 밤 자면 남동생 생겨?"

그 목소리에 히카리는 저도 모르게 그쪽을 쳐다보았다.

아이가 엄마의 커진 배를 부드럽게 쓰다듬고 있다.

"글쎄…, 앞으로 30밤 정도일까?"

"기대된다."

엄마와 아이의 대화를 듣는 사이에 새삼 자신이 지금 하나의 생명을 죽이려 하고 있다는 사실과 마주했다.

그 순간 히카리의 뇌리에 엄마의 얼굴이 스쳤고, 용수철처럼 튕겨지듯 자리에서 일어났다.

옆 자리에 있던 엄마와 아이가 놀란 듯 이쪽을 본다. 히카리는 두 사람에게 살짝 인사를 하고 접수대로 향했다.

"죄송합니다. 급한 일이 생각나서 나중에 다시 예약할게요."

히카리는 접수대 여성에게서 수술동의서를 돌려받고, 도망치듯 병원을 빠져나왔다.

＝

엄마는 히카리에게 어떤 마음을 품고 있었을까.

병원을 빠져나온 후, 고등학교 시절 내내 했던 생각이 끊임없이 흘러넘친다.

엄마는 히카리가 태어나기를 바랐을까. 한 순간이라도 엄마에게 사랑을 받았을까.

아버지의 말처럼, 히카리를 사랑했기 때문에 지켜주기 위해서 스스로를 희생한 것일까.

만약 그렇다면 자신의 목숨을 버리면서까지 자식을 지키려고 하는 마음은 어떤 것이었을까.

누가 가르쳐줬으면 좋겠다.

그 순간 갑자기 가게 미닫이문이 열리는 소리가 나서 히카리는 정신을 차리고 문 쪽을 쳐다보았다.

양복 차림의 남성이 가게 안을 둘러보고 있다. 보기에 자신과 비슷한 나이로 보인다.

"어서 오세요."

히카리는 말을 걸었지만 남성은 무심한 듯 가게 안을 둘러보고 있다.

아무래도 일반적인 포목점 분위기와는 달라서 당황하고 있는 것 같다. 이 가게에서는 손님의 요청을 듣고 나서 안쪽 선반에서 옷감을 꺼내오기 때문에, 가게 안에 상품은 전시하지 않는다.

"기모노를 찾으시나요?"

히카리가 말을 걸자 남성이 이쪽으로 얼굴을 돌렸다.

"아니요, 저…, 갑작스럽게 이런 말씀을 드려 죄송하지만, 혹시 여기에 마츠다 요코 씨라는 분이 계십니까?"

엄마 이름이다.

대체 이 남성은 누구일까?

"사실…, 저는 이런 사람인데요."

남성은 그렇게 말하더니 가까이 다가와 명함을 건넸고, 히카리는 그것을 보았다.

『사카우치 법률사무소 변호사 나카무라 히사시』라고 적혀 있다. 주소는 미야기현 센다이시였다.

변호사가 돌아가신 엄마에게 대체 무슨 볼일이 있는 것일까.

"엄마는 돌아가셨습니다."

"그렇습니까…?"

히카리가 얼굴을 들고 말하니 남성의 어깨가 처졌다.

"센다이 지역에서 일하시는 변호사분께서 무슨 용건으로 여기까지 찾아오셨나요?"

히카리는 의아하게 생각하며 물었다.

"혹시 히카리 씨인가요?"

남자가 왜 자신의 이름을 알고 있는 건지 경계심이 더해

갔지만 일단 고개를 끄덕였다.

"가타기리 타츠오라는 분에 관한 일로 잠시 말씀을 좀 드리고 싶어서요."

히카리는 그 이름을 듣고 흠칫했다. 동시에 센다이에 사는 변호사가 자신들을 찾아온 이유를 헤아렸다.

혹시 가타기리가 체포되어서 재판을 받는 바람에, 자신들을 정상참작의 증인으로서 부르려는 것이 아닐까.

"지금 그분이 변호사님의 신세를 지고 있다는 거군요?"

히카리는 단호하게 말했다.

"네, 분명 저는 5년 전에 가타기리 씨의 변호를 맡았었습니다. 그러나 지금은 그 죗값을 치르고 출소했습니다."

"그렇습니까."

죗값을 치르고-

마음속으로는 그 말에 반발했다. 가타기리는 엄마에게 저지른 죗값을 치르지 않았다.

"가타기리 씨는 32년 전부터 교도소를 들락날락하는 생활을 하고 있습니다. 당연히 가족도 없습니다. 제가 보기에는 마치 인생을 내팽개쳐버린 사람처럼도 보입니다."

가타기리는 32년 전에 엄마의 인생을 빼앗고 히카리를 버렸는데, 그 후로도 전혀 달라지지 않았다는 것인가. 가족이라고 생각하면 안타까운 마음도 들겠지만 지금의 히카리 입장에서 보면 가타기리라는 사람에게 딱 맞는 대가처럼 여겨진다. 몸 안이 부글부글 끓는 것처럼 뜨거워졌다.

"듣던 대로 형편없는 사람이네요. 제게도 그런 사람의 피가 흐르고 있다는 생각만 해도 섬뜩합니다."

히카리는 혐오감을 내뱉었다.

"분명…, 성실한 인생을 살았다고 말하기는 힘듭니다. 하지만 저는 그가 다시 인생을 제대로 시작하길 바라고 있습니다. 두 번 다시 죄를 짓지 않길 바랍니다. 앞으로 남은 인생을 성실하게 보내길 바라죠. 5년 전에 저와 이야기를 나누었을 때 가타기리 씨는 요코 씨와 히카리 씨와의 추억을 행복한 듯 말했습니다. 헤어지고 30년 가까이나 지났는데도 말이지요."

나카무라의 말은 무척 의아했다. 가타기리가 자신과 엄마와의 추억을 행복한 듯 이야기했다?

"직접 만나시는 것까지야 어렵겠지만, 가타기리 씨에게는 지금도 두 분이 틀림없이 소중한 존재입니다. 두 분이라면 가타기리 씨가 이제까지 살아온 삶의 방식을 바꿀 수 있지 않을까, 인생을 다시 시작할 계기를 줄 수 있지 않을까 싶어서 결례를 무릅쓰고 찾아왔습니다. 어떠한 형태로든 가타기리 씨에게 마음을 전해주실 수 없을까요? 부탁드립니다."

머리를 숙인 나카무라를 쳐다보며 극심한 분노가 끓어오른다.

"자기 멋대로…"

히카리가 필사적으로 분노를 억누르며 중얼거리자, 나카무라가 얼굴을 들고 쳐다보았다.

"그 사람 때문에 엄마와 내 인생은 엉망이 되었습니다. 내 안에 가타기리라는 사람의 기억은 거의 없습니다. 그저 쭉 그 사람을 미워하며 살아왔어요. 그 사람이 고독하게 어딘가에서 객사한다면 그것이야말로 제가 바라는 것입니다."

사실은 가타기리가 고독하게 어딘가에서 객사한다고 해도 분노가 사그라들기에는 부족하다. 물론 조금은 기분이 풀리리라.

"충분히 이해합니다."

그 말 한 마디에도 단숨에 피가 거꾸로 솟는다.

대체 뭘 이해한다는 것인가.

"제 아버지도 변변치 못한 사람이었거든요."

히카리는 의표를 찔려, 목구멍까지 올라와 뱉을 뻔했던 말을 겨우 다시 삼켰다.

나카무라는 자기 아버지 이야기를 시작했다.

나카무라의 아버지는 어린 자식이 있는데도 술과 도박과 여자에 빠져서 아내를 몹시 고생시켰다고 한다. 이혼한 후에도 종종 전처를 찾아와서 우는 소리를 하며 돈을 요구했다고 한다.

확실히 가타기리만큼은 아니지만 나카무라의 아버지도 변변치 못한 남자다.

"어머니는 제가 23살 때 돌아가셨습니다. 저는 아버지에게 말할 수 없는 분노를 느꼈습니다."

그건 그럴 것 같다고 히카리는 나카무라를 동정했다.

나카무라의 아버지는 전처가 죽은 것을 알고서도 애도의 말 한마디 없이 떠났다고 한다.

"한동안 소식이 없었는데, 5년 전에 갑자기 직장에 들이닥쳐서 제게 10만 엔 정도 빌려달라고 간청했습니다. 처음 보는 초췌한 얼굴이었지만 저는 딱 잘라 거절했습니다. 그러자 아버지는 "정말 그 돈이 없으면 위험해. 이대로라면 무슨 짓을 저지를지 몰라. 그렇게 되면 너한테도 폐가 가잖니."라고 말하고 제 앞에서 무릎을 꿇었습니다."

만약 가타기리가 돈을 뜯으러 히카리 앞에 나타난다면 같은 말을 할지도 모른다.

"저는 "두 번 다시 내 앞에 나타나지 마세요."라고만 내뱉고 아버지를 쫓아 보냈습니다. 그로부터 일주일 뒤에 경찰서에서 연락이 왔습니다. 아버지가 전동차에 뛰어들어 자살했다고요."

자살-이라는 말에 동요했다.

"지금도 후회하고 있습니다."

"아버지께 돈을 빌려드리지 않은 일을 말인가요?"

"물론 그런 점도 있을지 모릅니다. 하지만 그 이상으로 내 생각을 토해내지 않았던 점이 후회스러운 것이겠지요. 아버지에게는 원망의 말을 포함해 제가 하고 싶은 말이 많았습니다. 그걸 말하지 않은 채로 보내고 말았습니다. 그것을 말했더라면, 한심한 부모에게 자식으로서 느꼈던 분노를 확실히 표출했더라면, 어쩌면 뭔가가 달라지지 않았을까 하고…"

만약 그때 히카리가 더 크고 가타기리에게 제대로 분노를 표출할 수 있는 나이였다면, 엄마의 인생도 달라졌을까.

하지만 아무리 그런 상상을 해봐도 전혀 의미가 없다.

엄마는 이미 이 세상에 없다고 생각하며 히카리는 머리를 숙였다.

"저는 지금도 아버지를 미워하고 있습니다. 아니, 이제 미워할 수밖에 없습니다. 저는 아버지와 어머니 두 분이 모두 돌아가신 지금까지 아버지에 대한 미움과 어머니에 대한 애절한 마음에 묶여 살고 있습니다."

자신도 똑같다.

히카리도 가타기리에 대한 증오와 엄마에 대한 원통한 마음에 묶여 있다.

"설령 용서할 수는 없었다고 해도 저는 그때 아버지에게 뭔가를 전해야 했습니다. 엄마를 위해서도 제 자신을 위해서도. 그랬다면 이 마음이 조금은 풀렸을지도 모릅니다."

나카무라의 말은 절실했다. 무시할 수 없는 전율이 히카리에게도 느껴졌지만 그렇다고 해서 가타기리를 만나고 싶지는 않다.

"어머님은 가타기리 씨에게 어떤 마음을 품고 계셨을까요? 그것을 전하는 것만이라도…"

히카리는 그 말에 반응해 얼굴을 들었다.

히카리가 엄마의 마음을 알 수는 없다. 아마도 미워하고 있었을 거라고 상상할 뿐이다.

"생판 남인 저를 위해 그렇게 괴로운 얘기를 꺼내주셔서 감사합니다."

자기 가족의 치부를 드러내면서까지 과거 의뢰인의 인생을 생각하는 나카무라에게 적지 않은 경의를 품었다.

"아니요…"

"다만, 지금의 저는 그 사람에게 뭔가 전하고 싶은 것이 없습니다. 잊고 싶을 뿐입니다."

과거의 괴로움을 떠올리게 하는 가타기리나 나카무라는 두 번 다시 눈앞에 나타나지 않길 바란다.

"저는 2년 전에 결혼해서 아이도 있습니다. 다시 엮이는 일 자체가 싫습니다."

그 바람을 담아 거짓말을 보냈다.

"미안합니다…"

"아니요…, 저야말로 죄송합니다."

나카무라는 머리를 숙이고 가게를 나갔다.

=

히카리는 노크 소리가 나서 이불에서 얼굴을 내밀었다.

"어디 아프니?"

방문 바로 바깥에서 아버지의 목소리가 들렸다.

시계를 보니 이제 곧 오전 10시가 되어 간다.

"괜찮아요. 읽던 책이 재미있어서 밤을 샌 것뿐이야. 옷 갈아입고 나갈게요."

"신경 안 써도 돼. 피곤하면 그대로 더 자도 돼."

잠시 후, 아버지가 계단을 내려가는 소리가 들렸다.

히카리는 아버지의 호의를 받아들여 다시 이불 속으로 얼굴을 묻었다.

어제 나카무라와 나눈 대화를 다시 생각하다가 잠을 자지 못했다.

지금도 후회하고 있습니다—

그 말이 가슴속을 떠나지 않는다.

언젠가 가타기리가 어딘가에서 죽었다는 걸 알게 되면 자신도 나카무라처럼 후회하게 될까.

자식으로서 한심한 부모에게 제대로 분노를 표출했다면 어쩌면 무언가가 달라졌을지도 모른다고?

히카리는 가타기리가 달라졌으면 좋겠다고는 생각하지 않는다.

오히려 엄마와 히카리에게 한 짓의 대가를 치르기 위해

감옥 안에서 헛되이 죽으면 좋겠다고 바라고 있다.

그렇지만 정말 이대로 족한 것일까. 평생 자신의 시야에 그 남자의 모습이 비치지만 않는다면 그것으로 충분한 것일까.

물론 가타기리에게 어떤 욕을 퍼붓는다 해도 지금 히카리 내면의 심리상태가 극적으로 변할 것 같지는 않다. 다만, 지금에 와서는 엄마의 원통함을 가타기리에게 표출할 수 있는 사람이 자신밖에 없다.

가타기리는 어차피 다시 교도소로 돌아갈 것이다. 아무런 속죄의 마음도 가지지 않은 채 교도소 안에서 그저 생존만을 위한 무위한 시간을 보내기 위해.

그런 남자에게 자신이 저질러온 죄를 깨닫게 하고 싶다. 아주 미약하더라도 좋으니, 가타기리의 마음에 엄마와 자신을 버린 대가라는 흔적을 남기고 싶다.

히카리는 침대에서 일어나 책상으로 향했다. 서랍에서 나카무라의 명함을 꺼내 휴대폰으로 법률사무소에 전화를 걸었다.

전화가 연결되고 부재중 메시지가 흘러나왔다. 주말은 휴일인 것 같다.

명함에는 휴대폰 번호도 적혀 있다. 그쪽으로 전화를 걸었다.

"여보세요, 나카무라입니다…."

"갑자기 죄송합니다. 마츠다야의-"

"요코 씨의 따님이신 히카리 씨지요? 무슨 일이신가요?"

놀란 듯한 목소리가 들렸다.

"그 사람을 만나고 싶어서 전화했어요."

히카리의 말에 잠시 침묵이 흘렀다.

"어려울까요?"

히카리는 길어지는 침묵에 먼저 물었다.

"아니요…, 다만, 직접 만나시면 충격을 받을지도 모릅니다."

"왜요?"

"가타기리 씨는 얼굴 전체에 문신을 새겼습니다."

나카무라의 말을 듣고 심장 박동이 빨라졌다.

얼굴 전체에 문신을 새겼다-

아버지는 그런 얘기를 일절 하지 않았다. 그러나 그 말에 홀린 듯 예전 기억이 되살아났다.

고등학생 시절 엄마 문병을 마치고 병원을 나왔을 때, 맞은편 보도에 있던 남자와 눈이 마주쳐서 저도 모르게 뒤로 물러난 적이 있다.

얼굴 전체에 문신을 새겨 무서워 보이는 남자였다.

남자는 이쪽에서 눈길을 돌리려고 하지 않는다. 히카리는 기분이 나빠져 도망치듯 그 자리에서 뛰기 시작했다.

설마 그 때 그 남자가 가타기리였나?

아니, 그런 일은 있을 수 없다. 가타기리는 히카리와 엄마를 버린 사람이다.

"상관없습니다."

히카리는 마음을 가누고 대답했다.

"혹시 오늘 일정은 어떻게 되세요?"

"괜찮습니다."

밤에 집에 돌아가서 아버지 생신을 축하하면 된다.

"가타기리 씨에게 연락을 해보고 다시 전화 드리겠습니다."

나카무라가 그렇게 말하고 전화를 끊었다.

=

히카리는 주차장에 차를 세우고 시계를 보았다.

오후 3시 20분이 조금 지났다.

나카무라는 3시 32분에 하마마츠 역에 도착한다고 말했는데, 가타기리는 히카리와 만나는 것에 정말 동의했을까? 나카무라로부터 연락이 없는 걸 보면 분명 가타기리도 함께 오기로 한 것이리라.

앞으로 15분 정도 후면 가타기리가 자신 앞에 나타난다. 나카무라의 전화를 받고 나서 쭉 가타기리에게 할 말을 생각했지만 머릿속에서 정리가 되지 않는다. 바싹바싹 타들어 가는 듯한 시간을 곱씹는 사이, 두 남자가 주차장으로 들어오는 것이 보였다.

양복 차림의 남자는 주변에 있는 차를 둘러보고, 옆에 있는 남자는 얼굴을 숙인 채로 이쪽으로 다가온다.

히카리는 입술을 꼭 다문 채 문을 열고 차에서 내렸다.

"안녕하세요?"

나카무라가 먼저 히카리를 알아채고 인사를 하자, 옆에 있던 남자가 얼굴을 들었다.

히카리는 남자의 얼굴을 보고 숨을 죽였다.

얼굴 한쪽에 빽빽하게 표범무늬 문신을 새겼다.

그때 병원 앞에 있던 남자다―

왜 가타기리는 거기에 있었을까. 새삼스럽게 엄마를 만나 참회하려고 했던 것일까.

아니면, 히카리를 통해서 엄마에게 돈을 뜯으려고 했던 것일까.

히카리가 뚫어지게 응시하니 가타기리가 살짝 시선을 피했다. 그러더니 오른손으로 머리를 긁어대면서 하늘을 향해 하품을 했다.

히카리의 살기 어린 눈빛을 느낀 듯 나카무라가 허둥지둥 쌍방을 향해 눈짓을 했다.

"아, 괜찮으시면 이거 드세요."

나카무라가 가방 안에서 캔 커피 두 개를 꺼내 히카리와 가타기리에게 내밀었다.

"그럼 가타기리 씨…, 저는 역 주변에 있을 테니 이야기가 끝나면 휴대폰으로 연락주세요."

가타기리가 캔 커피를 주머니에 찔러 넣으며 고개를 끄덕이자, 나카무라는 다소 안도한 듯한 표정으로 발길을 돌렸다. 주차장 출구를 향해 걸어간다.

"여기 서서 얘기할 건가?"

가타기리의 중얼거리는 목소리에 히카리는 그를 쳐다보았다.

히카리는 아무 대답도 하지 않고 운전석에 올라타 컵홀더에 캔 커피를 내려놓았다. 그러자 가타기리도 조수석 문을 열더니, 등에 지고 있던 배낭을 내려 뒷좌석에 던지고 옆에 앉았다.

가타기리가 문을 닫은 순간 차 안에는 답답함이 덮쳐왔다.

히카리는 가타기리와 같은 공기를 마시고 있다는 혐오감을 조금이라도 덜기 위해 운전석 창을 내렸다. 바깥 공기를 마시고 냉정함을 되찾자, 겉옷 주머니에 오른손을 찔러 넣으며 가타기리를 쳐다보았다. 주머니 속에서 여차할 때를 대비해 가져온 호신용 칼을 쥔다.

가타기리는 히카리와 눈을 마주치지 않은 채 주머니에서 담배를 꺼냈다.

"여기서 피지 마세요."

히카리가 딱 잘라 말하자, 가타기리는 할 수 없다는 듯 얼굴을 일그러뜨리고 담배를 주머니 속에 다시 넣었다. 대신

주머니에서 캔 커피를 꺼내 컵홀더에 내려놓는다.

오른손만으로 캔 뚜껑을 따려는 동작에 어색함을 느낀 히카리는 가타기리의 왼손을 보았다.

재킷 소매로 나온 왼손은 명백하게 살아 있는 인간의 피부가 아닌 질감으로 보였다.

"의수…?"

히카리가 그렇게 중얼거리자, 이번에는 가타기리가 이쪽을 보았다.

"공장 기계에 싹둑 절단 당했어. 가끔 욱신욱신 아프지."

가타기리가 자못 웃긴 것처럼 말했다.

"천벌이네요."

히카리가 그렇게 내뱉은 순간 가타기리의 얼굴에서 미소가 사라졌다.

"그러네."

이미 그 점은 자각하고 있었는지 가타기리는 굳은 표정으로 캔 커피를 마셨다.

"요코는 언제 죽었니?"

"14년 전에요."

"묘는 이 근처에 있나?"

히카리는 대답을 하지 않았다.

"네 부탁을 듣고 여기까지 왔어. 그 정도는 가르쳐줘도 되잖아."

"그래요."

히카리는 할 수 없이 고개를 끄덕였다.

엄마가 죽었을 때 이 사실을 가타기리에게 전해야 할지 말지 아버지와 상의한 적이 있었다. 하지만 그로부터 1년 전에 신문 기사를 통해 가타기리가 유괴사건을 일으키고 체포되었다는 것을 알고 있던 아버지는 그럴 필요는 없다고 일축했다.

그러고 보니 병원 앞에서 가타기리를 만난 것은 그 사건을 일으키기 직전이었다. 무엇 때문에 그런 곳에 있었던 것일까?

아버지나 히카리가 나타날 거라 예상해서 돈을 뜯어내기 위해 병원 앞에서 기다렸던 것일까? 하지만 그때 히카리를 만나지 못한 나머지, 결국 돈을 구하지 못했기 때문에 다른 사건을 저지른 건지도 모른다.

"데려가 줘."

히카리는 망설였다.

두 사람을 대면시키는 것은 설령 무덤 앞이라도 몹시 망설여졌지만, 엄마의 무덤 앞에서 가타기리의 무거운 죄를 낱낱이 공표하고 싶은 마음도 있다.

"알았어요."

히카리는 주머니에서 오른손을 빼 기어를 드라이브(D)에 놓고 차를 출발시켰다.

"이름은 뭐니?"

가타기리가 물었지만 무슨 뜻인지 바로 이해하지는 못했
다.

"아이가 생겼잖아?"

뜨끔했다.

"거짓말이에요."

아이가 있다고 한 것은 나카무라에게 순간적으로 내뱉은
거짓말이었다. 그러나 마치 뱃속의 아이를 꿰뚫어보고 하는
말 같다는 기분도 들었다.

"결혼했다는 것도 말이냐?"

"부모에게 버려지는 경험을 한 사람이 결혼할 기분이 들겠
어요?"

잠시 기다렸지만 가타기리는 아무런 대꾸도 하지 않는다.

"15년쯤 전에 엄마가 입원했던 병원 앞에서 당신을 본 적
이 있어요. 뭘 했던 건가요?"

"자식이 어떻게 성장했는지 궁금해서 멀리서 찾아왔었다.
그렇게 말하면 울어주기라도 할 테냐."

"그런 얘기를 믿을 리 없잖아요!"

"너와 마주친 것은 그때뿐이었지만, 사실은 교도소를 나
올 때마다 일단 거기에 갔었다. 5년 전에도, 15년 전에도, 24
년 전에도…. 처음 교도소에 들어가기 전에 형님을 미행해
서 요코의 소재를 파악하고 있었으니까 말이지."

"5년 전에는 엄마는 이미 죽은 뒤였어!"

"몰랐다."

"엄마를 보고 싶었으면 아버지를 찾아가면 됐었잖아요. 우리 본가는 알잖아요!"

"행여 널 만나면 결심이 약해질 것 같았거든."

"결심? 무슨 결심이요?"

"뭐든 네가 무슨 상관이야? 그건 그렇고 아버지와는 잘 지내냐?"

"네."

"그나마 다행이구나. 나랑 달리 성실한 사람이니까. 안심하고 맡길 수 있었어."

"맡길 수 있었다? 당신은 나를 버린 것뿐이잖아요."

"그러네."

그 뒤로 가타기리는 줄곧 입을 다물고 있었다. 히카리도 운전에 집중하려고 이야기를 하지 않았다. 공동묘지 주차장에 차를 세우자 가타기리는 문을 열고 뒷좌석에 둔 배낭을 집었다. 가타기리가 문을 닫고 주차장 밖에 있는 꽃집을 보았다.

"내가 꽃집에 들어가면 무서워할 테니 꽃이랑 제사향을 사다줘."

가타기리가 주머니에서 지폐 몇 장을 꺼내 히카리에게 내밀었다.

히카리는 그것을 받지 않고 꽃집으로 향했다.

꽃과 제사향을 사고 가타기리와 함께 공동묘지로 향했다. 땅거미가 지기 시작한 시간이라서 그런지 인적은 드물었다.

히카리는 묘 앞에 멈춰 섰다. 마츠다 가문의 묘비라는 글자가 새겨져 있다. 그 아래 외할아버지와 엄마가 잠들어 있다고 생각하니 숙연한 기분이 들었다.

가타기리를 보니 지그시 묘석을 쳐다보고 있다. 하지만 마음속으로 무슨 생각을 하고 있는지는 짐작할 수 없었다.

히카리는 묘 앞에 꽃과 제사향을 올리고 손을 마주했다.

엄마는 히카리가 가타기리를 이곳에 데려온 것을 어떻게 생각하고 있을까?

결국 그 대답을 구하지 못한 채 눈을 뜨고 일어났다.

돌아보니 가타기리가 담배를 피우고 있었다.

히카리는 가타기리에게 제사향을 내밀었지만 가타기리는 받지 않고 담배를 입에 문 채로 묘 앞으로 다가간다. 히카리는, 무릎을 꿇지도, 합장을 하지도 않은 채, 그저 그 자리에 서 있는 가타기리의 뒷모습을 쳐다보았다.

겨우 가타기리가 이쪽을 돌아보았다.

히카리는 가타기리와 눈이 마주치고 깜짝 놀랐다.

좀 전까지의 험악한 느낌은 없었다.

아버지나 신지가 자신에게 보내는 것과 똑같은, 마음을 따스하게 녹이는 눈빛이었다.

"엄마는 왜 마약 따위에 손을 대고 말았을까? 당신이 억지로 그렇게 만든 건가요?"

히카리는 물었다.

"그 무렵의 기억이 없는 건가?" 가타기리가 물었다.

"당연하잖아. 아기였는걸." 히카리가 고개를 끄덕이며 말했다.

"그렇다면 알 필요는 없어. 지금의 네 아버지가 가르쳐준 게 네게는 진실이다."

그렇게 말한 가타기리의 눈빛이 날카로워졌다.

"지금의 아버지? 다른 아버지 같은 건 없어. 얼버무리지 마! 엄마 앞에서 솔직히 말해요!"

좀 전에 보인 따스함과는 완전히 달라진 차가운 시선 때문에, 히카리의 말투도 무심결에 거칠어졌다.

"딱 한 가지 말할 수 있는 건 전부 내 탓이라는 거다."

"당신이 엄마가 그런 짓을 당하게 만들었다는 거야?"

"그래. 게다가…, 나는 너를 버렸어."

시원스럽게 너를 버렸다는 말을 내뱉는 가타기리의 말을 듣고 히카리는 코웃음 쳤다.

이 남자에게 아버지다운 것을 기대한 것은 아니지만 그 말로 인해 남아 있는 정이 싹 가셨다.

이제 아무것도 고민할 것은 없다. 이 남자는 생판 남이다. 히카리의 남은 인생과 관련될 일은 있을 수 없다.

"하지만 요코는 너를 버리지 않았어. 요코는 네게 아낌없는 애정을 쏟았다."

그 말에 히카리의 마음이 흔들렸다. 그렇게 말한 가타기리의 목소리에서 흔들림 없는 강인함이 느껴졌기 때문이다.

"당신이 엄마 인생을 망가뜨렸지."

히카리는 가타기리를 노려보았다.

"그래."

"더 이상 여기에는 오지 마요. 나랑 아버지 앞에도 두 번 다시 나타나지 마."

"그래. 너도 빨리 나 같은 건 잊어버리도록 해."

"말하지 않아도 그럴 거예요."

히카리가 그렇게 말하자 가타기리는 뒤돌아 걷기 시작했다.

시원스럽게 떠나가는 가타기리의 뒷모습을 보는 사이에 억누를 수 없는 강렬한 감정이 끓어올랐다. 히카리의 마음속에서 분노와 슬픔이 소용돌이친다.

"당신 때문에 엄마 인생은 비참해졌어!"

히카리가 그렇게 외치자 가타기리가 발을 멈추고 돌아보았다.

"하지만 엄마의 인생이 당신 인생보다는 분명 나아. 엄마는 나를 사랑해줬어. 그러니까 이렇게 여기에 편히 잠들어 있지. 외할아버지와 외할머니와 언젠가는 아버지와 함께…"

가타기리는 가만히 히카리를 쳐다본다.

"나도 그럴 거야. 당신처럼 자식을 버리지는 않을 거야. 다른 사람을 상처 입히거나 슬프게 만들지는 않을 거야." 히카리가 말했다.

가타기리는 작게 고개를 끄덕이고 다시 뒤돌아섰다.

"당신은 우리랑은 달라. 짐승이나 마찬가지야. 감옥 안에서 죽고, 죽은 후에도 영혼이 외톨이로 떠돌 거야. 그게 당신이 저질러 온 짓의 대가야."

히카리는 멀어져가는 가타기리의 등을 향해 외쳤다.

가타기리의 모습이 어스레함 속으로 사라져 없어지자 그와 동시에 마음 저 깊은 곳에서 아주 희미하게 남아 있던 부모 자식의 사슬이 완전히 끊어진 것 같았다.

나는 당신처럼 고독해지지는 않을 거야-

히카리는 그 결심과 함께 작은 숨을 토하고 가방에서 휴대폰을 꺼냈다.

『만나고 싶어. 만나서 하고 싶은 얘기가 있어.』

신지에게 문자메시지를 보냈다.

신지에게 모든 것을 얘기할 요량이다.

임신한 사실도, 자신이 양녀인 것도, 엄마가 왜 죽었는지도, 그리고 방금 전 친아버지와 결별한 것도-

신지와, 자신의 몸에 잉태한 새로운 생명과 함께 살아가고 싶다.

히카리는 마음속으로 그렇게 빌며 신지의 답장을 기다렸다.

제4장

모리구치 아야코

모리구치 아야코는 사람의 형체가 다가오는 걸 보고 애교
섞인 웃음을 띠고 그를 불렀다. 하지만 머리가 벗겨진 중년
남성은 아야코 쪽을 얼핏 쳐다보기만 할 뿐 그냥 지나가 버
렸다. 하지만 조안이 이어서 다시 부르자 남자는 그 앞에 멈
춰 섰다.

아야코는 치미는 화를 억누른 채 어스레한 어둠 속에서
조안과 이야기하는 남자의 뒷모습을 노려보았다.

둘은 잠시 서서 얘기했지만 협상이 결렬되었는지 남자가
다시 걷기 시작했다. 조안이 이쪽을 보고 아야코를 향해 양
손으로 손가락 7개를 세우더니, 어깨를 으쓱하는 듯한 동작
을 취했다. 아야코도 동조하듯 얼굴을 찌푸렸다.

저런 중년 남자가 7천 엔으로 여자를 품으려 하다니, 정말이지 뻔뻔하다.

뺨을 스치는 바람은 차가웠지만 아야코는 코트 단추를 풀어 가슴을 드러냈다. 코트 안에는 브래지어를 하지 않은 채 가슴팍이 벌어진 캐미솔을 입고 있다.

몇 명의 남자가 힐긋힐긋 이쪽으로 시선을 보내왔지만, 아야코의 유혹에 화답하지 않고 그냥 지나간다.

아야코는 가방에서 담배를 꺼내 불을 붙였다. 화를 달래기 위해 담배를 물고는 있어도 아무런 위로가 되지 않는다. 초조함이 더욱 심해질 뿐 아니라 갈증도 심해진다. 그래서 침과 함께 담배를 땅에 뱉어버렸다. 신발 끝으로 집요하게 담배꽁초를 짓밟는다.

휴대폰을 꺼냈다. 대기 화면에 떠오른 유키의 사진을 보며 간신히 기분을 달래고 있을 때, 인기척을 느끼고 얼굴을 들었다.

모리구치 아야코는 눈앞에 서 있는 남자를 보고 흠칫 놀라 몸을 뒤로 뺐다.

호텔 네온 사인에 비친 남자의 얼굴은 표범무늬 문신으로 뒤덮여 있었다. 남자는 눈을 마주치지 않고 아야코의 가슴에 시선을 고정하고 있다.

자신도 가슴팍에 문신을 했기 때문에 딱히 할 말은 아니지만, 막상 온 얼굴에 문신을 한 남자가 눈앞에 있으니 묘한 답답함을 느낀다.

정말이지 섬뜩한 남자다.

하지만 상대가 어떤 남자든 간에 돈을 낸다면 상대해야 한다.

"두 장 어때요? 잘해줄게."

아야코의 말에 남자가 그제서야 시선을 맞췄다.

청바지에 가죽 재킷을 걸쳐 젊어 보이게 차려입었지만 쉰 살은 넘은 것 같다. 물론 온 얼굴에 새긴 문신 때문에 나이를 정확히는 알 수 없다.

"당신, 모리구치 아야코인가?"

남자가 불쑥 난폭한 말투로 자기 이름을 말해 어안이 벙벙했다.

"이케부쿠로에 있던 『핑크 스완』이란 가게의 마담이지?"

재차 남자가 물어 아야코는 경계하지 않을 수 없었다.

『핑크 스완』은 아야코가 전에 일했던 고급 술집이지만, 선뜻 대답해서는 안 된다. 이 남자는 전혀 기억에 없지만, 혹시 과거 손님 중 누군가에게 원한을 샀을지도 모른다.

"맞지? 이전 가게가 있던 곳 근처에 있는 술집에서 들었어. 가슴에 나비 문신을 한 여자가 모리구치 아야코라고 말이야."

"그 사람들이 내가 여기 있다고 그래요?"

남자와 말을 섞을 생각은 없었지만 저도 모르게 되묻고

말았다.

"어어."

남자는 고개를 끄덕였다.

누가 봤는지 모르겠지만 지금 자신이 이런 일을 하고 있다는 사실이 알려진 것을 생각하니, 수치심이 끓어오른다.

하긴, 가게를 했을 때부터 주변 사람들은 아야코를 몹시 업신여겼겠지만.

"별로 이상한 얘기는 아니야. 좀 물어보고 싶은 게 있는 것뿐이야." 남자가 말했다.

"돈 안 내는 사람이랑은 얘기 안 해."

아야코의 말에 남자는 오른손을 뒤로 돌려 주머니에서 지갑을 꺼냈다.

"여기서 안 내도 돼. 안에서."

아야코는 눈앞에 있는 모텔을 향해 턱짓을 하고 걷기 시작했다.

"여기서!"

모텔 자동문을 통해 로비로 들어가자, 아야코는 남자에게 손을 내밀었다.

오른손만으로 지갑 안에서 지폐를 꺼내려고 하는 동작이 무척 부자연스러워 보여, 아야코는 남자의 왼손을 쳐다보았다. 소매에서 나온 왼손은 부자연스러운 광택을 발하고 있다. 아무래도 의수 같다.

시선을 다시 앞으로 되돌리자 남자가 지갑을 입에 물고 오른손을 내밀어온다.

남자가 쥔 만 엔짜리 지폐 두 장을 낚아채서 핸드백 안에 쑤셔 넣었다.

무슨 용건인지 불안했지만 여차하면 주머니에 들어 있는 호신용 스프레이를 뿌리고 도망칠 생각이다.

"아무 데나 괜찮아요?"

아야코는 방 표시판을 가리키고 물었다.

남자가 지갑을 입에 문 채로 고개를 끄덕여서, 적당한 방 버튼을 누르고 프런트의 작은 창으로 향했다.

"힘들지요? 내가 내줄게요."

아야코는 그렇게 말하고 남자의 입에서 지갑을 빼앗았다. 계산을 하며 넌지시 지갑 속을 확인한다. 만 엔짜리 지폐가 열 장은 들어 있는 것 같다.

방 열쇠를 받은 뒤, 남자의 청바지 뒷주머니에 지갑을 꽂고, 엘리베이터를 타고 방으로 향했다. 남자를 먼저 방 안쪽으로 들여보내고 문을 닫았다. 아직 방문을 잠그지 않고 문 가까이에 서서 방 안쪽에 있는 남자의 모습을 살핀다.

몹시 목이 말랐지만 남자의 이야기를 들을 때까지는 방심할 수 없다.

남자는 소파에 앉아 아야코를 쳐다보았다.

"할 얘기란 게 뭐예요?"

아야코는 물었다.

"마약을 갖고 싶어. 그것도 꽤 많은 양을."

남자는 아야코의 반응을 살피듯 가만히 쳐다본다.

"무슨 영문 모를 소리를 하는 거야!"

아야코가 시치미 떼자 남자 얼굴의 문신이 일그러졌다. 웃은 것 같다.

"가지와라 시로 씨랑 교섭을 하고 싶어."

아야코는 그 이름을 듣고 눈썹을 찌푸렸다.

가지와라는 법률상의 남편이다. 그래서 원래는 아야코가 남편의 성 가지와라를 따라야 하지만, 가지와라는 되려 부인인 아야코의 성 모리구치를 따르고 있다. 진짜 이름을 숨기기 위해서이다.

"엄청나게 돈 되는 얘기가 있어서 그래."

"당신, 가지와라랑 무슨 관계야?"

"미야기 교도소의 감방 동기야. 뭐, 하긴 난 가지와라 씨랑은 만난 적이 없지만."

"만난 적이 없는데 어떻게―"

"내가 들어갔을 때 가지와라 씨는 이미 출소했어. 하지만 교도소에서 가지와라 씨에 대한 소문은 들었지. 가지와라 씨가 야마시나카이 조직의 간부니까, 교도소 출신들이 사회에 나가서 뭔가 필요한 일이 있으면 이케부쿠로의 『핑크 스완』이라는 클럽의 마담을 찾아오라고 말했다고 말이야."

아야코는 '간부'라는 말에 코웃음 쳤다.

가게를 했을 때 가지와라의 감방 동기라는 패거리가 가끔 찾아와서, 아야코에게 같은 얘기를 해왔다. 가지와라는 정식 조직원은 아니었지만 야마시나카이 조직과 인연이 없지는 않았기 때문에, 마약과 총기 등을 입수할 수가 있었다. 하지만 경찰의 함정 수사를 경계해야 하니, 쉽게 자기 얘기를 하지 말라고 아야코에게 철저히 세뇌시키고 있었다.

"가지와라는 야마시나카이의 간부가 아니야. 간부는커녕 조직원도 아니야. 초라한 은거 노인이지."

가지와라는 올해 일흔이다. 하루라도 빨리 꼼짝도 못하는 몸이 되기를 간절히 바라고 있지만, 기운이 쇠하기는커녕 그 흉포함은 나날이 더해간다. 법 없이 사는 착한 사람도 젊은 나이에 죽고 마는 경우가 있는데, 신은 왜 이리 불공정한 건지 절절히 생각하게 된다.

"일단 그런 걸로 해두지. 일단 가지와라 씨에게 전해주지 않겠나? 나는 어느 조직에도 속해 있지 않지만 큰 손님을 잡고 있어. 30그램 정도만 급히 준비해줬으면 좋겠어. 금액은 그쪽한테 나쁘지는 않을 거야. 적어도 이 근방에서 팔던 금액의 2배는 쳐주지. 가격 협상과 물건 교환은 가지와라 씨와 직접 접촉하고 싶어. 그 자가 믿을 수 있는 상대라면 단골이 되고 싶으니까."

"일단 얘기는 해보겠지만 큰 기대는 하지 마요. 당신 이름은?"

"기무라."

남자가 이름을 말하더니 자리에서 일어났다. 이쪽으로 다가온다.

"일단 휴대폰 번호를 가르쳐줘요."

"휴대폰은 없어."

"휴대폰도 없으면서 일은 잘도 하나보네요."

"전화가 있으면 꼬리를 잡히니까 말이지. 고객 연락처는 전부 기억하니까 공중전화가 있으면 돼. 내일 다시 여기로 오지."

남자는 그렇게 말하고 아야코의 옆을 빠져나가 문을 열고 방에서 나갔다.

아야코는 한숨을 내뱉고 냉장고에 가까이 다가갔다. 안에서 미네랄워터 페트병을 꺼내서 절반 정도를 벌컥벌컥 마시고 주머니에 찔러 넣었다.

모텔에서 나오자 조안이 아야코를 보고 의아한 듯 물었다.

"빨리 나왔네?"

"엄청 빨리 쌌어. 조루…, 알아?"

"편한 손님이라는 거지?" 조안이 웃었다.

"지금, 그거 있어?"

아야코가 물었을 때, 조안이 시선을 돌렸다.

그쪽을 쳐다보니 모자를 쓴 중년의 남자가 느릿느릿 이쪽으로 걸어온다.

아야코와 조안 앞에 멈춰 서서 위아래로 몸매를 품평하는 듯한 시선을 보내왔다.

"어때요? 놀다 갈래요?"

조안이 남자에게 말을 붙이자, 아야코의 가슴팍을 보고 있던 남자가 얼굴을 들었다.

"아니…, 나는 이제 남자 구실을 못하니까."

남자는 그렇게 말하더니 살짝 웃고 뒤돌아섰다. 신오오쿠보 역 방면을 향해 걸어가는 남자의 등을 쳐다보고 있으니, "오늘은 틀렸네…."라고 중얼거리는 조안의 목소리가 들렸다.

아야코는 아까 물어보다가 중단된 것이 생각나서 다시 조안을 쳐다보았다.

"가지고 있어?"

조안이 고개를 끄덕이고 걷기 시작했다. 그녀는 모텔과 모텔 사이의 그늘에 숨어 가방에서 화장파우치를 꺼내더니 립스틱 하나를 붙잡았다. 립스틱 뚜껑을 열고 안에서 둥글게 만 비닐 봉투를 꺼내 아야코에게 건넸다.

"조금뿐이지만."

비닐 봉투 안에는 미량의 분말이 들어 있다. 기껏해야 2, 3번 정도 빨 수 있는 분량 정도일까.

"이거면 될까…?"

아야코가 만 엔을 내밀며 묻자 조안이 고개를 끄덕였다.

아야코는 비닐 봉투를 주머니에 넣고 그늘에서 나와, 빠르게 근처 공원으로 향했다.

공원 화장실에 들어가 바로 변기에 앉았다. 가방에서 빨대와 스푼을 꺼내 무릎 위에 올려놓았다. 스푼 위에 좀 전에 받은 비닐 봉투 속 분말을 조심스레 올려놓은 뒤, 페트병의 물 몇 방울을 스푼 위에 따른다. 스푼 아래서 라이터 불로 스푼을 쬐자 연기가 피어올랐다. 빨대를 통해 코로 그 연기를 마시자 황홀감에 휩싸였다.

=

아야코는 발을 내디딜 때마다 크게 삐걱대는 철제 계단을 통해 올라가, 연립주택 2층으로 향했다. 202호실 앞에 도착해 가방에서 열쇠를 꺼냈다.

문을 연 순간 좀 전에 경험한 황홀감이 언제 그랬냐는 듯 가라앉아 버렸다.

현관에는 남자 신발이 한 켤레 있고, 방 안쪽에서는 TV 소리가 들린다.

아야코는 현관에 들어가 신발을 벗고 부엌으로 갔다. 2평 반짜리 부엌 안쪽에 있는 문을 여니, 이불에 누워 TV를 보고 있던 가지와라가 이쪽을 힐긋 보았다.

"늦었잖아."

아야코는 가지와라의 난폭한 말에 대답하지 않고, 가방에서 만 엔 지폐를 꺼내 탁자 위에 놓았다.

"나 지금 자고 싶은데." 아야코가 말했다.

아야코의 말에 가지와라가 몸을 일으키며 말했다.

"이게 다야?"

탁자 위에 놓인 만 엔을 보고 가지와라가 아야코를 노려본다.

약 덕분에 기분이 고조되어 새벽까지 버텼지만, 결국 그 뒤로 손님은 붙지 않았다.

아야코를 응시하고 있던 가지와라가 불쑥 화난 표정으로 일어났다. 다음 순간 아야코의 관자놀이 주변에 날카로운 아픔이 내달렸고, 그녀는 이불 위로 쓰러졌다.

"무슨 속셈이야! 번 돈을 약에다 쓰고 자빠졌어!"

가지와라가 소리치며 아야코의 후두부와 등을 걷어찼다.

"안 썼어. 정말 오늘은 손님이 한 명밖에 없었어."

아야코는 양손으로 머리를 감싸 쥔 뒤, 몸을 둥글게 말았다.

"거짓말! 얼굴 보면 약을 했는지 어떤지 정도는 알아. 약에 취해서 그 따위 섬뜩한 면상으로 서 있으니 손님이 제대로 붙을 리가 있겠어!"

지금의 아야코를 그런 몸으로 만든 건 어디의 어떤 놈이냐고 마음속으로 독설을 퍼부으면서도 되받아치지 못한다.

"분명히 약은 했지만, 번 돈에는 손 안 댔어. 가지와라 씨를 찾고 있는 손님이 준 거야!"

아야코가 그렇게 꾸며대자, 가지와라의 발길질이 멈췄다.

"나를 찾아?"

아야코가 양손으로 머리를 감싸 쥐며 작게 고개를 끄덕이자, 가지와라는 그녀의 머리칼을 잡아당겨 얼굴을 자기 쪽으로 바싹 당겼다.

"누군데?"

가지와라가 핏발선 눈으로 쳐다보며 물었다.

"기무라라는 남자…."

아야코의 대답에 가지와라가 고개를 갸웃했다.

"몇 살이나 먹은 남자야?"

"확실히는 모르겠지만 쉰은 넘은 느낌이었어. 미야기 교도소에 있었는데, 당신이랑은 만난 적이 없대."

"왜 만난 적도 없는 남자가 나를 찾아?"

"교도소에서 소문을 들었댔어. 마약을 구해줄 거라고 생각해서 『핑크 스완』을 찾아간 것 같아. 30그램 정도 급히 준비해줬으면 좋겠대…."

가지와라의 동공이 현란하게 반응하더니, 아야코의 머리칼을 잡고 있던 손을 놓았다.

"큰 손님을 잡고 있으니까 금액은 나쁘지 않게 쳐주겠대. 적어도 주변에서 파는 금액의 2배는 낼 수 있댔어. 하지만 믿을 수 있을지 확실히 알고 싶으니까 당신이랑 직접 교섭하고 싶은 것 같아."

"경찰 아니야?"

"그건 아니야."

"어떻게 단정할 수 있지?"

"그 남자는 온 얼굴에 문신을 새기고 왼손은 의수였어."

"미야기 교도소는 P수형자도 수용하니까 앞뒤는 맞군."

"P가 뭐야?"

"신체 장애인을 말하는 거야. 그 녀석 연락처는?"

"휴대폰은 없으니까 오늘 다시 나한테 오겠대."

가지와라는 이것저것 골똘히 생각하는 듯 시선을 돌리더니 침묵했다.

나쁜 얘기는 아니라고 생각할 것이다.

가지와라는 마약을 입수할 수는 있어도 대량으로 그것을 팔 경로가 없다. 지금은 조직에 있는 곤다라는 남자로부터 소량의 마약을 받아 기존에 알던 마약 상습투약자들에게 조금씩 팔아서 생계를 유지하는 것이 고작이다. 30그램의 마약을 조직에서 그 남자에게 건네는 것만으로도 상당한 이익이 될 것이다. 게다가 그것이 계속 이어진다면 그것이야말로 가지와라가 바라던 바이다.

"어떡할까? 무시할까?"

아야코가 묻자 가지와라가 이쪽으로 시선을 돌렸다.

"오늘 널 만나러 온댔지?"

"그렇게 말했어."

"눈치 못 채게 그 놈의 사진을 찍어서 나한테 보내."

"왜?"

"조직원들한테 본 적이 있는지 물어보게."

적대시하는 조직이 푼 청부살인업자일 가능성을 생각하는 것이리라.

가지와라가 32년 전에 한 짓을 생각하면 출소했다고 해도 누가 언제 가지와라의 목숨을 거두어간다 한들 결코 이상하지 않다. 아야코와 위장결혼을 해서 성을 바꾼 뒤, 여기에 살지 않고 빙빙 보금자리를 바꾸는 것도 그것 때문이다.

"그리고 놈이 말하는 큰 손님에 대해서도 물어봐. 왜 2배의 금액을 내면서까지 사들이는 건지. 물론 알아보면 선물을 주지."

아야코의 몸이 가지와라의 말에 반응했다.

이런 남자가 주는 선물을 상상하고 몸이 달아오르는, 한 마리의 개만도 못한 자신이 너무나도 가여웠다.

＝

아야코는 가까워지는 발소리에 그쪽을 쳐다보았다.

양복을 입은 40대 정도로 보이는 남자가 이쪽으로 오는 것을 보고 아야코는 얼굴을 피했다.

"얼마면 될까, 아가씨?"

아야코는 바로 가까이에서 들리는 목소리에 고개를 들었다. 눈앞에 양복 차림의 남자가 서 있다.

"약속이 있는데 무슨 일이에요?" 아야코가 의아스러운 듯 말했다.

"미안합니다."

남자는 겸연쩍은 듯한 얼굴로 그렇게 말하더니, 빠른 걸음으로 물러났다. 저녁 7시부터 2시간 넘게 기다리고 있지만 기무라는 아야코 앞에 나타나지 않는다.

약발이 떨어져서 아무래도 진정이 되지 않는다. 앞으로 1번 할 양은 있지만 그건 이 이후를 위해 놔두는 편이 좋을 것이다.

몰래 얼굴 사진을 찍는다는 것은 그 남자가 잠들 때까지 함께 있어야 한다는 의미이다.

그런 섬뜩한 남자에게 제정신인 채로 안기고 싶지는 않다.

아야코는 휴대폰을 꺼냈다.

"오래 기다렸나?"

대기 화면에서 유키의 모습을 보며 금단증상을 겨우 견디고 있을 때, 불쑥 목소리가 들렸다. 얼굴을 드니 눈앞에 기무라가 서 있다.

"시간 약속은 안 했으니까. 다만, 손님을 몇 명 놓쳤어."

"미안하게 됐군. 그런데-"

"가지와라와는 아직 얘기를 못했어. 휴대폰에 전화를 걸어봤는데 연결이 안 돼."

"같이 사는 게 아닌가?"

아야코는 고개를 끄덕였다.

"지금부터 특별히 할 일 있어요?" 아야코는 물었다.

"아니, 별로…"

"잠깐 한 잔 하러 안 갈래요?"

"일은 괜찮은 건가?"

"당신이 쏜다면. 마시는 동안에 가지와라한테 연락이 올지도 몰라요."

"알았어. 어디 아는 가게가 있으면-"

거기서 기무라가 말을 끊었다.

"당신이 아는 가게에는 데려가기 싫은 면상이겠지?"

"아뇨. 가부키초에 가보고 싶었던 가게가 하나 있었어요. 거기로 해도 괜찮아요?"

아야코는 가지와라를 만나고부터 술을 마시러 가는 일은 거의 없어졌다. 말 그대로 뼈를 깎아 얻은 벌이를 전부 가지와라에게 착취당하기 때문이다. 가끔은 편의점 잡지에서 본 고급 술집 같은 곳에 가보고 싶긴 하다.

기무라가 고개를 끄덕인 것을 보고 아야코는 신주쿠 쪽으로 걷기 시작했다.

목적한 바를 찾아서 들어가니 마중 나온 바텐더가 기무

라의 얼굴을 보고 흠칫 놀랐다.

"테이블 석이 좋은데."

아야코가 말했다.

바 쪽 의자에 나란히 앉으면 아슬아슬한 얘기는 하지 못한다.

바텐더가 곤혹스러운 얼굴로 가게 안을 쳐다보았다. 자리는 거의 비어 있다. 환영받지 못할 것은 예상했던 일이다. 남의 눈에 띄지 않는 안쪽 테이블 자리로 안내되었다.

"일단 맥주랑, 있으면 성냥을 주게."

아야코와 마주 앉아서 기무라가 말했다.

"그러면 나는 버본 위스키Bourbon whisky를 언더락On the Rock으로."

바텐더가 바 안쪽으로 가서 성냥과 재떨이를 가지고 돌아왔다.

"뭐 좀 먹겠나? 돈 걱정은 안 해도 돼."

기무라가 이쪽으로 메뉴를 보이며 말했다.

"됐어요. 원래 별로 안 먹는 편이야."

마약을 섭취하면 식욕부진이 생겨 음식을 받아들이지 못하게 된다. 가지와라를 만나고부터 5년 동안 체중이 20킬로그램 넘게 줄었다.

만약 아야코의 아들 유키가 지금 눈앞에 나타난다 해도 유키는 자기 엄마를 못 알아볼지도 모른다.

"먹고 싶으면 주문해도 돼요."

"그럼 그러지."

기무라는 마실 것이 나오자 피자를 주문했다. 일단 잔을 부딪치고 술을 마셨다.

기무라는 담배를 꺼내 입에 물었다. 그리고 바텐더가 가져온 성냥을 오른손으로 붙잡았다. 오른손만으로 성냥을 켜려고 하지만 좀처럼 불이 붙지 않는다.

보고 있는 아야코가 더 감질나서 라이터를 꺼내 불을 붙여주려고 하자, 기무라는 "됐어."하고 고개를 옆으로 저었다.

"가능한 한 손가락을 움직이려고 하고 있어."

아야코는 자신의 담배를 꺼내 불을 붙였다. 연기를 피우며 기무라의 손을 보고 있을 때 마침내 불이 붙었다. 그제서야 기무라도 만족스럽게 담배 연기를 토했다.

"고생을 하면 괜히 더 맛있게 느껴져."

"그 손은?"

"30년쯤 전에 공장 기계에 당했어. 그게 재수가 옴 붙은 시초지."

"그 뒤로 약을 파는 거예요?"

주변에 사람은 없었지만 아야코는 몸을 좀 내밀고 작은 소리로 말했다.

"맞아. 이런 꼴로는 할 수 있는 일도 한정되어 있거든."

"왜 가지와라를 찾으려고 했어요? 지금까지대로 아는 사람한테서 입수하면 되잖아."

"그렇긴 한데… 내가 한 달쯤 전에 출소했거든. 그래서 그 동안 나한테 팔던 놈을 찾아갔더니 애인이 말하기를 나랑 엇갈려서 붙잡혔다고 하더라고. 그런데 나는 붙잡혔을 당시에 경찰한테 그 녀석과 고객에 대해서 일절 불지를 않았거든. 그 일로 은혜를 느꼈는지 애인이 어떤 물건을 내게 맡겼어."

"뭔데?"

아야코가 물으니 기무라가 몸을 앞으로 슬며시 내밀어왔다.

"어느 유명인이 약을 하는 현장 영상이야."

"유명인이라니 누구? 우리끼리만 알자." 아야코는 흥미를 느끼고 물었다.

"얘기할 수는 없어. 다만, 한 명은 아니야. 그게 있으니까 그동안 그 유명인 분들은 아무리 비싼 가격이라도 내 지인한테 마약을 사왔던 거지. 하지만 그 녀석은 붙잡혀버렸어. 그래서 내가 그 역할을 이어받은 거야."

"그 지인이란 사람은 누구한테 마약을 사들였던 건데?"

"공급책도 함께 붙잡혔대. 아무튼 그런 이유로 지금 내가 마약을 팔 상대는 있는데, 마약을 구할 데가 없네. 그런 때 마침 감방 동료가 말했던 가지와라 씨 얘기가 떠올랐지. 내 마약 공급책이었던 녀석은 적어도 5년 동안 감방에서 못나

올 거야. 가지와라 씨가 믿을만한 상대라면 그동안-"

일단 거기서 기무라가 말을 끊었다.

얼굴을 드니 바텐더가 접시를 들고 이쪽으로 다가오는 것이 보였기 때문이다. 바텐더가 접시를 놓고 떠나자 기무라가 피자를 집으며 말을 이어갔다.

"먹고 싶으면 들어."

기무라가 권했지만 아야코는 피자에 손대지 않았다.

"그런데 당신이랑 가지와라 씨는 무슨 관계야?"

기무라가 피자 한 조각을 다 먹고 물었다.

"부부야."

"그렇구나." 기무라는 태연하게 답하고 다시 피자 한 조각을 입으로 가져갔다.

"안 놀라요?"

가지와라와 아야코는 나이 차이가 2배 이상 난다. 게다가 자신의 아내에게 매춘 일을 시키고 있는 것이다.

"별로 놀랄 일도 아니지 뭐. 왠지 짐작은 가더라고."

"어떤 짐작이요?"

"가지와라 씨가 상대 조직의 간부를 덮쳐서 복역한 건 소문으로 들어서 알고 있어. 30년도 더 지난 일이니까 지금도 누군가의 보복에 대비해야 하는지는 모르겠지만, 일단은 이름을 바꾸는 편이 안심할 수 있겠지. 아마도 당신이 그에게 빚진 걸 빌미로 억지로 위장결혼한 거 아닌가?"

대략 맞는 얘기다.

"그래서 가지와라 씨와는 따로, 아이랑은 같이 살기로 했다는 얘기인가?"

"아이?"

아야코는 되물었다.

아이가 있는 걸 어떻게 아는 거지?

"아까 아이 사진을 보고 있었던 거 아니야?"

휴대폰 대기화면을 본 것 같다.

"아이는 같이 안 살아요."

아야코는 철들었을 무렵부터 자신을 버린 부모를 원망했었는데, 자신도 별반 다르지 않게 됐다.

사람을 죽인 야쿠자와 함께 살면서 아이를 키울 수 없다고 생각했는지, 기무라는 그 이상 아무것도 묻지 않고 묵묵히 피자를 입으로 가져갔다. 한 조각의 피자만 남게 되자, 아야코를 쳐다보았다.

"안 먹겠나?"

"됐어요. 장소를 바꿀래요?"

아야코는 유키가 떠오른 탓에 기분이 속절없이 침울해진다. 약에 취해서라도 마음이 편해지고 싶다.

기무라는 마지막 피자 한 조각을 입에 털어 넣고 일어났다. 아야코는 먼저 일어나서 가게 밖에서 기무라를 기다렸다.

"잘 먹었어요."

기무라가 나오자 아야코는 일단 인사를 하고 기무라의 오른팔에 팔짱을 끼고 걷기 시작했다.

설령 아주 잠깐이라도 빨리 이 절망감에서 해방되고 싶다.

잠시 뒤, 인근 모텔 앞에서 멈춰 섰다. 안으로 데려가려고 했지만 기무라는 저항하듯 그 자리에서 움직이려 하지 않는다.

"호텔비만 내주면 나머지는 됐어요. 어제 안 한 거에 대한 서비스 차원이에요."

"그런 건 됐어."

"여자한테 관심 없어요? 아니면 나 같이 더럽혀진 여자는 싫다는 거야?"

기무라는 아무 말도 하지 않는다. 다만, 왠지 모르게 어두운 눈빛으로 쳐다본다.

"그런 이유 때문에 내가 별로라면 할 수 없지만, 그럼 두 번 다시 내 앞에 나타나지 마요. 당연히 가지와라 얘기도 없던 거야."

기무라가 할 수 없이 모텔 입구로 걸어갔다.

체크인을 하고 방에 들어간 뒤, 기무라는 곧장 소파로 가서 앉았다. 아야코는 가방을 든 채 세면실로 들어갔다.

가방 안에서 비닐 봉투와 스푼을 꺼냈다. 비닐 봉투 속 분말을 스푼에 올려놓고 조심스레 물을 따르고 있을 때, 문

여는 소리가 났다.

흠칫 놀라 돌아보니 기무라가 세면실로 들어왔다. 아야코
는 곧바로 스푼으로 시선을 되돌린다.

다행이다. 안 쏟았다.

"같이 샤워하고 싶어요? 잠깐만요."

아야코는 그렇게 말하고 가방으로 손을 뻗었다. 가방 속
에서 라이터를 꺼내려는데, 기무라가 아야코의 손을 붙잡았
다.

"그만두는 게 좋아."

이 남자가 왜 이러는 걸까?

"그만두라니…, 당신 이걸로 장사하잖아요!"

아야코는 짜증이 나서 말했다.

"언젠가 사람을 죽일 거다."

"…무슨 뜻이야?"

"심한 환각에 사로잡혀서 자기 자식을 죽일 뻔한 엄마가
있었어. 그 엄마는 자식을 지키기 위해, 5층 집에서 뛰어내
리는 길을 택했지. 그리고는 식물인간 상태가 되었어. 자식
의 생명과 자신의 생명을 맞바꾼 거지."

"당신 고객 얘기야?"

기무라는 잠시 아무 말도 하지 않고 붙잡고 있던 아야코
의 손목을 놓았다.

"그렇게 되고 싶다면 마음대로 해."

기무라가 세면실에서 나가고, 아야코는 다시금 스푼을 바라보았다.

라이터 불을 켜고 스푼 밑으로 가져간다. 뇌리에 유키의 얼굴이 떠올라서 불을 껐다. 하지만 바로 불을 켰다가 다시 껐다.

라이터를 쥔 손이 떨린다. 마약을 하고 싶다는 누르기 힘든 충동과, 해서는 안 된다는 이성이 자기 안에서 서로 싸우고 있다.

기무라가 말했던, 자식을 지키기 위해서 스스로를 희생한 여자-

어떤 여자였는지는 모르겠지만, 마약에 손을 댄 순간 이미 엄마로서는 실격이다. 하지만 그래도 그 여자는 자기 자신보다 자식을 택했다.

나라면 어떨까?

유키는 아야코에게는 무엇과도 바꿀 수 없는 소중한 존재이다. 하지만 마약의 유혹은 그 이상으로 강하다는 것도 알고 있다.

엄청나게 두려운 환각이 덮치고 금단증상에 시달린다 해도, 자신은 마지막까지 유키를 선택할 수 있을까?

지금 마약에 대한 충동을 억누르지 못한다면, 유키를 지키는 일은 무리일 게 뻔하다.

유키-

아야코는 중얼거리며 스푼을 세면대 속에 떨어뜨렸다. 마음이 바뀌기 전에 힘껏 수도를 틀어 세면대 속을 물로 채웠다.

찰방찰방 물을 튀기며 세수를 한 뒤, 수건으로 얼굴을 닦고 세면실을 나왔다.

소파에 기대 있던 기무라가 아야코를 보았다.

"당신, 이상한 사람이야!"

아야코는 짜증 섞인 말투로 말하고 침대 위로 쓰러졌다. 이불 속으로 파고들어 몸을 말았다.

갑자기 한기가 들었다. 이상하게 목이 말랐지만 침대에서 일어날 기력도 솟지 않는다. 묘하게 몸이 가려워 팔과 다리를 마구 긁는다. 하지만 전혀 나아지지 않는다. 벌레가 몸속에서 꿈틀거리는 것처럼 기분 나쁘다.

"이름은 뭐야?"

이불 바깥에서 기무라의 목소리가 들렸다.

아야코가 대답하지 않고 있자, 기무라가 이불을 벗기고 다시 같은 것을 물었다.

"누구 이름?!"

금단증상의 초조함 때문에 말투가 전투적인 것은 아야코도 잘 안다.

"아이 이름 말이다."

기무라는 그렇게 말하더니 침대 끝에 앉았다. 아야코를

똑바로 쳐다본다.

"유키…."

아야코는 목소리를 쥐어짜내는 것처럼 말했다.

"한자로 어떻게 쓰지?"

"그대로야. 용기(勇氣-용기의 일본어 발음이 '유키'이다 - 옮긴이)가 있다, 없다 할 때의 유키…."

"좋은 이름이네. 몇 살이지?"

그런 건 아무래도 상관없잖아. 이 사람 그런 걸 왜 묻지?

"초등학생인가?"

기무라가 다시 물어온다.

"3학년…, 10살…."

"같이 안 산다고 했는데 지금 어디에 있지?"

"오우메…, 오우메에 있는 탁아시설에 있어."

"내일 만나러 가지."

"만날 수 없다는 거 잘 알잖아. 이런 모습…, 보이고 싶지 않아…."

"보여주지 않아도 돼. 보기만 하는 거다. 싫은가?"

아야코는 그 말에 필사적으로 고개를 저었다.

"당신도 아이가 소중하구만." 기무라가 말했다.

"소중…, 당연히 소중하지. 소중하니까 나한테서 떼어놓은 거야!"

"아들이랑 마지막으로 놀러간 건 어디야?"

추위와 가려움과 목마름이 아야코를 덮치고 있는 가운데 기무라의 질문이 이어졌다.

=

아야코는 진동을 느끼고 잠에서 깨어났다.

자신이 왜 이런 곳에 있는 것일까? 고개를 이리저리 돌려 모텔 방이라는 걸 알게 됐지만 왜 여기서 자고 있는지는 모른다.

모텔에서 자는 일은 없다. 손님과 모텔에 들어가도 일이 끝나면 바로 나가기 때문이다. 동료 매춘부 중에는 하룻밤 동안 같이 있는 '긴 밤' 손님을 붙잡는 경우도 있지만, 아야코가 상대하는 손님들은 짧은 시간이더라도 화대를 조금이라도 저렴하게 지불하려는 경우뿐이다.

나른한 몸에 채찍질을 하는 심정으로 상반신을 일으켰다. 침대 맞은편에 있는 소파에서 자고 있는 문신투성이 남자의 얼굴을 보고 기억이 되살아났다.

그 뒤로, 기무라는 여기서 몇 시간 동안이나 유키에 대해 물어왔다. 어느 시점 이후부터는 아야코의 휴대폰을 가져와서 아야코의 손에 쥐어준 채 대기화면을 보여주며 오로지 유키 얘기만 계속 하게 했다.

왜 그런 얘기만 하는 건지 알지 못했다. 그래서 초조하고 성가셔서 후려갈기고 싶었지만, 몸을 일으킬 수조차 없었다.

어쩌면 금단증상을 다소나마 완화시켜주려고 유키 얘기를 꺼낸 것일까?

휴대폰을 보니 착신 문자메시지가 들어와 있다. 아까 느낀 진동은 그 때문이었을 것이다. 가지와라가 보낸 문자메시지이다.

『남자 건은 어떻게 됐어?』

그 순간, 아야코는 자신이 해야 할 일이 떠올라, 남은 기운을 쥐어짜내 침대에서 일어났다.

아야코는 휴대폰 카메라로 자고 있는 기무라의 얼굴을 찍은 뒤, 세면실로 들어갔다. 가지와라에게 문자메시지로 기무라의 얼굴사진을 보내고 옷을 벗었다.

거울에 비친 자신의 몸을 보니 울화통이 터졌다.

나뭇가지처럼 깡마른 몸 곳곳에 멍과 상처가 나 있고, 오른팔에서 쇄골에 걸쳐서 큰 문신이 새겨져 있다.

옷을 입고 있으면 쇄골 주변에 그려진 나비만 눈에 띄지만, 알몸이 되면 거미집에 붙잡힌 나비와 그것을 먹으려고 다가가는 거미의 무늬라는 걸 알 수 있다.

가지와라는 팔에 큰 거미 문신을 새겼다. 가지와라는 아야코가 자신의 소유물이라고 말하고 싶어서 이런 문신을 새기게 한 것이다.

모든 것은 아야코가 어리석어서 생긴 일이다.

아야코는 철들었을 무렵부터 탁아시설에서 자라왔고, 줄

곧 가족이라는 것을 동경했다. 그리고 그 때마다 늘 배신당해왔다.

23살 때 사귀었던 남자는 아이를 임신했다는 걸 알자 어딘가로 사라져 버렸다.

의지할 가족도 없고, 홀로 아이를 키우는 것이 불안하기만 했지만 자신의 몸에 잉태한 유일한 가족을 지우는 선택은 생각할 수 없었다.

유키를 낳고 조금이라도 벌이가 좋은 일을 찾아 물장사의 세계로 들어갔다. 거기서 손님이었던 아이하라를 알게 되었다. 아이하라는 여러 음식점을 경영하는 사업가로, 통이 크고 술버릇도 깔끔했다. 아이하라는 아야코에게 첫눈에 반해 결혼을 전제로 교제를 하고 싶다고 말했다. 아야코가 아이가 있다고 하자 자신과 결혼해서 지금의 일을 그만두고 아이와 함께 행복한 가정을 꾸리자고 말해 주었다.

교제를 시작하고 얼마 지났을 무렵에 아이하라가 새 점포를 내기 위해 돈을 빌려야 한다며 연대보증인이 되어 달라고 부탁했다. 다른 점포의 매출은 좋기 때문에 변제에는 전혀 문제가 없다고 설명을 해서 사인했지만, 그 직후에 아이하라와 연락이 끊기게 되었다.

아이하라가 여러 음식점을 경영한다는 것은 새빨간 거짓이었다. 거기다 아이하라는 질이 나쁜 사채업자에게 돈을 빌린 상태여서, 아야코는 천만 엔에 가까운 빚을 떠안게 되었다.

아야코는 불법사채업자 사무실에 감금되어 빚을 갚으라고 연일 협박당했다. 하지만 갑자기 천만 엔의 빚을 갚을 방도가 있을 리가 없었다. 사채업자는 매춘을 하는 퇴폐 안마시술소 면접에 데려갔다. 거기서 5년 정도 일하면 빚을 완전히 갚을 수 있을 거라고 했지만 아야코는 울면서 퇴폐 안마시술소에서 매춘을 할 수는 없다고 거절했다.

"안마시술소에서 일하는 게 도저히 싫다면 딱 한 가지 방법이 더 있다."

사채업자는 그렇게 말하고 아야코를 이케부쿠로에 있는 룸살롱 같은 술집으로 데려갔다. 거기서 곤다라는 남자와 거래를 했다.

곤다는 통째로 이 가게를 인수했다면서, 아야코가 이 가게의 마담으로서 일하고, 자신의 지인과 결혼한다면 빚을 전부 탕감해주겠다고 제의했다. 아야코가 그 결혼상대가 어떤 남자냐고 물으니 교도소에 들어가 있는 수형자라고만 대답했다.

아야코는 5년 정도 억지로 매춘업을 하는 퇴폐 안마시술소에서 일하는 것과, 생판 모르는 수형자와 결혼해야 하는 선택지 중에서 후자를 선택했다.

하지만 그 일을 진심으로 후회하고 있다. 가지와라와 결혼할 바엔 퇴폐 안마시술소에서 일하는 편이 차라리 더 나을 뻔했다.

출소하고 처음 가지와라를 만났을 무렵에는 얌전한 노인처럼 보였지만, 가지와라는 차차 그 흉포한 본성을 드러내기 시작했다.

아야코는 가지와라를 만나고 며칠 후 억지로 마약을 하게 되었다. 마약의 유혹은 강렬해서, 그 이후 가지와라의 뜻대로 성관계를 가지게 되었고, 판단능력이 둔해졌을 때 문신을 새기게 되었다.

가지와라와는 같이 살지 않았지만, 그는 종종 아야코의 집에 나타나 아야코와 유키에게 폭력을 휘둘렀다.

아야코는 고민 끝에 유키를 탁아시설에 맡기기로 했다. 유키의 안전과, 마약에 취해 가지와라에게 유린당하는 자신의 모습을 보이고 싶지 않다는 점 때문이었다.

나중에 안 사실이지만 곤다는 이케부쿠로를 거점으로 하는 폭력조직 야마시나카이의 조직원이었다. 가지와라는 전 조직원으로, 지금으로부터 32년 전에 상대 조직의 간부를 사살하는 일을 저질렀다. 살인 사건 현장에 있던 룸살롱 호스티스도 사건에 휘말려, 가지와라는 결국 두 사람을 살해한 혐의로 무기징역을 선고받고 복역해 왔다.

예순 중반의 노인이 출소해 봐야 조직 안에선 자리는 없다. 그렇다고 해서 조직에 충성을 다해 교도소로 들어간 사람을 내버려둘 수도 없어서, 조직은 룸살롱을 통해 생활비를 보조해주고, 아야코라는 여자를 대주어서 가지와라를 납득시킬 요량이었던 것이다.

하지만 가지와라는 룸살롱의 호스티스들에게도 마약을 써서 성관계를 강요하고, 더욱이 찾아오는 손님을 협박해 정상적인 술값 이외의 돈을 뜯어냈다. 그런 가게가 오래갈 리도 없어서 2년 정도 만에 가게를 접게 되었다. 가게가 없어지고 나서부터는, 아야코에게 마약을 먹이고 매춘을 시킨 뒤 그 돈을 갈취했다.

가지와라가 살아 있는 한 아야코에게는 미래가 없다. 유키를 만날 수조차 없다. 설령 자신이 가지와라의 손에 죽임을 당하게 되더라도, 가지와라를 죽이고 이 생활에서 벗어나고 싶다고 몇 번이나 생각했지만, 그때마다 생각만 하다 단념했다. 가지와라는 만약 자신이 죽임을 당하는 일이 생기면, 조직원이 자신을 죽인 사람의 가족까지 찾아가 모두 보복할 거라고 자주 말하기 때문이다.

과연 조직원이 가지와라를 위해서 그렇게까지 할지는 의문이었지만 만에 하나라도 유키의 신변에 무슨 일이 생기는 건 아닐까 생각하면 자신의 살인·충동을 실행에 옮길 수 없었다.

=

"좀 쉬었다 갈까?"

아야코는 기무라가 가리킨 곳으로 시선을 돌렸다. 조금 앞에 버스정류장이 보였다.

아야코는 비틀비틀 앞으로 나아가 무너지듯이 벤치에 앉았다. 기무라는 벤치에 앉지 않고 가까운 자판기 쪽으로 걸어가서 뭔가를 사서 아야코 곁으로 왔다.

페트병에 담긴 물을 건네받았지만 뚜껑을 비틀어 열 기력조차 솟지 않는다. 한숨을 쉬고 고개를 숙였다.

"조금만 더 가면 공원이 하나 더 있어. 어쩌면 거기 있을지도 몰라."

기무라는 편의점에서 산 지도를 펼쳐 보고 있다.

모텔에서 나온 뒤, 기무라가 유키가 있는 탁아시설에 가보지 않겠냐고 말해서 오우메에 찾아왔다.

유키를 맡긴 탁아시설에 찾아가서 밖에서 한참을 살펴봤지만, 유키의 모습은 보지 못했다. 다시 근처 초등학교와 공원을 돌았지만 헛수고였다.

"그만 됐어…, 지쳤어."

유키를 보고 싶은 마음은 굴뚝같지만 약발이 떨어져서 심상치 않은 나른함이 아야코를 덮쳤다.

"모처럼 여기까지 왔잖아. 마지막으로 그 공원만 가보지."

기무라는 지도를 가방에 넣고 아야코의 페트병을 집어 뚜껑을 연 뒤 다시 아야코에게 건넸다.

아야코는 페트병에 담긴 물을 마신 뒤, 기력을 쥐어 짜내 다시 일어났다.

기무라를 따라 걸어가니 주택가 안에 있는 공원이 보였다. 가까이 갈수록 아이들이 떠드는 목소리가 들린다.

아야코는 담 너머로 그 안쪽 모습을 살폈다. 아이들 몇 명이 축구공을 차고 있다.

그 중 한 명에게 눈길이 간 순간, 가슴 안쪽에서 격한 감정이 끓어올라 손으로 입을 가렸다.

"저 안에 있나?"

아야코의 모습을 보고 짐작한 듯 기무라가 물어왔다.

"흰색이랑 노란색 체크무늬 옷을 입은 아이…."

아야코는 기무라를 쳐다보지 않고 말했다.

유키는 흰색과 노란색 체크무늬 셔츠를 입고 있고, 친구의 패스를 기다리는 중인 것 같다. 유키에게 공이 굴러왔고, 그것을 쫓아오는 남자아이를 드리블로 피하려고 했지만 공을 빼앗기고 말았다.

"나는 여기서 기다리지. 아이들을 놀라게 하면 미안하니까."

유키에게서 좀처럼 시선을 떼지 못하던 아야코는 그 말에 기무라를 쳐다보았다. 그리고 고개를 옆으로 저었다.

"못 만나요…."

이런 모습을 보이고 싶지 않다.

"괜찮나?"

"아직은 못 만나."

아야코가 그렇게 말하자, 기무라는 크게 고개를 끄덕이고 걷기 시작했다.

아야코는 한 번 더 공원 안을 쳐다보고 유키의 모습을 뇌리에 새기고 나서야 기무라의 뒤를 따랐다.

역으로 돌아가는 도중에 가지와라에게서 휴대폰 문자메시지가 왔다.

"잠깐 전화 좀 할게요."

아야코는 기무라에게 양해를 구한 뒤, 좀 떨어진 곳으로 가서 전화를 걸었다.

"지금 어디야?"

전화를 받자마자 가지와라가 말했다.

"신주쿠."

거짓말을 했다.

"지난번 그 남자랑 같이 있나?"

"네에."

"그 녀석의 손님에 대한 얘기는 알아냈어?"

유명인이 약을 하는 영상을 가지고 있어서 비싼 값으로 그들에게 팔 수 있다는 것과, 그때까지 마약 공급책이었던 인물이 경찰에 붙잡히는 바람에 가지와라를 찾고 있다는 것 등, 어제 기무라에게 들은 얘기를 전했다.

"하는 얘기가 앞뒤는 맞아. 지금부터 어떻게 해요?" 아야코가 물었다.

"제대로 돈이 있는지 확인해."

"얼마나?"

"음, 4백만 엔 정도. 그 돈을 사진으로 찍어서 보내. 다시 연락하지."

전화가 끊기고 아야코는 근처에서 기다리고 있던 기무라 에게로 향했다.

"가지와라와 연락이 됐어요. 돈을 확인하고 싶대요. 4백만 엔."

"알았어."

기무라가 고개를 끄덕이고 걷기 시작했다.

=

차 안은 꽤 혼잡했지만 아야코와 기무라 주변만은 텅 비어 있었다. 맞은편에 앉은 승객들은 기무라와 시선을 마주치지 않도록 고개를 숙이고 있다.

"왜 문신을 새겼어요?"

아야코가 물으니 기무라가 이쪽을 바라보았다.

"혼자 있고 싶기 때문이야."

기무라가 그렇게 말한 순간, 그의 눈빛에 이제까지는 없던 그늘이 보이는 것 같았다.

"가족은 없어요?"

"있는 것 같나?"

"모르겠어."

현재의 외모로 봐서는 가족이 있는 모습은 상상할 수 없지만, 좀 전에 보인 외로운 눈빛은 신경이 쓰였다.

"철들었을 무렵부터 쭉 혼자야. 부모도 형제도 없어."

자신과 같다.

가만히 기무라의 얼굴을 쳐다보니 기무라가 얼굴을 피했다. 그래도 아야코는 기무라의 옆모습을 계속 쳐다보았다.

처음에는 섬뜩하다고만 생각했는데 지금은 신기한 남자라고 느끼고 있다.

아카바네 역에서 내렸다. 기무라가 개찰구를 빠져나가 멈춰 서서, 아야코 쪽을 쳐다보았다.

"꽤 오래 걸리니까 나 혼자 갔다 오고, 당신은 이 주변에서 기다려도 돼. 돈을 가지고 돌아오지."

기무라는 그렇게 말했지만, 아야코는 고개를 옆으로 저었다.

뭐든 좋으니 이 남자에 대해 더 알고 싶어졌다.

기무라의 말대로 거기서부터 꽤 걸었다. 길가는 사람들의 호기심 어린 시선을 받으며, 먹자 골목을 빠져나와 큰 길로 계속 나아가니 강이 나왔다.

기무라는 하천 부지로 내려가 풀숲 앞에서 멈춰 섰다.

이런 곳에 돈이 있다는 것일까?

"여기서 기다려줘."

기무라는 그렇게 말하더니, 오른손으로 풀숲을 헤치고 안으로 들어갔다. 그리고 5분쯤 지나니 돌아왔다. 오른손에 지폐 다발을 쥐고 있다. 쥐고 있는 모습만으로는 단정할 수 없지만 상당한 액수일 것이다. 오른손과 지폐 일부에 진흙이 묻어 있는 걸 보면 땅속에라도 숨겨뒀었나 보다.

"4백만 엔이야. 세어 봐도 좋아."

"믿어요."

그렇게 말하면서도 돈의 출처는 의심스러웠다. 그러나 여기서 생각하고 있어도 소용없다.

아야코는 휴대폰을 꺼내 지폐를 쥔 기무라의 오른손 사진을 찍었다. 바로 사진을 첨부해서 가지와라에게 보냈다.

잠시 후 가지와라에게서 전화가 왔다.

"여보세요…."

아야코는 전화를 받았다.

"내일 밤에 거래한다. 그 녀석의 휴대폰 번호를 나한테 가르쳐줘. 내가 거기로 연락하지."

"휴대폰은 없대요."

가지와라가 혀를 차는 소리가 들렸다.

"할 수 없네. 내일 밤 9시에 너한테 오라고 해."

전화가 끊기고 아야코는 기무라를 쳐다보았다.

"내일 밤 9시에 나를 찾아오래요."

"알았어. 역까지 바래다주지."

하천 부지를 나와 아카바네 역으로 향했다.

먹자 골목을 걷고 있을 때, 가게 앞에 있는 반찬과 음식점의 메뉴 사진이 아야코의 눈에 들어왔다.

"배고픈 거 아니야?"

아야코의 시선이 향하는 곳을 알아챘는지 기무라가 물었다.

"조금…."

어젯밤부터 아무것도 먹지 못했다. 평소라면 며칠을 먹지 않아도 식욕이 없었는데, 지금은 공복을 조금 느끼고 있다. 오늘은 하루 종일 꽤 걸었기 때문에 몸에 쌓여 있던 독소가 땀과 함께 좀 빠져나간 건지도 모른다.

"이 근처에 음식이 맛있는 술집이 있어. 가겠나?"

아야코는 고개를 끄덕이고 기무라를 따라갔다.

"저기야."

기무라는 『기쿠야』라는 포렴이 걸린 가게를 가리켰다.

미닫이를 열고 안에 들어가니 그때까지 소란스러움에 감싸여 있던 가게 안이 갑자기 고요해졌다. 안에 있는 모두가 두 사람 쪽을 주목한다.

아야코는 주저하며 기무라를 따라 안쪽으로 들어갔다.

"뭐로 하겠어? 여긴 버번 위스키 같이 세련된 건 없는데."

"맥주면 돼요."

아야코는 맨 안쪽 테이블 자리에 마주 앉아 묻는 기무라에게 그렇게 답하고 코트를 벗었다.

"어서 오세요."

주인인 듯한 남자가 와서 두 사람 앞에 그릇을 놓았다.

"병맥주랑 잔 두 개. 그리고 성냥을 줘. 식사는?"

기무라가 메뉴를 아야코에게 내밀어서 훑어보았다.

"그럼 두부 샐러드랑 튀김."

"그리고 볶음국수. 볶음국수는 기쿠치가 만들어줘."

기무라는 친한 듯 말을 걸었지만, 기쿠치라고 불린 남자는 왠지 얼굴이 굳어 있다.

"볶음요리는 시게루한테 맡기고 있어."

남자가 바 안쪽을 쳐다보았다.

"그런 말 마. 부탁해."

"알았어."

잠시 후 병맥주와 잔 그리고 성냥갑이 놓이고, 서로 술을 따라준 뒤 건배했다.

"계산 부탁해요."

그 목소리가 난 쪽을 쳐다보니, 바 끝에 앉아 있던 모자를 쓴 남자가 갑자기 일어났다.

어딘가에서 본 적이 있는 것 같았지만 남자는 반대편으로 등을 돌리고 있어서 확실히는 알 수 없다.

힐끗 이쪽을 본 남자와 눈이 마주치고 아야코는 화들짝

놀랐다.

분명 그제 기무라와 모텔에 들어갔다 나온 후에 다가왔던 남자다. 조안과 함께 있을 때 몸매를 품평하는 것처럼 아야코를 위아래로 훑어보고 있었던 남자이다.

왜 저 남자가 여기 있는 거지? 우연일까?

남자는 곧 다시 뒤돌아서 빠른 걸음으로 가게를 나갔다.

"왜 그래?"

그 목소리에 아야코는 기무라를 쳐다보았다. 기무라가 담배를 피우며 고개를 갸웃하고 있다.

"아니, 아무것도 아니에요."

아야코는 고개를 옆으로 저었다.

"여기 음식은 다 맛있지만 특히 볶음국수가 일품이야."

기무라는 기쁜 듯 그렇게 말하더니, 좀 전까지 남자가 앉아 있던 자리를 쳐다보았다.

"이 가게에 자주 와요?" 아야코가 물었다.

"아니, 가끔 오지. 그런데 유키라는 이름은 누가 지은 거야?"

"내가."

"왜 그 이름으로 지은 거지?"

"그냥 글자 그대로의 의미예요. 내게는 없는 것을 가졌으면 좋겠거든."

"어디 여자지…?"

바 쪽에서 소곤거리는 소리가 들려와 아야코는 눈썹을 찌푸렸다.

"어차피 길에서 몸 파는 창녀겠지."

기무라는 그 목소리에 반응해 바 쪽을 노려보았다.

"방금 뭐랬어?"

기무라가 성난 얼굴로 벌떡 일어나, 오른손으로 병을 붙잡고 바 쪽으로 다가간다.

"방금 떠든 게 어떤 놈이냐? 죽여 버리겠어!"

기무라가 그렇게 외치며 바 자리에 병을 내리쳤다.

가게 안에 비명소리가 울려 퍼지고, 바 안쪽에서 기무라가 기쿠치라고 부른 남자가 뛰쳐나왔다. 그는 기무라의 몸을 붙잡고 누르더니, 그대로 가게 밖으로 끌고 나가 문을 닫았다.

아야코는 걱정되어 쳐다봤지만 바깥 모습은 알 수가 없다. 다른 손님들도 웅성거리며 가게 밖을 주목한다.

잠시 지나 문이 열리고 기무라가 얼굴을 들이밀었다.

"가지-"

기무라의 말에 아야코는 테이블에 있던 담배와 성냥갑을 들고 일어났다.

가게에서 나올 때 기쿠치라는 남자와 눈이 마주쳤다. 입술을 깨물고 괴로운 표정을 짓고 있다.

아야코는 살짝 인사를 하고, 빠른 걸음으로 걸어가는 기무라의 뒤를 쫓아갔다.

"어디 가서 한 잔 더 마실까?"

아야코가 뒤에서 그렇게 말하며 부르자, 기무라가 걷는 속도를 늦추고 아야코를 돌아보았다.

"나랑 함께 있으면 어디를 가도 싫은 경험을 할 거야."

기무라가 그렇게 말하며 주변을 둘러본다.

"뭘 찾아요?"

"공중전화. 아는 사람이 그 가게를 찾아와서 나한테 연락을 해 달라고 한 것 같아."

"써요."

아야코는 휴대폰을 꺼냈다.

"미안하네."

기무라는 휴대폰을 받아 아야코에게서 좀 떨어진 후 뒤돌아섰다. 주머니에서 종이쪽지를 하나 꺼내 버튼을 누른다.

"선생인가?"

기무라는 휴대폰에 대고 그렇게 묻더니, 힐긋 아야코 쪽을 바라보고는 그녀에게서 더 떨어졌다.

아야코는 휴대폰을 귀에 대고 얘기하는 기무라의 등짝을 쳐다보았다.

선생-이라고 말했는데, 대체 누구와 얘기하는 것일까?

아야코는 점점 더 궁금해져 기무라에게 더 가까이 다가갔다.

"요코는…."

기무라의 목소리가 들렸다.

"그래. 잘 지내게…."

기무라가 전화를 끊고 아야코를 돌아보았다.

기무라와 눈이 마주치자 아야코는 흠칫 놀랐다.

"고마워. 그럼 내일 밤에 보지."

기무라가 휴대폰을 돌려주고, 아야코는 그제서야 생각난 것처럼 담배와 성냥갑을 건넸다. 기무라는 그것들을 주머니에 넣고 곧바로 뒤돌아서 걸어갔다.

대체 무슨 일이 있었던 것일까?

아야코는 쫓아가야 할지 말지 망설였지만 좀 전의 기무라의 눈빛이 떠올라서 주저했다.

누구도 다가가지 못하게 만드는 포악함을 품고 있었다.

기무라의 모습이 네온사인 속으로 사라지고, 아야코는 역쪽으로 발길을 돌렸다. 문득 어둠의 그늘 속에서 이쪽을 보고 있는 인물이 눈에 들어왔다.

좀 전에 가게에 있던 남자다.

아야코는 눈치채지 못한 척 그대로 걸어갔다. 잠시 후, 돌아보니 남자가 기무라가 걸어간 쪽으로 가는 것이 보였다.

저 남자는 대체 누구일까. 혹시 형사는 아닐까?

기무라의 행동을 감시하다가 마약 거래 현장을 덮치려고 하는 것은 아닐까?

만약 그렇다면, 내일 거래할 때 그가 기무라와 함께 가지와라도 검거해줄지도 모른다.

가지와라는 무기징역 형을 받고 복역했었다. 만약 다시 유죄판결을 받게 되면 꽤 오랜 기간 교도소에 들어가게 될 것이다. 그것으로 완전한 자유를 얻을 수는 없겠지만 적어도 현재의 절망적인 상황으로부터는 틀림없이 벗어날 수 있을 것이다.

=

문 여는 소리가 났다.

아야코가 이불에서 얼굴을 빼꼼히 내미니, 가지와라가 들어와 아야코 앞에서 책상다리를 하고 앉아 있었다.

"어제는 수고가 많았다."

가지와라가 아야코의 뺨을 가볍게 두드렸다.

가지와라에게 위로의 말을 듣는 것은 처음이다. 돈벌이가 될 것 같은 일이 생겨서 기분이 좋은가 보다.

"동료 조직원들한테 놈의 사진을 보여줬는데 아무도 본 적이 없는 것 같아. 뭐, 물론 어딘가에 소속된 조직 폭력배가 아니더라도, 돈으로 고용한 살인청부업자일 가능성이 없는 건 아니겠지만."

"그렇게 얼굴이 눈에 띄는 사람한테 그런 일을 시킬 것 같지는 않은데…"

"그것도 그러네. 거래가 끝나면 나는 잠시 여행을 떠날 거야."

아야코는 눈앞에 놓인 비닐 봉투를 보고 반사적으로 몸을 일으켰다.

"자유롭게 여행을 떠나서, 그대로 마지막 정착지를 찾는 것이 좋을지도 모르지. 목돈이 생기면 나도 이런 일에서 손을 씻을 수 있어. 두 번 다시 감방에는 돌아가고 싶지 않고 말이지."

아야코는 겉으로 비나리치는 미소를 띠면서도, 마음속으로는 가지와라의 그 꿈이 깨지기를 간절히 기도했다.

"그렇다고 매일 하는 일을 땡땡이치면 안 된다. 이거 줄 테니 최대한 열심히 해."

가지와라는 일어나서 방을 나갔다.

현관문 닫히는 소리가 난 뒤, 곧바로 비닐 봉투를 붙잡았다. 옆에 놓아둔 가방을 끌어당겨 안에서 스푼과 빨대를 꺼낸다. 스푼에 마약 분말을 올리고, 탁자 위에 놓여 있던 페트병에서 물을 따랐다. 라이터 불을 켜고 스푼 밑에 쬐려고 했을 때 어제의 광경이 뇌리를 스쳤다.

유키가 축구공을 차며 노는 모습-

스푼을 든 손이 작게 떨렸다.

설령 가지와라가 없어진다고 해도 이대로는 아무것도 달라지지 않는다.

약을 끊지 않는 한 아무것도 변할 수 없다.

아야코는 라이터 불을 끄고 라이터를 탁자 위에 내던진 뒤, 비닐 봉투를 들고 일어났다. 부엌으로 가서 설거지를 하려고 싱크대에 담가둔 접시를 향해 스푼을 내던진다. 비닐 봉투를 찢어서 분말도 접시 속에 버린 뒤, 수도꼭지를 틀었다.

싱크대에서 눈을 떼지 못하고 있을 때 옆에서 휴대폰 벨소리가 들렸다. 수돗물을 잠그고 방으로 돌아와 떨리는 손으로 휴대폰을 잡았다. 모르는 번호이다.

"여보세요…?"

아야코는 경계하며 전화를 받았다.

"저기…, 나카무라라고 합니다만, 가타기리 씨 전화 아닙니까?"

주저하는 듯한 남자의 목소리가 들렸다.

"가타기리?"

아야코는 되물었다.

"어제 이 번호로 제 휴대폰에 전화를 하셨는데요."

그 말에 아야코는 눈썹을 찌푸렸다.

기무라라는 이름은 가짜 이름이었던 건가?

"아아…, 지금 여기에는 없는데요." 아야코가 대답했다.

"급히 가타기리 씨와 연락을 하고 싶은데 어디 계신지 모르십니까?"

"글쎄요…, 오늘 밤에 만날 약속을 하긴 했는데."

"가타기리 씨를 만나면 곧바로 이 번호로 연락을 해달라고 전해주실 수 있을까요? 그분의 따님 일로 꼭 하고 싶은 얘기가 있다고요."

"따님?"

기무라에게 딸이 있다니 놀라웠다.

"네에."

오늘 밤 만날 때 이 사실을 전한다고 해도, 만약 그 모자 쓴 남자가 형사라면 그 직후 기무라는 경찰에 붙잡히고 말지도 모른다.

기무라의 딸 일로 꼭 전하고 싶은 얘기라는 건 대체 뭘까.

"꼭 하고 싶은 얘기라는 건 뭐예요?"

"죄송하지만, 그건 가타기리 씨께 직접 이야기하고 싶습니다. 하지만 가타기리 씨 인생에서 무척 중요한 일이라고 생각합니다."

"알았어요. 만날 수 있을지 어떨지 모르겠지만 지금부터 좀 찾아볼게요."

"짐작 가는 곳이라도 있나요?"

"뭐 그냥…."

아카바네나, 어제 들른 아라카와 하천 부지에 있을지도 모른다.

"그럼, 잘 부탁드립니다."

아야코는 전화를 끊은 뒤, 떨리는 손으로 간신히 옷을 갈아입고 밖으로 나왔다.

전차를 갈아타고 아카바네 역으로 가서 하천 부지로 향했다.

하천 부지에 도착해 기무라가 들어갔던 풀숲을 열심히 헤치고 앞으로 나아갔다. 잠시 들어가니 녹슨 함석이 눈에 들어왔다. 가까이 가 보니 함석으로 짠 작은 오두막집이었다.

아야코의 키보다 작고 넓이도 한 평 정도밖에 안 되는 오두막집이지만, 유리창과 문이 달려 있다.

아야코는 창문으로 안을 들여다보았다.

기무라의 모습은 보이지 않는다. 바닥에 담요가 깔려 있고 회중전등이 놓여 있었다. 그 옆에 배낭이 있다. 숨어 지내는 장소로 쓰고 있는 것일까?

아야코는 뒤에서 나는 소리에 흠칫 놀라 돌아보았다.

"무슨 일이야?"

기무라가 오른손에 편의점 비닐 봉투를 들고 서 있다.

"거래 장소가 결정된 건가?"

기무라가 물었다.

"아니. 내 휴대폰으로 나카무라라는 사람한테서 전화가 왔어요."

아야코의 말에 성가시다는 듯 기무라의 표정이 일그러졌다.

"따님 일로 하고 싶은 얘기가 있대."

기무라는 좀 거북한 표정을 지었다.

아야코는 휴대폰을 꺼내 나카무라의 번호를 찾아낸 뒤, 기무라에게 내밀었다. 기무라는 받으려 하지 않는다.

"당신 인생에서 무척 중요한 일이랬어. 걸어보는 게 좋지 않을까?"

"의외로 오지랖 넓은 여자구만."

"당신만큼은 아닌 것 같은데? 여기를 누르면 전화가 걸려요."

아야코가 쓴웃음 지으며 말하자 기무라가 할 수 없는 듯 휴대폰을 받아 버튼을 눌렀다.

"대체 뭐야? 어제로 작별이라고 말했잖아."

전화가 연결되자 기무라가 거친 목소리로 말했다.

곧 기무라의 표정이 변했다. 무슨 얘기를 들은 건지 알 수 없지만 말문이 막힌 듯하다.

아야코는 그 모습을 쳐다보며 새삼 기무라의 과거에 관심을 품게 되었다.

기무라에게는 자식이 있다. 그 말인즉 예전에는 가족이 있었다는 얘기다.

혼자 있고 싶기 때문이다─

그 말은 가족을 버리고 싶어서 온 얼굴에 문신을 새겼다는 의미일까? 아니면 뭔가 다른 이유가 있는 것일까?

"어어, 듣고 있어. 무슨 낯짝으로 만나라는 거야! 좀 봐 줘."

기무라가 그렇게 말하고 입을 다물었다.

"알았어…, 어떻게 하면 되나? 아카바네 근처야. 어어…."

기무라가 전화를 끊고 이쪽을 쳐다보았다.

"지금 잠깐 나갔다 와야겠어."

"따님을 만나러 가는 거야? 가타기리 씨?"

아야코의 말에 기무라의 입가가 일그러졌다.

"가짜 이름인 것도 들킨 건가? 가지와라한테 전할 건가?"

아야코는 고개를 옆으로 저었다. 그런 걸 알려주면 가지와라는 경계를 할 것이고, 그렇게 되면 거래를 그만둘지도 모른다.

"서로를 위해서라도 조용히 있는 편이 좋겠지. 그럼 밤 9시에 보지."

기무라는 아야코에게 휴대폰을 돌려주고 뒤돌아서 걸어갔다.

=

아야코는 주머니 속에서 진동하는 휴대폰을 꺼냈다.

가지와라다.

"나야. 놈은 근처에 있나?"

전화를 받으니 가지와라의 목소리가 들렸다.

아야코는 주위를 보았다. 기무라가 으스레한 어둠 속의 길을 걸어 이쪽으로 오는 것이 보였다.

"이제 곧 여기로 올 거야." 아야코가 대답했다.

"그래? 그럼, 지금부터 돈을 들고 혼조 공원으로 오라고 전해."

여기서 도보 15분 거리에 있는 공원이다. 그다지 치안이 좋은 곳은 아닌 듯 밤에는 인적이 드물다.

"알았어."

전화가 끊기고 아야코는 이쪽으로 오는 기무라를 응시했다. 기무라가 아야코 앞에 와서 멈춰 섰다.

"가지와라 씨인가?" 기무라가 물었다.

"네에. 지금 돈을 들고 혼조 공원으로 오래요. 어디인지 알아요?"

기무라가 끄덕였다.

"전화기를 잠시 빌려주겠나? 어제 그 도련님한테 전화를 걸고 싶은데 번호를 몰라."

아야코는 나카무라의 번호가 찍힌 착신 화면을 찾아내 휴대폰을 건넸다.

기무라가 휴대폰을 들고 아야코가 볼 수 없는 그늘로 들어갔다. 1분 정도 후 돌아와서 아야코에게 휴대폰을 돌려주었다.

"따님이랑은 만났어요?" 아야코가 물었다.

"어. 겨우 작별을 고했어."

"작별을 말해야 해? 가족인데."

기무라는 아무 대답도 하지 않는다.

"쭉 이런 생활을 계속할 거예요?"

"무슨 뜻이야?"

기무라가 쳐다본다.

물론 아야코 입장에서는 이번에 기무라가 가지와라와 함께 붙잡혔으면 좋겠다고 생각한다. 하지만 아무래도 기무라에게는 다른 삶의 방식이 있을 듯한 기분이 든다. 마약 판매상이기는 하지만 근본이 나쁜 사람으로는 보이지 않는다.

"내 삶은 이제 바꿀 수 없어. 하지만 그쪽은 삶의 방식을 바꿀 수 있을 거야."

기무라는 아야코의 어깨를 가볍게 두드리고, 다카다노바바 방면으로 걷기 시작했다. 그러더니 몇 발자국 걸어간 후 멈춰 서서 아야코를 돌아보았다.

"그리고 보니 말이야, 마약의 환각 때문에 뛰어내린 여자가 지킨 아이 말인데…"

기무라가 거기서 말을 끊고 가만히 아야코를 쳐다보았다.

"지난번에 말한 그 애가 왜?"

"훌륭하게 자란 것 같더라…. 당신은 유키를 끝까지 잘 지켜볼 수 있으면 좋겠어."

기무라가 다시 뒤돌아서 걷기 시작했다.

그렇다면, 혹시 그 여자는 기무라의 아내가 아닐까.

아야코는 더 이상 묻지 못한 채로 멀어져가는 기무라의 등을 쳐다보았다.

멀리서 사이렌 소리가 들린다.

이곳에 있다 보면 그다지 드문 일도 아니지만, 아야코는 가까이에 있는 조안과 얼굴을 마주보았다.

"많이 울리네. 무슨 일이 있나…?"

조안의 말대로 상당한 수의 사이렌 소리가 반복해서 울린다. 큰 사건 같다.

가지와라의 거래 현장을 덮친 걸까?

그렇다면 형사들이 자신을 찾아오는 것도 시간문제일 것이다.

아야코는 가지와라의 법률상 아내이다. 조금만 조사하면, 아야코가 상습 마약사범이라는 것도, 이번 거래에 연관되어 있었다는 것도 알아내 버릴지도 모른다.

물론 그래도 좋다.

아야코는 가방에서 휴대폰을 꺼냈다.

경찰에 붙잡히면 개인 물품을 압수당하고 한동안 유키의 모습을 보지 못하게 될 것이다.

하지만 언젠가는 삶의 방식을 바꾸고 유키를 만나고 싶다─

휴대폰 화면을 보니 문자메시지가 들어와 있다.

가지와라가 보낸 문자로 『RE: 살았다.』라는 제목만이 들어와 있다.

의미를 알 수 없다.

제목으로 봐서는 아야코가 보낸 문자메시지에 답장을 한 것 같은데, 오늘은 아야코가 가지와라에게 문자메시지를 보낸 적이 없다.

일단 문자메시지를 보낸 이력을 살펴보니, 40분쯤 전에 이 휴대폰으로 가지와라에게 문자메시지를 보냈다. 제목도 내용도 아무것도 적혀 있지 않은 첨부 파일만을 보낸 문자메시지이다.

첨부파일이 뭔지 화면에 뜨게 하자 사진 한 장이 화면에 비쳤다. 화면을 확대하니 남녀가 기대 앉아 있는 듯한 사진이다. 남자는 어린 여자아이를 무릎 위에 올리고 껴안은 것처럼 앉아 있다.

그런데 사진 배경이 기억 속에 남아 있다. 어제 들른 『기쿠야』의 바 자리이다.

이 남자는-

사진을 뚫어지게 쳐다보고 그 남자의 정체를 알아채자, 불길한 예감이 가슴속을 파고들어 그 자리를 뛰쳐나갔다.

혼조 공원에 가까워지자 붉은 깜빡임이 무수히 보였다. 공원 앞에는 경찰차 몇 대와 구급차가 서 있고 제복 경찰과 양복 차림의 남자들이 분주한 듯 돌아다니고 있다.

왜 구급차가 서 있는 건지, 불안감을 더욱 부채질했다.

가지와라가 여러 남자들에게 에워싸여 공원에서 나오고 있다. 앞으로 내민 가지와라의 양손에는 수갑이 채워져 있다. 주변 남자들은 심하게 저항하는 가지와라를 제압하여 경찰차에 태웠다.

이어서 들것을 든 구급대원이 공원에서 나오는 것을 보고 심장이 빠르게 뛰었다. 그쪽으로 뛰어간다.

"가까이 오지 마세요!"

제복 경찰의 제지를 뿌리치고 구급대원 옆으로 향한다. 들것에는 남자가 실려 있었다.

기무라다−

청바지에 가죽 재킷 차림인 기무라는 꼼짝도 하지 않는다. 재킷 아래에 입은 셔츠와 청바지에는 검붉은 얼룩이 무수하게 묻어 있다.

"어째서!"

뒤에서 누군가가 끌어안아 아야코를 떼어냈다.

아야코는 필사적으로 저항하면서, 문신투성이인 남자의 얼굴을 들여다보았다.

그는 웃고 있는 듯 보였다.

제5장

아라키 세이지

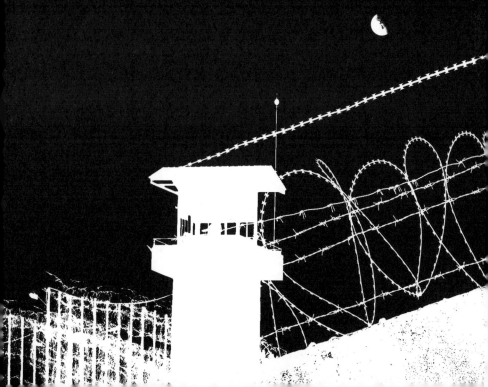

"아라키 씨, 오래 기다리셨습니다."

아라키 세이지는 떠들썩한 가게 안에서 들리는 주인장의 목소리에, 보고 있던 책에서 시선을 돌렸다. 가게주인 기쿠치가 바 자리에 부추달걀볶음 접시를 내밀어서, 아라키는 책을 덮어 옆에 놓았다.

잔에 담긴 맥주를 마시며 부추달걀볶음을 먹는다.

"사장님이 만든 맛이랑 꽤 비슷해졌네요."

아라키가 미소 지었다.

"그렇습니까?"

"후계자가 생겨서 사장님도 한시름 놓으셨지요?"

아라키의 말에 기쿠치가 옆에서 조리하는 시게루를 보았다. 시게루가 허둥지둥하는 모습으로 조리를 하고 있다.

"아직 멀었어요."

기쿠치가 쓴웃음 지었다.

"어서 오세요~"

시게루의 목소리에 아라키는 가게 입구를 보았다.

주황색 셔츠 위에 가죽 재킷을 걸친 남자가 미닫이문을 닫고 이쪽으로 다가온다.

남자는 얼굴 한 면에 표범무늬 문신을 새겼고, 소매에서 나온 왼손은 의수였다.

아라키는 곧바로 얼굴을 돌리고 뒤쪽에 있는 TV 화면만을 응시했다.

가게 안을 채우고 있던 떠들썩함이 고요함으로 바뀌고 TV 소리만 들렸다.

"어서 오세-"

기쿠치가 동요한 듯 중얼거렸다.

"이거, 선물이다."

남자의 목소리가 들리고, 아라키 옆자리에 앉은 것 같다.

아라키는 TV 화면을 쳐다보며 오랜만에 긴장하고 있다.

가타기리 타츠오-

줄곧 만나고 싶다고 생각했던 남자가 바로 옆에 있다.

"일단 생맥주."

그렇게 말한 가타기리의 시선을 느낀다. 혹시 자신을 어디선가 봤다고 생각하는 것일까?

아니, 그건 아닐 것이다.

가타기리와는 5년 전에 딱 한 번 만났다. 더군다나 아라키의 얼굴은 아주 잠깐 보았기 때문에 기억할 리가 없다.

"오랜만이네."

기쿠치의 목소리가 들리고 마침내 가타기리가 이쪽을 쳐다보는 기척이 사라졌다. 맥주를 마시기 시작한 것 같다.

"담배를 피우고 싶은데."

이어서 가타리기의 목소리가 들렸다.

"우리 가게에서는 안 팔아. 다섯 집 옆에 담배 자판기가 있으니까 거기서 사."

기쿠치의 말에 이어 의자를 끄는 소리가 옆에서 들렸다.

"타스포가 있어야 살 수 있어."

"뭐야, 그게?"

"이 카드를 자판기에 넣어야 담배를 살 수 있어. 지난번에 왔을 때 설명했잖아."

"그랬나? 담장 안에 있으면 속세에서 배운 건 금방 잊어버리니까 말이지."

발소리가 멀어지고, 아라키는 TV 화면에서 가게 입구로 눈길을 돌렸다. 가타기리가 가게에서 나가자 그때까지 감돌던 정적이 소곤거리는 목소리로 채워졌다.

아라키는 책을 가방에 넣고 지갑을 꺼냈다.

"잘 먹었습니다. 계산할게요."

아라키의 말에 기쿠치가 이쪽으로 얼굴을 돌렸다.

기쿠치는 아라키가 가타기리 때문에 가게를 나간다고 생각했는지 미안한 듯 머리를 숙이고 나서 계산을 했다. 계산을 하고 가게를 나와 자판기에서 담배를 사는 가타기리의 모습을 확인한 뒤, 주위를 둘러보았다.

대각선에 있는 건물 2층에 찻집이 있었다. 저 곳의 창가 자리라면 『기쿠야』의 모습을 살필 수 있을 것이다. 아라키는 그 건물로 가서 계단을 올라갔다. 찻집 문을 열고 가게 안을 둘러보니 마침 창가 자리가 비어 있었다.

"어서 오세요."

"창가 자리에 앉아도 되나요?"

아라키는 종업원에게 묻고 그쪽으로 향했다.

자리에 앉아 곧바로 기쿠야 쪽을 관찰한다. 기쿠야에서 테이블 자리에 앉아 있던 세 명의 남성 손님이 가게에서 나가는 것이 보였다.

물을 가져온 종업원에게 뜨거운 커피를 주문했다.

기쿠야를 보고 있으니 또 손님이 나간다. 커피가 나올 때까지 좀 전까지 있던 손님들이 전부 나갔다.

분명 가타기리의 외모에 더해 담장 안이 어떻고 하는 이야기까지 들었을 테니, 멀리하고 싶어지는 심정도 충분히 이해한다.

좀 아까 기쿠치의 말투에서도 가타기리를 환영하지 않는 모습을 역력히 엿볼 수 있었다.

가타기리는 이곳 아카바네에서 나름 유명인사다. 온 얼굴에 문신을 새기고 32년 전부터 교도소를 들락날락하고 있으니까.

5년 전에는 센다이 시내에서 붙잡혔으니, 아마도 복역은 미야기 교도소에서 했을 것이다.

창밖을 쳐다보며 커피를 마시고 있을 때 가타기리가 기쿠야에서 나오는 것이 보였다.

아라키는 당황해 잔을 테이블에 내려놓고, 전표를 들고 황급히 계산대로 향했다. 계산을 하고 곧바로 계단을 내려간다. 건물에서 나와 주위를 둘러보니 상점가를 걸어가는 가타기리의 뒷모습이 보였다.

가타기리에게 들키지 않도록 적당한 거리를 유지하며 뒤쫓아 간다.

상점가를 빠져나가 불빛이 적은 큰 도로를 나아갔다. 아라카와 쪽으로 가고 있는 것 같다.

아라키는 가타기리가 하천 부지로 내려가는 모습을 도로에서 지켜보았다.

가로등이 없는 하천 부지는 캄캄했지만 간신히 가타기리의 모습은 포착할 수 있었다. 가타기리는 풀숲을 헤치듯 그 안으로 들어간다. 그의 뒷모습이 어둠 속으로 사라졌다.

저런 곳에서 대체 뭘 하려는 걸까?

그 후로 20분 정도 더 동태를 살폈지만 가타기리는 모습을 드러내지 않는다.

아라키는 하천 부지를 내려가서 가타기리가 들어간 풀숲 쪽으로 향했다. 풀숲 앞에 도착하고 나서는 이제부터 뭘 어떻게 해야 할지 망설였다.

아라키는 결국 주저하면서도 초목을 헤치고 그 안으로 들어갔다. 소리가 나지 않도록 나아가니 시야에 희미한 빛이 보였다. 네모난 창문 같은 것에서 불빛이 새어나오고 있다. 그 광원만으로는 전체적인 형상은 알 수 없지만 아무래도 오두막 같은 것이 있는 것 같다.

가타기리의 보금자리인지도 모른다.

=

아라키는 알람 소리에 잠에서 깼다. 캄캄한 어둠 속에서 손을 뻗어 알람시계를 끈다.

좀처럼 침대에서 일어나지 못한다.

가타기리를 만나서 흥분했던 것인지 어젯밤에는 잠자리에 누워도 좀처럼 잠이 오지 않았다.

간신히 침대에서 일어나 불을 켰다. 옷을 벗고 욕실로 가서 뜨거운 물로 샤워를 했다.

욕실에서 나와 옷을 입자 겨우 머리가 맑아졌다. 전기 포트를 세팅하고 인스턴트커피를 탔다. 그것을 머그병에 담아 가방 속에 넣고 선반 위에 둔 료스케의 사진을 쳐다보았다.

늘 그랬던 것처럼 아침 인사를 하고 현관으로 향하려다가 발길을 멈췄다.

발길을 돌려 서랍장을 열어 소형 쌍안경을 집었다. 유일한 취미인 야구 관전 때 쓰는 것이다. 그것을 가방에 넣고 나서, 또 다른 생각이 떠올라 옷장을 열었다.

갈아입을 겉옷과 모자를 가방에 넣는다.

집에서 나오니 찬바람이 뺨을 쓰다듬었다. 장갑을 끼고 아파트 계단을 내려가 자전거를 탔다.

평소처럼 자전거를 타고 어두운 길을 달렸지만 도중에 방향을 바꿨다. 편의점에서 주먹밥을 산 뒤, 아라카와의 하천 부지로 향했다. 하천 부지에 도착해 가타기리가 들어간 풀숲 주변이 간신히 보일 정도의 자리에 자전거를 세웠다.

손목시계를 보았다. 이제 곧 새벽 5시다.

아라키는 휴대폰을 꺼내 회사에 전화를 걸었다. 공장의 아침은 일찍 시작하기 때문에 이 시간이라면 누군가 있을 것이다.

"여보세요. 마루미츠입니다." 사장 부인의 목소리가 들렸다.

"좋은 아침입니다. 아라키입니다." 아라키는 수차례 기침을 하며 말했다.

"어머, 아라키 씨, 좋은 아침이에요. 무슨 일이야?"

"실은 어제부터 열이 나서요⋯, 죄송하지만 오늘 좀 쉬어도 될까요."

"별일이네. 괜찮아?"

걱정하는 듯한 사장 부인의 목소리를 듣고 양심에 가책을 느꼈다.

"네에. 혹시 인플루엔자일 가능성이 있으니 병원에 가보겠습니다. 다시 전화 드릴게요."

"걱정이네. 몸조리 잘해요."

"고맙습니다⋯."

아라키는 전화를 끊고 풀밭에 앉았다. 가방에서 머그병을 꺼낸다. 커피를 마시며 가타기리의 은신처를 쳐다보았다.

주위가 밝아 오자 조깅하는 사람들과 반려견을 산책시키는 사람들의 모습이 보였다. 더욱 해가 올라오자 뒷길에서 등교하는 학생들의 목소리가 들렸다.

9시 반을 지날 무렵에 가타기리가 하천 부지의 풀숲에서 나오는 것이 보였다. 도로로 나와 아카바네 역 쪽으로 걸어간다.

아라키는 자전거를 타고 거리를 유지하며 가타기리 뒤를 쫓았다. 역에 가까워져 자전거를 세우고 가타기리와의 거리를 좁혔다. 역 안으로 들어간 가타기리는 개찰구가 아닌 승차권 자판기 쪽으로 향했다. 신칸센 고속열차용 승차권 자판기다.

아라키는 가타기리의 조금 뒤에 서서 자판기 화면을 보았다. 가타기리는 센다이까지 가는 왕복표를 산 뒤, 개찰구로 향했다.

가타기리를 따라 일단 게이힌도호쿠선 지하철을 탔다. 출근시간이 지나서 혼잡한 시간대가 아닌데도 열차 안은 붐빈다.

아라키는 조금 떨어진 자리에 서서, 손잡이를 붙잡고 서 있는 가타기리의 모습을 시야 끝으로 포착했다.

가타기리 앞에 앉아 있던 여성이 일어나 다른 차량으로 이동했다. 가타기리가 그 자리에 앉으니 양 옆에 있던 승객들도 일어났다. 역 하나를 지났을 때는 가타기리 주위만 뻐끔히 비어 있었다.

가타기리는 오오미야 역에서 지하철을 내려 도호쿠 신칸센 개찰구로 향했다.

아라키는 개찰구를 빠져나가는 가타기리의 뒷모습을 바라보고, 옆에 있는 승차권 자판기에서 센다이까지 가는 왕복표를 샀다. 개찰구를 빠져나와 매점에서 과자를 고르는 가타기리의 모습이 언뜻 보여 일단 화장실에 들어갔다. 화장실 개인 칸에서 겉옷과 모자를 써서 변장하고 화장실을 나왔다.

플랫폼으로 이어지는 에스컬레이터를 타고 자유석 열차를 탈 수 있는 승강장 앞으로 나아가자, 오른손에 종이봉투를 든 가타기리의 모습이 보였다.

신칸센이 도착하고, 가타기리와는 다른 차량에 올라탔다.

자리에 앉아서 차창 밖의 풍경을 바라보고 있으니 졸음이 덮쳐왔다.

가타기리는 대체 센다이에 가서 뭘 하려는 것일까?

=

가타기리에 이어 신칸센 개찰구를 빠져나가자 아라키는 그리움에 휩싸였다.

2년 만에 센다이 역에 내려섰다. 이 거리에는 갖가지 추억이 있다. 하지만 행복한 기억은 어렴풋하고, 애처롭게 자신의 폐부를 찌르는 기억만이 선명하다.

가타기리는 역에서 나온 뒤 걸어서 5분 정도 간 곳에 있는 어떤 건물로 들어갔다.

아라키는 가타기리가 들어간 건물 밖에서 1분 정도 기다렸다가 건물 안으로 들어갔다. 엘리베이터 홀에는 가타기리의 모습이 보이지 않았다. 엘리베이터가 2층에 멈춰 있다. 안내판을 확인하니 2층에 세를 든 곳은 『사카우치 법률사무소』뿐이다.

지난번 사건 때 신세 진 변호사를 찾아온 것일까?

아라키는 건물에서 나와 주변을 둘러본 뒤, 일단 자신이 머물 장소를 찾았다.

=

어둑어둑한 차창에 피로가 배인 자신의 얼굴이 비치고 있다.

아라키는 두 칸 떨어진 열차 문에 기댄 가타기리를 넌지시 보았다.

자신이 그랬던 것처럼 가타기리도 차창을 보고 있었다. 입을 꾹 다물고 한 지점을 물끄러미 응시하고 있다.

가타기리는 한 시간 정도 만에 건물 밖으로 나왔다. 종이 봉투를 들고 있지 않았으니 역시 그것은 신세 진 변호사에게 줄 선물이었을 것이다. 가타기리는 그대로 센다이 역으로 가서 신칸센을 타고 오오미야로 돌아왔다. 그리고 이 사이 쿄선 전차를 타고 있다.

한나절 가까이 가타기리의 뒤를 좇고 있지만, 가타기리는 아라키의 존재를 전혀 알아채지 못한 것 같다. 어쩌면 늘 주변의 주목을 끌고 있기 때문에 다른 사람의 시선에 둔감해진 탓인지도 모른다.

이케부쿠로 역에서 전철이 서자 가타기리가 플랫폼에 내렸다.

아라키도 허둥지둥 전철에서 내려 가타기리의 뒤를 좇았

다. 가타기리는 개찰구를 빠져나가서 지하철 역사의 계단을 올라간다. 역에서 지상으로 나오자 술집과 퇴폐 안마시술소 등이 밀집한 서쪽 출구의 유흥가로 향했다.

그리고 가타기리가 주머니에서 종이쪽지 같은 것을 꺼내는 것이 보였다. 그것을 보며 유흥가를 서성거리는 것 같다. 이윽고 어떤 상가 건물로 들어갔다.

간판을 보니 룸살롱과 음식점이 북적거리는 건물 같다. 아라키는 잠시 기다렸다가 안으로 들어갔다. 엘리베이터는 5층까지 올라간 것 같다. 5층에는 룸살롱 세 곳과 음식점이 있다.

아라키는 건물에서 나와 맞은편에 있는 선술집으로 들어갔다. 창가 자리에 서서 점원에게 맥주와 안주를 하나 주문했다.

주문한 음식이 나오고 아라키는 가타기리가 들어간 건물에 시선을 고정시킨 채, 천천히 맥주를 마셨다.

가타기리는 1시간쯤 후에 건물에서 나왔다. 아라키도 선술집을 나와 가타기리 뒤를 쫓았다. 가타기리는 이케부쿠로 역으로 들어가 JR개찰구를 빠져나갔다. 야마노테선 신주쿠 방면 플랫폼으로 걸어간다.

가타기리가 방금 들어온 야마노테선 열차에 올라타는 모습을 보고, 아라키도 옆 차량에 탔다. 연결 통로 부분 가까이로 이동해서 옆 차량에 있는 가타기리의 모습을 살폈다.

가타기리는 이케부쿠로에서 세 정거장 떨어진 신오오쿠보 역에서 전차를 내렸다. 그는 역에서 나와 대로변에서 하나 들어간 어둑어둑한 이면도로 골목길을 걸어간다. 모텔촌인 듯 여기저기 노출이 심한 여성이 서 있다. 가타기리는 다가 오는 여성을 쳐다보며 앞으로 나아간다.

"놀다 갈래요?"

"한 장이면 돼요."

아라키가 여성들의 말을 무시하며 앞으로 더 나아가니, 조금 앞을 걸어가고 있던 가타기리가 코트를 입은 여성 앞 에서 멈춰 섰다.

아라키는 발길을 멈추고 전봇대 뒤에 몸을 숨겼다.

가타기리는 여성과 이야기를 하는 중이다. 오른손을 뒤로 돌려 지갑을 집자 여성이 무슨 말인가 내뱉고, 눈앞의 모텔 을 향해 턱짓을 했다. 둘이서 모텔 안으로 들어간다.

주변에는 모텔을 감시할 만한 음식점이 없다.

어떻게 할까 고민하고 있을 때, 다른 젊은 여성이 아라키 에게 말을 걸어왔다.

"내가 좋아하는 스타일이네. 놀다 가요."

그렇게 말하더니 아라키에게 팔짱을 껴온다.

"아니…, 그럴 생각은 없어서…"

"이런 곳에 혼자 왔으면서, 그럴 마음이 없다니 무슨 소리 예요?"

"아니…, 정말로…."

모텔 안으로 데려가려고 하는 팔을 풀지 못하고 있을 때, 좀 떨어진 모텔에서 가타기리가 나오는 것이 보였다. 가타기리가 이쪽으로 걸어온다.

아라키는 당황한 나머지, 젊은 여성을 다시 쳐다보고 "그럼, 어떡할까?"하고 망설이는 척을 했다.

가타기리는 이쪽에 전혀 관심이 없는 듯, 아라키 일행을 지나쳐 신오오쿠보 역 쪽으로 간다.

두 사람이 모텔에 들어간 지 10분도 지나지 않았다.

가타기리의 목적이 대체 무엇인지 알 수 없어, 그가 나온 모텔을 다시 쳐다보니 아까 그 여성이 뒤따라 나왔다.

아라키는 계속해서 자신에게 달라붙는 젊은 여성의 팔을 억지로 풀고, 천천히 걷기 시작했다. 아라키는 흥미를 느끼며 가타기리와 헤어진 여성에게 다가간다.

꽤 여윈 모습이다. 홀쭉한 뺨과 눈 밑의 짙은 다크서클을 진한 화장으로 감추고 있다.

코트를 풀어헤친 가슴팍이 시선을 끌어당겼다. 캐미솔 안으로 엿보이는 가슴에 나비 문신을 새겨놓았다. 더 자세히 보니 나비 주위에 거미집 같은 모양이 그려져 있다.

"어…때요? 놀…다 갈래요?"

아라키는 그 떠듬떠듬한 말에 다시 정신을 차리고 얼굴을 들었다.

문신을 한 여성 옆에 있던 외국인 여성이 아라키에게 말을 건 것 같다. 문신을 한 여성은 의아한 듯한 눈빛으로 아라키를 쳐다본다.

"아니…, 나는 이제 남자 구실을 못하니까."

아라키는 그렇게 얼버무리고 뒤돌아서 걷기 시작했다.

=

"네…, 역시 인플루엔자라서 의사가 일주일 정도는 쉬어야 한다네요…."

아라키가 휴대폰에 대고 그렇게 말하자 사장 부인의 한숨 소리가 들렸다.

"그래요? 그거 큰일이네."

"폐를 끼쳐서 죄송합니다. 파트타임 일을 하시는 분께도 죄송하다고 전해주세요."

"네. 아무튼 몸조리 잘하고 편히 쉬어요."

"고맙습니다. 그럼 이만…."

전화를 끊은 순간 아라키도 한숨이 새어나올 것 같았다.

월급제가 아니기 때문에 일을 쉬면 그만큼 월급이 줄고 말 것이다. 앞으로 일주일을 쉬게 되면 다음 달은 상당히 절약해서 생활할 수밖에 없다.

아라키는 냉장고로 가서 술을 가지고 돌아왔다. 양반다리를 하고 앉아 그것을 홀짝홀짝 마셨다.

그 후, 가타기리는 신오오쿠보 역에서 곧장 아라카와의 하천 부지로 돌아갔다. 한 시간 정도 모습을 더 살폈지만 풀숲에서 나올 기색은 없어서 아라키도 자신의 아파트로 돌아오기로 했던 것이다.

아라키는 료스케의 사진을 보았다. 오랜만에 센다이의 공기를 마신 탓인지 아까부터 료스케와 기요코의 기억이 가슴에 스며들어 멈추지 않는다.

정말이지 한심한 아버지였는데도 이쪽을 쳐다보는 사진 속 료스케의 눈빛은 목이 메이게 할 만큼 상냥함으로 가득 차 있다.

그것은 15살에 죽은 료스케가 자신에게 남긴 메시지일 것이다.

15년 동안 료스케와 보낸 시간은 고작 3년 정도였다.

자신은 왜 그토록 소중한 것을 착각하고 만 것일까? 어리석었다고 말할 수밖에 없다.

료스케가 태어나고부터 아라키는 제멋대로일 뿐만 아니라 쓸쓸함을 느끼기 시작했다.

기요코는 육아에 쫓겨서 일을 끝내고 집에 돌아와도 아라키에게 지친 얼굴만 보이게 되었다. 그때까지 느꼈던 신혼생활의 달콤함은 사라졌다.

지금 생각하면 이기적인 행동이 후회스럽지만, 그 시절에는 기요코도 료스케도 모두 남처럼 느껴졌다.

자연히 부부 관계는 없어지고, 집에서 채워지지 않는 욕구를 밖에서 찾게 되었다.

룸살롱 호스티스에게 돈을 탕진하고, 허세를 부리고 싶어서 용돈보다 더 많은 돈을 쏟아 부었다. 은행 대출은 곧 사채 빚으로 변했고, 도박으로 일확천금을 노리다가 더욱 깊은 수렁에 빠져들었다.

아라키의 힘으로는 도저히 어떻게 할 수 없을 만큼 빚이 눈덩이처럼 커져갔고, 궁지에 몰린 아라키는 범죄에 손을 댔다.

아라키는 사무기기 영업일을 했지만, 일은 대충대충 하고 민가를 노려 빈집을 털었다. 9건 째 범행을 저질렀을 때 경찰에 붙잡혀 초범자가 들어가는 야마가타 교도소에서 복역했다.

그 일을 계기로 기요코에게 이혼을 당했다. 3살이었던 료스케는 기요코가 맡았다.

1년 반 만에 출소했지만 세상은 냉담했다. 전과자인 탓에 새로운 일을 찾지 못했고, 홀로인 쓸쓸함을 메우기 위해 매일 밤거리를 배회하고 다시 빈집을 털다 체포되었다. 그리고 이번에는 재범자가 수용되는 미야기 교도소에서 복역했다.

똑같은 교도소라도 미야기와 야마가타는 수형자의 질이 상당히 달랐다. 야마가타 교도소는 'A로 분류되는 초범자'와 'I로 분류되는 금고형 수형자'들이 수용되어 있다. 즉, 처음 범죄를 저지른 사람과 비교적 경미한 죄로 복역 중인 사람이 대부분이었다.

하지만 미야기 교도소는 'B로 분류되는 재범자'와 'P로 분류되는 신체장애인', 'M으로 분류되는 정신장애인'과 'LB로 분류되는 중대한 사건을 일으키고 장기 징역형이 내려진 후, 다시 재범을 저지른 수형자'가 수용되어 있다. 즉, 살인자와 몇 번이나 죄를 저지른 사람들과 함께 서로 이웃해 생활해야 한다.

수형인끼리의 잡담은 금지되어 있지만, 교도관의 눈을 피해 자신이 저지른 죄에 대해 희희낙락 얘기하는 패거리가 잔뜩 있었다. 사람을 죽였을 때와 여자를 덮쳤을 때의 이야기를 자못 자랑스럽게 얘기하는 패거리들과 접하면서 아라키는 두려움이 커져갔다. 분명 자신과 이질적인 사람들이다. 하지만 이대로 가다가는 자신도 그렇게 되지 않으리라는 보장이 없다.

3년 후에 출소했을 때는 두 번 다시 교도소에는 돌아가지 않겠다고 굳게 결심했다.

성실한 생활을 하기 위해 일단 PC방에서 묵으며 일용직 일을 했다. 꾸준히 돈을 모아 싼 연립 주택을 빌렸고, 안정된 일을 하기 위해 직업을 분주히 찾아다녔다. 정직원 일을 찾지는 못했지만, 상근 청소부 일을 얻을 수 있었다.

간신히 한 사람이 먹고 살 수 있는 수준의 월급을 받았지만, 아라키는 주변의 신뢰를 얻기 위해 열심히 일했다.

아무튼 여기서부터 새로운 인생을 시작하자고 생각했다. 그리고 한없이 어려운 바람이기는 했지만, 언젠가 잃어버린 가족을 되찾고도 싶었다. 그 바람이 이뤄지지는 않더라도 적어도 료스케에게 인정받을 수 있는 사람이 되고 싶다.

아라키는 그 해부터 아오모리에 있는 기요코의 친정에 연하장을 보냈다. 기요코와 료스케가 거기에 살고 있는지 어떤지는 알 수 없었고, 찢어버릴지도 몰랐다. 그래도 기요코와 료스케 앞으로 가벼운 근황을 덧붙인 연하장을 계속 보냈다. 예상대로 몇 년 동안 답장은 없었지만, 5년 전에 갑자기 기요코가 아라키 앞으로 편지를 보냈다.

이혼하고 12년이 흐른 시점이었다.

아라키는 불안함과 희미한 기대감을 품으며 편지를 읽어 내려갔다. 거기에는 료스케의 근황이 적혀 있었는데, 그것을 읽고 눈앞이 캄캄해졌다.

료스케가 소아암에 걸려 아오모리에서 투병생활을 하고 있다는 것이다. 상당히 중병인 것 같았다. 편지 내용은 입원비와 치료비로 인해 생활이 몹시 힘들기 때문에 조금이라도 좋으니 도와줄 수 없겠느냐는 것이었다.

내용을 다 읽고 나니, 기요코가 아라키에게 이 편지를 보내기까지 상당히 망설인 흔적이 엿보였다. 아마도 기요코는 아라키에게 기대고 싶지 않았을 것이다. 하지만 그럼에도 알릴 수밖에 없을 만큼 궁지에 몰려 있는 상태라고 짐작되었다.

하지만 그 무렵의 아라키는 자신도 하루 벌어 하루 먹고 사는 상황이었고 저축해둔 돈 따윈 없었다.

아라키는 거기까지 회상하고 료스케의 사진에서 눈을 뗐다.

이대로라면 평소처럼 속절없이 상실감만 덮칠 것 같아서 다른 생각을 하려고 애썼다.

그건 그렇고 그 여성은 대체 누구일까?

가타기리는 이케부쿠로의 유흥가를 서성거릴 때 분명 메모 같은 것을 보고 있었다. 그리고

룸살롱이나 음식점 둘 중 어느 곳에 들어갔다가 신오오쿠보 역 근처 모텔촌으로 향했다.

그 여성을 찾기 위해 이케부쿠로의 가게를 찾아갔고, 거기서 그녀가 모텔촌에 있다는 얘기를 들은 것은 아닐까?

가타기리는 무엇 때문에 그녀를 만났고 호텔에서 뭘 했던 것일까?

뇌리에 그 여성이 가슴에 새겨놓은 문신이 떠오른다.

거미집과 나비 문신.

가지와라가 팔에 하고 있던 문신 도안과 비슷하다. 가지와라의 문신은 팔에 거미집이 빼곡히 그려져 있고, 그 중앙에 사나워 보이는 거미 한 마리가 송곳니를 드러내고 있는 것

이었다.

혹시 가지와라의 여자일까? 하지만 가지와라의 나이는 칠순에 가까울 것이다. 그 여성과는 나이 차이가 배 정도는 나는 것 같다.

가지와라와는 미야기 교도소에서 같은 방을 썼다. 32년 전에 두 명을 살해하고 무기징역 형으로 복역하고 있었다. 혹시 그 사이에 출소해버린 것인가?

만약 그렇다면 그 남자에게 빚을 갚아야 한다.

하지만 자신이 그럴 수 있을까? 불안했다.

그래도 어떻게든 해야 한다.

이번에는 내가 쭉 아빠를 보고 있을 거야-

아라키는 료스케의 말이 떠올라 다시 사진으로 눈을 돌렸다.

=

가타기리는 하천 부지에 어둠이 깔리기 시작할 무렵이 되자 비로소 움직이기 시작했다.

가타기리는 아카바네 역으로 가서 전철을 탔다. 전철을 갈아타고 신오오쿠보 역에서 내려 어제 찾아간 모텔촌으로 걸어간다.

아라키는 가타기리에게 들키지 않도록 꽤 뒤에서 걷고 있다가 발길을 멈췄다.

가타기리가 어제 본 문신을 새긴 여성 앞에서 멈춰 섰다. 무언가 얘기를 나누는 것 같더니 여성과 함께 신주쿠 방면으로 걷기 시작했다.

두 사람의 뒤를 따라가니 가부키초에 있는 어떤 술집으로 들어갔다.

아라키는 그늘에 몸을 숨기고 두 사람이 나오기를 기다렸다.

두 사람은 한 시간 정도 지나 술집에서 나왔다. 거리를 유지하며 두 사람을 따라가니, 근처에 있는 모텔 앞에서 여성이 멈춰 섰다. 여성은 안으로 들어가려고 하는 것 같았지만, 손을 잡아당겨도 가타기리는 움직이려고 하지 않는다. 잠시 지나서 가타기리가 먼저 모텔로 들어갔다.

아라키는 두 사람의 모습이 모텔 안으로 사라진 후 주변을 둘러보았다. 대각선 맞은편에 라면 가게가 있다. 가게 안을 들여다보니 바로 앞 바 자리가 비어 있었다. 가게에 들어가서 맥주와 안주로 2시간 넘게 버텼지만 두 사람은 모텔에서 나오지 않는다.

모텔 간판에 '대실'은 2시간이라고 쓰여 있으니, 이 시간까지 안 나오는 걸 보면 오늘은 아예 하룻밤을 묵을 계획인지도 모른다.

아라키는 망설인 끝에 라면 가게를 나왔다.

아라키는 신주쿠 역에서 전철을 타고 이케부쿠로 역에서

내렸다. 그리고 어젯밤 가타기리가 들어갔던 건물로 가서 엘리베이터를 타고 5층으로 향했다.

룸살롱 세 곳과 음식점이 있었지만 가타기리가 어느 가게에 들어갔었는지는 알 수 없다.

일단 한 집씩 가 볼 수밖에 없다고 생각하고, 맨 앞에 있는『루미』라는 음식점에 들어갔다.

스탠딩 바 자리가 대여섯 석에, 테이블 석이 두 개인 조촐한 음식점이다. 바 자리에 남성 한 명, 테이블에 남녀 4명이 있고, 그 중 한 명이 노래방 기계로 노래를 부르고 있었다. 옆에서 분위기를 띄우는 두 명은 호스티스인 것 같다.

"어서 오세요. 혼자세요?"

바 안쪽에 있던 여성이 말을 걸어왔다. 테이블 석의 두 여성보다 침착한 느낌이 드는 것이 아마도 이 가게 마담일 것이다.

"이쪽으로 오세요."

아라키가 고개를 끄덕이니 마담이 바 쪽 자리를 손으로 가리켰다.

"뭘 드시겠어요?"

마담이 물수건을 건네며 물어서, 아라키는 맥주를 주문했다.

눈앞에 잔이 나오고 그녀가 병맥주를 따랐다.

"그럼 사양 않고 마실게요." 아라키가 마담에게도 권했더니, 잔을 하나 더 꺼내 와서 따랐다.

"처음 오셨죠? 누구 소개로 오셨어요?"

마담이 건배를 한 뒤, 맥주를 마시고는 물었다.

"가타기리 씨."

그 이름에 짚이는 것이 없다는 듯 마담이 고개를 갸웃했다.

"어제, 얼굴에 온통 문신을 한 남자가 오지 않았나요?"

아라키의 말에 마담의 표정이 달라졌다.

"그 사람이랑 아는 사이예요?"

의외라는 것처럼 물어온다.

"그냥 좀…, 가타기리 씨는 자주 옵니까?"

"아니요. 어제 처음 왔어요. 좀 놀랐지만….'

"무슨 용건이 있어서 여길 찾아온 건가요?"

그 질문에 마담은 의아하다는 듯한 표정을 지었다.

"혹시 경찰이에요?"

마담이 되물었지만 아라키는 긍정도 부정도 하지 않고 맥주를 마셨다.

"우리는 그 사람이랑은 아무 관계도 없어요. 정말로 처음 왔어요. 이전에 옆에 있던 룸살롱에 대해 물으러-"

마담은 멋대로 아라키가 경찰관계자라고 추측한 듯했다.

"옆에 있던 룸살롱?" 아라키가 되물었다.

"네에. 3년쯤 전에 『핑크 스완』이라는 룸살롱이 있었는데,

어딘가로 이전했는지 물었어요. 이전했다는 말은 못 들었다고 했더니, 거기 마담이나 가지와라 시로라는 사람을 만나고 싶은데 어디 있는지 아느냐고 묻더라고요."

아라키는 그 이름에 반응하지 않을 수 없었다.

"가지와라 시로 씨를 아십니까?" 아라키가 물었다.

"그 사람이 맞는지는 모르겠지만…, 마담이 남편을 가지와라 씨라고 불렀어요."

그 인물은 가지와라 시로일까?

"가지와라 씨가 어디에 있는지는 모르겠지만, 마담이었던 아야코 씨는 신오오쿠보의 모텔촌에서 자주 보인다고 손님들 사이에서 소문이 났으니까…."

"가슴에 나비 문신을 새긴?"

마담이 고개를 끄덕였다.

"아야코 씨 특징을 물어서 가슴에 나비 문신을 했다고 가르쳐줬어요."

"당신이 아는 가지와라 씨는 어떤 분인가요?"

"구제불능 할아버지예요. 늘 룸살롱에 틀어박혀서, '나는 야마시나카이 조직의 간부다!' 하고 손님을 위협하는 짓을 했어요. 그 바람에 이 건물은 바가지 씌우는 가게들의 소굴처럼 여겨져서 우리 가게에도 손님이 오지 않게 되었어요. 2년 정도 만에 없어졌지만, 정말 민폐였어, 민폐."

"그 가지와라 씨는 팔에 거미 문신을 하지 않았습니까?"

"맞아요. 여기 복도에서도 손님들한테 자주 문신을 보여 주며 협박했었어요. 지금 생각해도 짜증나요. 무슨 사정이 있었는지는 모르지만, 아야코 씨는 왜 그런 변변치 못한 영감한테 걸렸는지. 너무 이상했어."

마담이 탄식하듯 말했다.

틀림없다. 아라키가 알고 있는 그 가지와라이다.

=

아라키는 개찰구를 빠져나가 플랫폼으로 가는 계단 바로 앞에서 멈춰 섰다.

신주쿠로 돌아가 가타기리를 계속 감시할까 생각했지만, 갑자기 무서운 생각이 들어 그쪽으로 발길을 옮기지 못한 다.

결국 아카바네로 향하는 플랫폼으로 가는 계단을 올랐다. 들어온 전철을 타고 문에 기대 차창을 바라보았다. 칠흑 같은 창문에 비친 자신의 표정이 무척 굳어 있다.

역시 가타기리는 출소한 가지와라와 접촉하려고 하는 중이다.

아야코에 대한 정보를 어디에서 얻었는지는 모르지만, 지금 당장이라도 가지와라를 죽이려고 할지도 모른다.

가타기리는 가지와라에게 복수할 생각인 것이다.

최근 5년간, 줄곧 가타기리가 가지와라를 덮치는 순간을 상상해 왔다. 가타기리의 범행을 말리기 위해 센다이에서 아카바네로 옮겨와, 가타기리와의 재회를 쭉 기다렸다.

그것은 모두 자신만의 방법으로 가타기리에게 진 빚을 갚기 위해서-

기요코가 보낸 편지를 읽은 다음 날, 아라키는 결심했다.

아라키는 그날 밤 식칼을 들고 거리를 배회했다. 강도짓을 해서 돈을 빼앗을 생각이었다. 통행이 적은 곳에 있는 편의점을 눈여겨보고 있다가, 모자와 마스크, 선글라스로 변장해 가게에 침입했다. 장갑을 낀 손으로 점원에게 식칼을 들이밀고 돈을 빼앗아 허둥지둥 가게 밖으로 뛰쳐나왔다. 그리고 도로를 건너려고 했을 때, 달려온 오토바이와 부딪쳐 넘어졌다. 아라키는 오른발이 몹시 아팠지만 일어서서 정신 없이 어둠 속을 뛰어갔다.

하지만 아픈 발은 심상치 않았다. 거의 왼발만으로 뛰는 상태였기 때문에 좀처럼 그 일대를 벗어날 수 없었다. 이럴까 저럴까 하는 사이에 주변에서는 사이렌소리가 울려 퍼졌다.

절대 붙잡히면 안 된다.

아라키는 초조한 마음으로 절뚝절뚝 왼발 뛰기를 해서 인적이 없는 길을 나아가다가, 불쑥 골목길에서 나온 남자와 부딪치고 그 자리에 쓰러져 버렸다.

얼굴을 드니 부딪친 남자가 가만히 이쪽을 내려다보고 있었다.

사이렌이 울려 퍼지는 가운데 마스크와 선글라스로 변장을 하고 식칼을 쥔 인물이 눈앞에 있는데도, 남자는 동요하는 모습조차 보이지 않고 손을 내밀어왔다.

아라키는 그 남자의 손을 쥔 순간 제압당하고 말지도 모른다 싶어, 남자에게 칼을 들이밀며 어떻게든 자력으로 일어나려고 했다. 하지만 오른발이 골절되어 버린 듯 뜻대로 되지 않았다.

"무슨 짓을 했나?" 남자가 물어왔다.

아라키는 설령 일어난다고 해도 경찰의 포위망을 빠져나갈 수는 없을 거라 단념하고 칼을 버렸다.

"강도."

"왜 그런 바보 같은 짓을 했지?"

"아들이 힘든 병에 걸려서 꼭 돈이 필요했어. 당신한테 부탁이 있어. 주소를 말할 테니 이 돈을 보내주지 않겠나. 제발 부탁이야!"

그런 일에 협력할 사람은 없으리라. 설사 받아주는 사람이 있다고 해도 그대로 가지고 도망칠지도 모른다는 것쯤은 잘 알았다. 하지만 자신은 어차피 경찰에 붙잡혀 버린다. 만에 하나의 가능성에 매달릴 수밖에 없었다.

"사람을 다치게 했나?" 남자가 물었다.

"아니…, 칼을 들이댔지만 아무도 안 다쳤어."

"그럼 직접 건네."

남자는 그렇게 말하고 겉옷을 벗기 시작했다.

"너도 빨리 벗어."

아라키가 어안이 벙벙한 채 얼어붙어 있을 때 남자가 재촉했다.

옷을 바꿔 입을 생각인 건가 싶어 겉옷을 벗자, 남자가 쭈그려 앉아서 오른손만으로 아라키의 신발을 벗겼다.

이어 아라키의 허리띠를 풀고 지퍼를 내려 바지를 벗긴다. 그리고 자기의 바지도 벗어 아라키에게 입혔다.

심한 통증을 견디며 옷을 다 바꿔 입자, 남자는 아라키의 선글라스와 마스크, 모자와 장갑까지 벗겼다. 재빠르지만 손길이 어색해서 자세히 살펴보니, 남자의 왼손은 의수였다. 더욱이 그때까지는 시야가 캄캄해서 잘 몰랐는데, 남자의 얼굴을 똑바로 쳐다보고 숨이 멎을 것 같았다.

표범무늬 문신이 남자의 얼굴을 뒤덮고 있었다.

"어디를 침입했던 거지?"

아라키의 선글라스와 모자 등 바꿔 입을 수 있는 모든 것들을 다 걸치자, 남자가 물어왔다.

"그럼 간다!"

아라키가 해당 편의점의 이름을 대자, 남자는 땅에 떨어뜨렸던 칼을 붙잡고 손을 들어 인사를 한 뒤, 걸어서 사라졌다.

남자와 부딪치고 고작 20분 정도 사이에 벌어진 일이었다. 아라키는 한동안 멍해 있을 수밖에 없었다.

아라키는 간신히 담장에 손을 짚으며 일어나, 한발로 절뚝절뚝 걸어 큰 길로 향했다. 택시를 타고 집으로 돌아오는 동안에도 검문에 걸리지 않을까 흠칫흠칫 놀랐지만 무사히 도착할 수 있었다.

다음 날, 가까운 병원에 가보니 역시 오른발이 골절됐다.

접수대에서 기다리고 있을 때, 병원에서 틀어놓은 TV를 보고 놀랐다. 어젯밤 편의점을 덮친 범인이 붙잡혔다는 뉴스였다. 온 얼굴에 문신을 한 남자가 경찰에 연행되는 장면이 화면에 비치고 있었다. 가타기리 타츠오라는 이름의, 쉰네 살의 남자다.

아라키는 괴로운 마음으로 TV 화면을 지켜보았다.

그가 붙잡히고 말았다면 필시 가타기리의 진술에 의해 아라키에게 수사의 손길이 미칠 것이다. 진짜 범인은 자신이 아니고, 오른발을 다친 남자와 옷을 바꿔 입은 것뿐이라고.

하지만 TV에서 흘러나오는 그 뒤의 정보를 듣고 아라키는 여우에게 홀린 듯한 기분이었다. 가타기리는 스스로 편의점 근처에 있는 파출소에 출두했다고 한다. 빼앗은 돈은 도망칠 때 잃어버렸다고 진술하고 있다고 했다. 부자연스러운 점은 많았을 것이다. 그런데도 경찰은 가타기리의 거짓 자백을 믿었을 것이다.

아라키는 발을 치료하고 바로 료스케가 입원 중인 아오모리의 병원으로 향했다.

"고마워."

큰 보탬이 되지도 못할 금액이라는 걸 알았지만, 그래도 기요코는 아라키에게 고맙다고 말해 주었다.

오랜만에 기요코의 얼굴을 보고 마음이 평온해질 뻔했지만, 병실에 있는 료스케를 대면하고 그 기쁨은 다시 밑바닥으로 굴러 떨어졌다. 기요코에게 물어볼 것까지도 없이 침대에 누운 료스케의 모습만 봐도 소아암 말기 상태라는 걸 알수 있었기 때문이다.

료스케는 괴로워 보이면서도 강한 눈빛으로 이쪽을 바라보고 있었다.

아라키는 지금까지 자신이 저지른 행동을 두 사람에게 진심으로 사죄했다. 그러자 료스케가 쥐어짜내는 것처럼 말했다.

"전부는 용서 못해. 나도 엄마도 쓸쓸했어. 아빠는 제멋대로야. 하지만 오늘 만나서 기뻐요. 나를 잊지 않고 와주었구나."

그 말에 아라키는 저도 모르게 눈물이 흘렀고, 료스케는 그런 아라키의 손을 잡고 힘껏 미소를 지으며 입을 열었다.

이번에는 내가 쭉 아빠를 지켜볼 거야―

결국 그것이 료스케가 아라키에게 한 마지막 말이 되었다.

그 뒤로 대화하기도 힘들어졌고 3일 후 료스케는 죽었다.

아라키는 극심한 상실감을 느끼며 료스케의 장례식을 끝내고 센다이로 돌아왔다. 그 후, 새삼 가타기리라는 남자를 떠올리지 않을 수 없었다.

가타기리에게 진심으로 감사했다.

만약 그대로 아라키가 붙잡혔다면 료스케의 마지막 모습을 보지도 못했을 것이고, 자신에게 보내는 아들의 마지막 메시지를 듣지도 못했을 것이다.

동시에 이해할 수 없다는 생각에 사로잡혔다. 가타기리는 왜 도망치지 않고 경찰에 출두했을까? 그것도 생판 남이 저지른 죄를 스스로 뒤집어쓰고.

아라키의 내면에서 가타기리에 대한 관심과 의문이 급속히 부풀어갔다.

그 남자에 대해 좀 더 알고 싶다. 아니, 알아야 하지 않을까?

어느샌가 그런 생각을 품게 되었다.

단서는 가타기리의 겉옷 주머니에 들어 있던 성냥갑뿐이다. 도쿄 아카바네에 있는 『기쿠야』라는 선술집의 것이었다.

아라키는 발이 다 나으면 그 가게에 가보기로 했다.

그 후 얼마 뒤, 가게에 찾아가니 아라키가 먼저 이야기를 꺼낼 것도 없이 주변에 앉아 있던 단골손님들이 저마다 가타기리에 대해 이야기하고 있었다.

가타기리가 센다이에서 일으킨 강도 사건이 화제가 된 것이다.

처음에는 넌지시 귀를 기울이기만 했지만, 차차 아라키도 대화에 끼어들어 가타기리에 대해서 이것저것 물어보았다.

가타기리는 이 주변에서는 나름 유명인사이다. 그 외모에 더해 25년도 넘게 교도소를 들락날락하고 있기 때문이라고 한다.

가타기리가 처음 사건을 일으킨 것이 바로 이 가게로, 손님과 싸움이 나서 그를 칼로 찌르고, 1년 6개월의 징역 판결을 선고받았다고 한다. 초범이라는 점과 피해자에게도 과실이 있다는 점이 참작되어 집행유예가 붙었다. 하지만 재판 기간 동안 구속되어 있던 것 때문에 아내인 요코와 헤어지게 되었고 딸인 히카리와도 헤어지고 말았다고 한다.

가타기리와 요코는 『기쿠야』에서 잉꼬부부로 통했었다. 가타기리가 요코에게 프러포즈한 곳도 이 가게였다고 한다. 부부사이가 좋았고, 훗날 자신들의 라면 가게를 열기 위해 열심히 일했는데, 그 사건을 계기로 가타기리는 이상해져 갔다고 했다.

아라키는 그 이야기들을 들으며 자신의 과거와 겹쳐보았다.

그 후로 가타기리는 자포자기한 채 얼굴에 문신을 새기고, 이번에는 유괴사건을 일으키고 체포되었다고 한다.

징역 8년형을 선고 받고 아사히카와 교도소에서 복역했다. 하지만 출소하고 2주도 채 지나지 않아서 이번에는 나고야에서 같은 유괴사건을 일으키고 기후 교도소에 들어갔다. 다시 그곳을 나온 뒤 바로 다카마츠 시내에서 또 다른 유괴사건을 일으키고 도쿠시마 교도소에 들어갔다고 한다.

즉, 가타기리는 첫 상해사건과 3건의 유괴사건, 그리고 1건의 강도사건을 저지른 전과 5범이 된 것이다. 물론 마지막 강도사건은 아라키 때문에 완전히 누명을 쓴 것이지만 말하지는 못했다.

그리고 가타기리는 출소할 때마다 기죽지도 않고 『기쿠야』를 찾아왔기 때문에, 기쿠치와 아내 미츠요 그리고 단골손님들은 기막혀 했었다.

단골손님 대부분은 가타기리를 웃음거리로 취급했지만 가게 주인인 기쿠치와 그의 아내 미츠요 두 사람만은 복잡한 표정으로 그 이야기들을 듣고 있었다. 특히 미츠요는 가타기리의 이야기를 듣는 것조차 괴로워 보였다.

가타기리는 도쿠시마 교도소에서 출소한 후, 미츠요의 설득으로 단골손님 중 한 명이 일하는 공장에서 일하기 시작했다고 한다. 하지만 일주일도 지나지 않아 공장 기계에 왼손을 절단당하는 큰 상해를 입고 그만두고 말았다. 가타기리가 공장책임자에게 많은 액수의 배상금을 청구했다는 소문이 돌았고, 그 때문에 일을 소개해준 단골손님은 가타기리가 금전을 노리고 일부러 사고를 일으킨 것이 아닌가 의심했다. 가타기리가 미워서 견딜 수 없다는 듯 얘기하고 다녔다.

그리고 퇴원을 하고 얼마 지나서, 이번에는 센다이에서 강도사건을 일으켰다고 한다.

아라키는 단골손님의 이야기를 들으며 왜 가타기리가 자신의 죄를 뒤집어썼을까 생각해 보았다.

『기쿠야』에서 사람들이 말한 것처럼 단지 교도소밖에 있을 곳을 찾지 못해서 계속 범죄를 저지르는 것일까? 그래서 스스로 아라키의 죄를 뒤집어쓴 것일까?

그렇게 설명하면 물론 어느 정도 설득력이 있다. 그러나 그렇다면 왜 일부러 전국 각지에서 죄를 저지르는 것일까?

교도소에 들어가고 싶은 것뿐이라면 도쿄 일대의 수도권에서 범행을 저지르면 된다.

거기까지 생각이 미치자 어떤 생각 하나가 뇌리를 스쳤지만 곧바로 말도 안 되는 억측이라고 부정했다. 하지만 센다이로 돌아가고 나서도 그 생각은 머리에서 떠나지 않았다.

어딘가의 교도소에 만나고 싶은 사람이 있는 게 아닐까-

아라키는 일부러 시간을 내 도서관에 가서 과거 신문 기사를 찾아보기 시작했다. 가타기리가 처음 일으킨 상해사건에 관한 기사를 읽고 아라키는 피해자의 이름이 쓰인 지점에서 눈길이 멈췄다.

가지와라 시로!

미야기 교도소에서 같은 방을 썼던 가지와라가 떠올라 그 이름이 자꾸 마음에 걸렸다. 그래서 감방에서 가지와라에게서 들었던 그가 저지른 살인 사건에 관한 기사를 찾아보았다. 범인의 이름은 가지와라 시로이다. 사건 당시 나이도 똑같은 38살이다.

아라키는 교도소 동기였던 가지와라를 생각할 때마다 늘 속이 뒤집어질 것 같다.

가지와라는 아라키보다 띠 동갑 이상 나이 차이가 나고 왜소하지만, 정말이지 비열한 남자였다. 가지와라는 약자에게는 잘난 척하고 자신의 힘을 과시하지만, 강해 보이는 자에게는 결코 거스르지 않고 아부를 떠는 타입이었다.

가장 역겹다고 생각한 것은 아라키가 가지와라의 배 주변에 있는 칼에 찔린 상처에 대해 물었을 때이다.

"술집에서 싸움이 붙었을 때 상대의 칼에 찔렸다."

가지와라는 상처에 대해서 그렇게 대답했다.

"꽤 지독한 짓을 하는 놈이네요."

아라키가 그렇게 말하자, 가지와라는 비열하게 엷은 미소를 짓더니 "뭐, 어차피 나한테는 못 당했지만."하고 답했다.

가지와라는 자신을 찌른 남자가 경찰에 구금되어 있는 동안 그 남자의 아내를 억지로 마약 중독에 빠지게 해 며칠

동안 계속 성폭행을 했다고 한다. 남자의 아내는 마약의 환각에 사로잡혔는지 그 후 아파트 5층에서 뛰어내렸다고, 가지와라는 유쾌한 듯 웃으며 이야기했다.

나를 거스르는 자는 지옥으로 보내버린다고—

아라키는 그 이야기가 떠오르자, 머릿속에 한 가지 시나리오가 섬광처럼 내달렸다. 혹시 가지와라가 덮친 어떤 남자의 아내라는 사람은 요코가 아닐까?

가타기리는 요코가 마약의 환각 때문에 5층에서 뛰어내렸다는 사실을 알고, 그것이 가지와라의 짓이라고 직감한 것은 아닐까?

그렇다면 석방된 가타기리는 복수를 하기 위해 가지와라를 찾아다녔을 것이다. 하지만 그러는 사이에 가지와라는 두 명을 살해한 혐의로 체포되어 무기징역 형을 선고받았다.

가타기리는 만약 가지와라가 자신의 아내를 성폭행한 사실을 경찰에 이야기해, 가지와라의 자백을 받아내고 그것이 입증되었다 하더라도, 법원이 가지와라에게 무기징역 이상의 형벌을 내리기는 어렵다고 예상했을 것이다.

무기징역을 선고받는다면 몇십 년 동안 교도소를 나오지 못한다. 또 그 후 가지와라가 있는 곳을 찾는 일도 쉽지는 않을 것이다.

그래서 가타기리는 가지와라와 같은 교도소에 들어가서,

거기서 복수를 할 생각을 품은 것이 아니었을까?

황당무계한 상상일지도 모른다. 그러나 그것을 위해 계속 죄를 저질렀다고 생각하면 그동안 이해할 수 없다고 생각했던 모든 것들에 대해 납득이 간다.

기쿠치가 운영하는 가게에서 들은 이야기에 따르면, 가타기리가 처음 복역하게 된 유괴사건을 일으키기 직전에 온 얼굴에 문신을 새겼다고 한다.

기쿠치 부부는 가타기리가 처자식과 헤어지고 자포자기하는 심정으로 그런 짓을 한 것 같다고 짐작했지만, 아라키가 보기에 그것은 아무래도 석연치 않았다. 그런 짓을 하면 관계를 회복할 가능성은 더욱 멀어져 버릴 것이기 때문이다.

가타기리와 가지와라는 상해사건을 통해 서로를 알고 있다. 교도소에서는 번호로 부르기 때문에 상대에게 이름이 알려질 일이 없지만, 얼굴을 보면 자신이라는 걸 알아차려 버릴 거라 생각하고, 가지와라가 조금이라도 눈치채지 못하게 하려고 온 얼굴에 문신을 새긴 것은 아닐까?

가지와라는 살인사건을 일으키기 전에도 상해 전과가 있었다고 말했다. 그래서 가지와라는 재범 수형자를 수용하는 미야기 교도소에 들어갔던 것이다.

아라키는 자신의 억측을 입증하기 위해 곧바로 교도소에 관한 서적을 몇 권 사서 읽었다. 가지와라가 살인사건을 일으킬 당시 재범인 장기수형자, 즉 현재 법률용어로 말하면 'LB수형자'를 수용하는 교도소는 전국에 5곳이 있었다. 미야기 교도소, 아사히카와 교도소, 기후 교도소, 도쿠시마 교도소, 구마모토 교도소이다. 당시는 도쿄 교정관구 내에 LB수형자를 수용하는 교도소가 없었기 때문에 가지와라가 그 중 어느 교도소에서 복역했는지는 관계자 외에 알 수가 없었다.

그래서 가타기리는 우선 아카바네에서 유괴사건을 일으키고 아사히카와 교도소에 들어갔다. 거기에 가지와라는 없었을 것이다. 다음으로 아사히카와 교도소를 관할하는 삿포로 교정관구 이외의 땅에서 다시 LB교도소가 있는 지역을 골라 같은 사건을 일으키고 기후 교도소에 들어갔다. 그곳을 출소하자마자 이번에는 다른 교정관구인 다카마츠 시내에서 사건을 일으키고 도쿠시마 교도소에 들어갔다.

도쿠시마 교도소를 출소했을 때는 첫 사건으로부터 무려 27년이 지나 있었다. 그 무렵, 그때까지 8년 이상으로 정해져 있던 LB의 형기가 10년 이상으로 길어졌다.

남은 LB교도소는 구마모토 교도소와 미야기 교도소 두 곳이지만, 다음에 들어간 교도소에 가지와라가 없으면, 가타기리 자신의 수형 기간 때문에 10년 이상 복수의 기회를 기다려야 한다. 아무리 무기징역이라고 해도 37년 사이에 가지와라가 가석방될 가능성도 배제할 수 없다.

그 때문에 가타기리는 어떤 묘수를 하나 떠올린 것이 아닐까?

구마모토 교도소는 LB수형자뿐만이 아니라 재범자인 B와 신체장애인인 P수형자도 수용된다. 미야기 교도소도 마찬가지이다.

그래서 가타기리는 사고로 위장해 스스로 손을 절단하고, 신체장애인인 P수형자로서 교도소에 들어가기로 결심한 것이 아닐까? 그렇게 하면 가벼운 범죄를 저질러 형기가 짧아도 LB수형자를 수용하는 구마모토 교도소와 미야기 교도소 두 곳의 교도소에 들어갈 수가 있다.

짧은 기간에 두 곳의 교도소에서 가지와라가 있는지 찾아볼 수 있는 것이다.

하지만 그것은 도박에 가까운 일이기도 했다. 후쿠오카 교정관구 내에는 구마모토 교도소 말고도 P수형자를 수용하는 후쿠오카 교도소가 있다.

그래서 우선 미야기 교도소에 들어가기 위해 센다이 교정관구 내에서 사건을 일으키려고 센다이에 있었다.

그리고 그날 밤 아라키와 만났던 것이다.

만약 아라키의 억측이 맞는다면 가타기리의 집념은 광기 그 자체이다.

같은 교도소에 들어간다고 해도 감옥 안에서 가지와라와 접촉할 수 있는 기회가 있을지도 알 수 없다. 미야기 교도소로 말하자면 천 명에 가까운 수형자를 수용하고 있다. 그리고 애초에 죄를 저지르고 수형자가 되어도 반드시 그 교정 관구 내의 교도소에 들어간다고 단정할 수도 없다.

가타기리가 그런 일을 하고 있는 것이라면, 어차피 그럴 가능성이 높다는 차원의 도박일 뿐이다.

죄를 계속 저지르고 인생의 절반을 교도소 안에서 보내는 것도, 자신의 왼손을 자르는 것도, 온 얼굴에 문신을 새기는 것도, 그런 불확실한 도박의 승리 가능성을 높이기 위해 무모하게 대가를 지불한 것이라고 말할 수밖에 없다.

하지만 사회에 머물며 아무것도 하지 않는 편보다는 무모한 복수라도 어떻게든 복수를 시도하는 편이 낫다고 생각한 것은 아닐까?

아라키는 그 날 이후로 매일매일 신문 기사를 체크하게 되었다. 하지만 1년이 지나도 2년이 지나도 미야기 교도소 내에서 살인사건이나 상해사건이 일어났다는 기사는 보이지 않는다.

그러다 보니, 혹시 가타기리가 가지와라와 같은 교도소에 들어가긴 했지만 다른 수형시설에 머물고 있어 가지와라와 접촉을 하지 못했다든가, 아니면 혹시 가타기리가 복역하기 전에 가지와라가 이미 출소한 것은 아닐까 생각하게 되었다.

어쨌든 아라키는 가타기리를 만나고 싶었다.

가타기리는 강도사건으로 징역 5년 형을 받았지만 가석방

될 경우 그보다도 일찍 출소할 수도 있다. 그래서 아라키는 2년 전에 센다이에서 아카바네로 거처를 옮겼다.

아내의 원수를 갚고 싶다는 마음은 이해한다. 하지만 왜 그녀에게 다가가려 하지 않고 복수의 길을 선택해버린 것일까.

가타기리의 심정은 이해할 수 있지만 그가 하는 행동은 도저히 수긍할 수 없었다.

=

가타기리는 지금 어디에 있을까?

어젯밤에 아야코와 함께 모텔에 들어간 후로 하루 종일 가타기리의 모습을 발견하지 못했다.

오늘도 아침 일찍 하천 부지에 가봤지만 가타기리는 오두막에 없었다. 저녁때까지 그 주변을 감시하고 있었지만 가타기리는 돌아오지 않았다.

어쩌면 여기로 오지 않을까 하는 생각에 『기쿠야』에 들렀다. 가타기리가 아직 가지와라를 죽이지 않았기를 바라면서 그저 술을 홀짝홀짝 마실 수밖에 없었다. 가게 안은 좀 전부터 거슬리는 대화로 채워지고 있었다. 단골손님이 가타기리를 화제에 올려 안주거리로 삼고 있는 것이다.

"뻔뻔스럽게 이 주변을 잘도 걸어 다니네. 저런 걸 후안무치라고 하는 거겠지. 낯가죽이 두껍다고 할까, 칠판에 낙서

한 것 같은 얼굴이지만."

단골인 도쿠야마의 목소리가 들리고 주변에서 실소가 새어 나왔다.

"다른 술집에서 놈을 봤다는 얘기는 못 들었으니, 기쿠치가 출입을 금지시키면 이 주변을 서성거리는 일도 없어질 거야. 그렇지?"

책에서 얼굴을 들고 목소리가 나는 쪽을 쳐다보니, 바에 앉아 있는 손님과 조리하는 시게루가 고개를 끄덕이고 있었다.

"나츠코가 그렇게 무서운 손님이 오는 가게는 이어받고 싶지 않다고 말했어요. 저더러 새로운 일을 찾는 편이 좋지 않겠냐고도 권했고요."

시게루의 말에 기쿠치가 곤혹스러운 듯 얼굴을 찌푸렸을 때 가게 미닫이문이 열렸다.

가타기리가 어떤 여성과 함께 가게에 들어왔다. 아야코다.

아라키는 얼굴을 피해 책으로 시선을 되돌렸다. 두 사람은 아라키의 뒤에 있는 테이블자리에 앉은 것 같다. 기쿠치가 바 안쪽에서 나와 두 사람에게 주문을 받으러 갔다.

기쿠치가 바 안쪽으로 돌아가자 아라키는 가방 속에 책을 집어넣고 지갑을 꺼냈다.

"계산 부탁해요."

아라키는 계산을 하고 두 사람에게 얼굴을 들키지 않도

록 미닫이문 쪽으로 향했다. 하지만 아무래도 신경이 쓰여 힐긋 뒤를 돌아보았다.

가타기리와 아야코는 즐거운 듯 이야기를 하고 있다.

그 표정을 봐서는 아직 복수를 완수하지 않은 것 같아 살짝 안도하며 가게를 나왔다.

하지만 앞으로는 한시라도 가타기리를 놓쳐서는 안 된다.

자신이 가타기리의 생각을 말릴 수 있을지는 모르겠지만 가방 속에는 변장을 위해 준비한 몇 종류의 옷과 모자, 그리고 좀 전에 구입한 전기충격기과 밧줄을 넣어두고 있다. 하천 부지 풀숲이 보이는 주변에 빌린 소형 트럭도 세워두었다.

가타기리가 가지와라를 덮치기 직전에 그것을 저지하고 살인미수 혐의로 경찰에 넘기는 방도밖에 없었다.

자신을 구해준 은인을 살인자로 만들지는 않을 것이다.

그것이 자신이 가타기리에게 진 빚을 갚는 유일한 방법이라 생각했다.

자신이 얼마만큼의 역할을 할 수 있을지 모르지만, 료스케에게 맹세한 일을 하는 것이다.

그동안 어리석기만 했다. 소중한 자식조차 구하지 못했다. 하지만 료스케에게 부끄럽지 않은 아버지가 되도록 자신이 옳다고 생각하는 일을 하는 것이다.

대각선 맞은편에 있는 찻집에 들어가 창가 자리에서 『기쿠야』쪽을 바라보았다.

잠시 후, 가게에서 두 남자가 뒤엉키듯 나왔다. 가타기리와 기쿠치다. 기쿠치가 붙잡은 가타기리의 오른손을 보았다. 깨진 병 같은 것을 들고 있다.

대체 무슨 일일까?

아라키는 자리에서 일어나 계산대로 가서 천 엔짜리 지폐를 한 장 놓고 가게를 뛰쳐나왔다. 계단을 내려가 건물 입구에서 두 사람의 모습을 살핀다. 자신의 존재를 알리고 싶지는 않지만 가타기리가 기쿠치에게 위해를 가하려 한다면 막아야 할 것이다.

"진정해. 일단 병을 놔."

기쿠치의 말에 가타기리가 얌전히 들고 있던 병을 땅에 내던졌다.

"또 교도소에 들어가고 싶은 거야?"

가타기리가 기쿠치의 시선을 피했다.

"넌 도대체 왜 그 모양이야? 그래선 그때의 양아치랑 똑같잖아!"

그 말에 반발하는 듯 가타기리가 손을 풀려고 팔을 치켜들었다.

기쿠치가 말한 '그 때의 양아치'라는 것이 어쩌면 가지와 라일지도 모른다.

"그 시절의 너는 대체 어디로 가버린 거냐? 지금의 모습을 보면 요코 씨도-"

"닥쳐!"

절규와 함께 가타기리가 왼손으로 기쿠치의 오른손을 내리쳤다. 기쿠치가 그 자리에 무릎을 꿇고 오른손을 누르며 가타기리를 노려보았다.

"이제…, 더 이상 가게에 오지 말아줘… 부탁이다. 나를 위해…, 아니, 우리 가족을 위해서, 이제 가게에 오지 말아줘."

"알았다."

가타기리는 가만히 기쿠치를 바라보다가 이윽고 얼굴을 돌리고 말했다.

기쿠치가 일어나 주머니 속에서 종이쪽지를 꺼내 가타기리에게 쥐어주었다.

"네 변호를 담당했던 나카무라라는 사람이 연락을 하고 싶어 했어. 연락해 줘."

가타기리가 종이쪽지를 바지 주머니에 넣었다. 그러더니 미닫이문을 열고 가게 안을 향해 뭔가 외치고 나서 걷기 시작했다.

말을 걸고 싶다. 이 이상 슬픔을 더해가는 가타기리를 보고만 있을 수가 없다.

그러나 그런 짓을 했다간 모든 것이 물거품이 된다.

아내의 복수를 그만두도록 설득한다고 해도, 가타기리는

분명 그런 생각은 한 적이 없다고 시치미를 뗄 것이다. 도리어 아라키가 자신의 계획을 눈치채고 있다는 걸 알고 경계하고, 아라키의 앞에서 자취를 감춰버릴 것이다. 그리고 가타기리는 틀림없이 자신의 계획을 아라키가 눈치채지 못하게 완수할 것이다.

가게에서 나온 아야코가 가타기리 뒤를 좇았다.

기쿠치가 가게 안으로 다시 들어가고, 아라키는 건물에서 나와 거리를 두며 두 사람의 뒤를 밟는다.

가타기리는 주변을 둘러보며 걷고 있다. 두 사람이 멈춰 서자, 아라키는 가까운 전봇대 그늘에 몸을 숨겼다.

가타기리는 아야코에게서 휴대폰을 받아 뒤돌아선 채 어딘가에 전화를 걸었다. 통화를 끝낸 듯 아야코에게 휴대폰을 돌려주었다. 그리고 나서 아야코를 등지고 혼자 걸어갔다.

아야코는 잠시 가타기리를 쳐다보고 있었지만 이윽고 이쪽으로 걸어왔다. 아야코는 전봇대 그늘에 숨어 있는 아라키를 알아채지 못하고 그대로 지나갔다.

가타기리의 뒤를 좇아가니 근처의 선술집으로 들어가는 것이 보였다.

＝

가타기리는 한 시간이 지나도록 가게에서 나오지 않는다.

아라키는 좀 떨어진 곳에서 가게를 쳐다보며 좀 전의 가타기리와 기쿠치의 대화를 떠올려 보았다.

"이제…, 더 이상 가게에 오지 말아줘…."

기쿠치가 그렇게 말했을 때 가타기리의 얼굴은 좀 떨어진 곳에서도 알 수 있을 만큼 구슬프게 일그러져 있었다.

가타기리에게 그 가게는 단순한 단골 가게 이상이 아닐까?

평생 머물 곳이 교도소와 하천 부지의 오두막뿐인 남자에게, 아내와 자식과의 추억이 남은 유일한 안식의 땅일지도 모른다.

가타기리에게 결별의 말을 꺼낸 기쿠치의 표정도 단순히 단골손님 한 명의 출입을 금지시킨 것으로는 보이지 않을 만큼 괴롭게 일그러져 있었다.

가타기리는 32년도 전에 『기쿠야』에서 상해사건을 일으켰다. 그리고 출소할 때마다 그 가게에 찾아갔다. 기쿠치는 그런 외모로 재범을 반복하는 가타기리를 이제껏 거절하지 않고 손님으로 맞고 있다. 두 사람은 주인과 손님 이상의 어떤 인연으로 이어진 관계였는지도 모른다.

혹시 기쿠치라면 가타기리의 복수를 말릴 수 있지 않을까?

가타기리가 가지와라를 덮치기 직전에 말릴 수밖에 없다고 생각했지만, 가타기리의 범행자체를 막을 수 있다면 그것이 상책이다.

아라키는 그 희망에 매달리기 위해 걷기 시작했다. 『기쿠야』가 보이고 기쿠치가 가게 밖으로 나와서 포렴을 걷고 있었다.

"사장님!"

가까이 가서 말을 거니 기쿠치가 이쪽을 보았다.

"이제 끝났나요?"

"아아…, 어쩐 일이세요?"

"내일은 휴일이라서 좀 더 마시고 싶었어요. 아까는 너무 소란스러워서 느긋하게 마시지를 못했거든요."

그렇게 말하자 기쿠치가 "어서 들어오세요."하고 가게 안으로 안내했다.

"고맙습니다."

가게 안에는 손님도 시게루도 없었다. 마침 잘 됐다 싶어 바 맨 끝 자리에 앉았다.

"안주는 됐으니 홋카이산 사케를 차게 해서 주세요. 괜찮으시면 사장님도 드세요."

"그럼, 저도 한 잔 감사히 들겠습니다."

기쿠치는 바 안쪽으로 들어가 잔 두 개에 사케를 따랐다. 가볍게 잔을 부딪치고 기쿠치가 단숨에 절반 정도를 마셨다. 잔을 쳐다보며 한숨을 흘린다.

"무슨 일 있습니까? 왠지 힘이 없어 보이시네요."

아라키가 말을 걸자 기쿠치가 이쪽으로 시선을 돌렸다.

"친구를 막 잃은 참이거든요."

기쿠치가 중얼거리는 듯 말했다.

"혹시 아까 그 사람인가요?"

"그렇습니다." 잠깐의 틈을 둔 후 기쿠치가 고개를 끄덕였다.

"그래서요?"

"아라키 씨는 그 녀석을 지난번에 처음 보셨는지도 모르겠지만, 그 녀석이 이래저래 손님들 입에 오르내리는 가타기리입니다."

"여기 단골손님한테 얘기는 들었기 때문에 그럴 거라고 이미 짐작하고 있었습니다."

"지금은 외모가 저렇고 나쁜 짓만 하고 다니지만, 전에는 다른 여느 사람들처럼 좋은 놈이었습니다. 아내와 자식이 있고, 부부가 라면가게를 여는 게 꿈이어서 자는 시간도 아껴가며 일했습니다. 저 때문에 저렇게 되고 말았는지도 모릅니다."

"여기서 사모님에게 치근대는 깡패를 찔렀기 때문인가요?"

기쿠치가 고개를 끄덕였다.

"그때 저는 가게를 비우고 있었습니다. 제가 있었으면 놈이 그런 짓을 하지 않아도 되었을 겁니다. 그 때문에 아내와 이혼하고 아이와도 만나지 못하게 되고 말았어요. 그래서 자포자기한 채 나쁜 쪽으로 빠지고 만 것이겠지요."

기쿠치도 미츠요도 틀림없이 평생 동안 괴로웠을 것이다.

가타기리가 죄를 계속 저지르는 이유가 단지 자포자기해서만은 아니라고 말해줘야 할지 망설여졌다. 하지만 아직 전부를 얘기할 수는 없다.

그 이유를 기쿠치에게 얘기한다면, 그것은 일단 가타기리의 복수를 막은 다음이다.

"저도 미츠요도 어떻게든 녀석이 다시 시작할 수 있도록 적극적으로 애를 써봤습니다. 하지만 이제 무리라고⋯. 아까 아라키 씨가 돌아가신 뒤에 가타기리가 가게에서 또 날뛰어서 이제는 오지 말라고 내쫓았습니다."

"네, 어쩔 수 없으셨겠죠. 사장님도 생업이 있으니까요."

기쿠치의 진심을 떠보고 싶어서 일단 그렇게 말했다.

"그럴지도 모르지만⋯, 35년을 알고 지낸 친구를 못 본 체 했습니다. 예전에는 남동생처럼 생각했던 남자를. 그것이⋯."

기쿠치가 거기까지 말하고 입을 다물었다.

"그래서 사장님은 어떻게 하고 싶으신가요?"

아라키가 물었지만 기쿠치는 입을 다문 채 가만히 있었다. 재촉하지 않고 가만히 쳐다보고 있으니 기쿠치가 마침내 입을 열었다.

"외모가 아니라 살아가는 방식을 받아들이기가 힘듭니

다."

"살아가는 방식을 바꾸면 받아들이고 싶다?" 아라키가
물었다.

"그렇겠지요…."

만약 가지와라를 죽이면 가타기리는 교도소 담장 안에서
인생을 끝내게 될 가능성이 높을 것이다. 그의 인생을 바꿀
수 있는 사람이 있다면 역시 기쿠치밖에 없지 않을까?

가타기리에게 기쿠치가 소중한 존재라는 사실은 그가 계
속해서 가게를 찾아오는 점에서도 잘 알 수 있다. 기쿠치에
게도 가타기리는 특별하다. 그런 의미에서라도 가타기리는
고독한 존재가 아니다.

"분명 바꿀 수 있지 않을까요?"

아라키가 그렇게 말하자 기쿠치가 "그럴까요?"하고 살짝
고개를 저었다.

"제 친구 중에도 형편없는 녀석이 있었습니다. 여자와 도
박에 빠져서 많은 빚을 지고 철창 신세를 졌습니다. 그래
서 아내와 자식에게까지 버려지자 외로움에 사무쳐 술독에
빠진 채 일도 하지 않았습니다. 그리고 다시 죄를 저지르고
교도소에 들어가기도 했습니다. 하지만 지금은 그래도 성실
하게 살고 있습니다."

자신의 이야기를 했다.

"가타기리는 그 괴상한 얼굴에다가, 왼손은 의수이기까지

합니다. 도저히 일은 못하겠지요."

"사장님도 좀 아까 말씀하셨잖아요. 받아들이지 못하는 건 외모가 아니라고요. 그 사람을 받아들여줄 직장도 있지 않을까요? 괜찮으시다면 말씀드린 제 친구에게도 물어보지요. 그 친구는 배달 도시락을 만드는 공장에서 일하고 있는데, 전과가 있는 걸 알고도 받아줬답니다."

"그나저나 이제 녀석과 얘기할 기회나 있을지 모르겠습니다. 휴대폰도 집도 없는 녀석이라서요."

"아까 『곤베』에서 술 마시고 있는 걸 봤습니다. 아직 있을지는 모르겠지만요."

기쿠치가 입을 다물었다. 잠시 후, 기쿠치는 한숨을 흘리고 입을 열었다.

"아라키 씨 덕분에 그 친구분이 변할 수 있었던 걸까요?"

"글쎄요. 다만 자신을 외면하지 않는 사람이 있는 한 누구나 변할 가능성은 있다고 생각합니다."

이번에는 내가 쭉 아빠를 지켜볼 거야-

자신은 료스케의 그 말 덕분에 달라질 수 있었다.

아니, 료스케에게 아빠가 달라졌다고 단호하게 말할 정도의 자신감은 아직 없지만, 적어도 변하기 위해 노력하고 있다.

아라키는 잔에 남아 있는 술을 다 마시고 지갑을 꺼냈다.

오천 엔짜리 지폐를 내밀고 가방에서 수첩과 펜을 꺼냈

다. 자신의 휴대폰 번호를 쓴 뒤, 찢어서 잔돈을 받을 때 건
넸다.

"연락을 주시면 그 친구에게 얘기해 보겠습니다."

아라키는 그렇게 말하고 일어났다.

지금 자신이 일하는 회사라면 가타기리를 받아줄지도 모
른다. 가타기리가 회사에서 일하면 동료로서 할 수 있는 한
자신도 도울 생각이다.

『기쿠야』를 나와 좀 전의 선술집으로 향하고 있을 때, 가
타기리가 이쪽으로 걸어오는 것이 보였다.

가타기리를 지나쳐 조금 더 간 곳에서 발길을 멈췄다. 돌
아보니 가타기리가 『기쿠야』앞에 멈춰 서 있다. 곧 미닫이문
을 두드리고 기쿠치가 밖으로 나왔다.

아라키는 가게로 들어가는 가타기리를 쳐다보며, 이어질
두 사람의 대화를 상상했다.

가타기리는 편의점을 나와서 그대로 하천 부지로 돌아갔
다.

아라키는 풀숲 안으로 들어가는 가타기리를 확인하고 차
에 올라탔다.

시계를 보니 정오를 지나고 있다. 당연히 배가 고플 만하
다.

조수석에 놓아둔 가방에서 샌드위치를 꺼내 풀숲 쪽을

보며 베어 물었다.

어젯밤에 가타기리와 기쿠치 두 사람은 그 후 무슨 얘기를 했을까?

가타기리는 가게에 들어간 지 30분 정도 만에 나왔다. 멀리서 보고 있었기 때문에 가타기리가 어떤 표정을 짓고 있었는지는 알 수 없었다.

기쿠치는 분명 가타기리가 재범을 저지르지 않도록 설득했을 것이다. 어떤 말로 설득했는지는 모르지만 가타기리의 마음을 움직였기를 바랐다.

가타기리가 풀숲에서 나오는 것이 보여 샌드위치를 입으로 가져가려던 손을 멈추었다.

가타기리가 하천 부지에서 도로로 나왔다.

아라키는 먹던 샌드위치를 입 안으로 밀어 넣고 차에서 내렸다. 가타기리의 뒤를 따라 걷기 시작한다.

가타기리는 아카바네 역에서 우에노도쿄 라인으로 직통 운행하는 우츠노미야선을 탔다. 아라키는 옆 차량에 타서 가타기리의 모습을 살폈다.

어디에 가는 것일까?

우츠노미야선을 탔다는 것은 신오오쿠보로 가는 것은 아니다.

가타기리는 도쿄 역에서 내렸다. 아라키는 인파에 섞이며 뒤따라간다. 도카이도 신칸센 개찰구 앞에서 가타리기가 멈취 섰다.

떨어진 곳에서 잠시 모습을 살피고 있으니 양복 차림의 남자가 가타기리에게 다가와서 말을 걸었다.

대체 누구일까?

양복 차림의 남자가 가타기리에게서 떨어져 신칸센 승차권 자판기로 향했다. 아라키는 그쪽으로 가서 남성의 뒤에 줄을 섰다.

남성은 하마마츠까지 가는 왕복승차권 두 장을 사서 가타기리에게 돌아갔다. 아라키도 하마마츠 행 승차권을 산 뒤, 두 사람의 조금 뒤에서 신칸센 개찰구를 빠져나갔다.

두 사람은 하마마츠 역을 나와서 역 근처에 있는 백화점 주차장으로 들어갔다.

주차장 밖에서 두 사람을 보고 있으니, 근처에 서 있던 하얀색 차에서 여성이 내렸다. 서른 전후로 보이는 여성은 두 사람 앞에 서서 잠시 마주보고 있다. 이윽고 양복 차림의 남성이 그 자리를 떠났고, 가타기리와 여성만 차에 올라탔다.

지금부터 어디로 가는 것 같았다.

아라키는 허둥지둥 택시를 불러 세우고 올라탄다.

"어디까지 가시나요?" 기사가 물었다.

가타기리가 좀 전에 올라탄 차는 아직 주차장에서 빠져나오지 않았다.

"여기서 잠시 기다려주세요."

아라키의 말에 기사가 의아한 듯한 얼굴로 고개를 갸웃했다.

주차장에서 가타기리가 탄 하얀색 차량이 나왔다.

"죄송하지만 저 차 뒤를 따라가 주세요."

기사는 더욱 더 의아한 듯한 표정을 지었지만 할 수 없는 듯 고개를 끄덕이고 차를 출발시켰다.

가타기리를 태운 차는 20분쯤 달려간 후 그곳에 있는 공동묘지 주차장으로 들어갔다. 아라키는 주차장에 들어가지는 않고 입구에서 좀 떨어진 곳에 택시를 세우게 했다.

"여기서 기다려주시겠습니까?"

만 엔짜리 지폐를 한 장 건네며 부탁하니, 기사가 고개를 끄덕였다.

여성이 주차장에서 나와 가까운 꽃집으로 향했다. 이어서 가타기리도 나왔다. 여성이 꽃을 들고 가타기리 곁으로 돌아오고, 둘이서 공동묘지 안으로 들어갔다.

아라키는 택시에서 내려 공동묘지로 향했다. 안으로 들어가니 사람의 모습은 거의 없었다. 하지만 주변은 나무들이 에워싸고 있고 어둑어둑하기 때문에 자신의 모습은 눈에 띄지 않을 것이다.

두 사람의 모습을 발견하고 눈치채지 못하도록 몰래 다가간다.

"엄마는 왜 마약 따위에 손을 대고 말았을까? 당신이 억지로 그렇게 만든 건가요?"

여성의 목소리가 들리고, 아라키는 옆에 있는 나무 그늘에 숨었다. 그리고 두 사람을 주목한다.

엄마라고 부른 걸 보면, 저 여성은 가타기리의 딸인 히카리인 걸까?

"그 무렵의 기억이 없는 건가?"

가타기리의 말에 히카리는 끄덕였다.

"당연하잖아. 아기였는걸."

"그렇다면 알 필요는 없어. 지금의 네 아버지가 가르쳐준 게 네게는 진실이다."

"지금의 아버지? 다른 아버지 같은 건 없어. 얼버무리지 마! 엄마 앞에서 솔직히 말해요!"

그 말을 듣고 요코가 그 묘에 잠들어 있다는 것을 알 수 있었다.

무덤 쪽을 보며 아라키는 기분이 침울해져 간다.

"딱 한 가지 말할 수 있는 건 전부 내 탓이라는 거다."

"당신이 엄마가 그런 짓을 당하게 만들었다는 거야?"

"그래. 게다가…, 나는 너를 버렸어. 하지만 요코는 너를 버리지 않았어. 요코는 네게 아낌없는 애정을 쏟았다."

"당신이 엄마 인생을 망가뜨렸지."

"그래."

"더 이상 여기에는 오지 마요. 나랑 아버지 앞에도 두 번 다시 나타나지 마."

"그래. 너도 빨리 나 같은 건 잊어버리도록 해."

아라키는 그 말에 반응했다.

빨리 나 같은 건 잊어버리도록 해-

그 말에서 가타기리가 가지와라에 대한 복수를 포기하지 않았다는 걸 느꼈다.

교도소에 들어가기 전에 아마도 인생에서 마지막이 될, 요코의 성묘를 하러 온 것이리라.

"말하지 않아도 그럴 거예요."

가타기리가 히카리에게서 등을 돌려 걷기 시작했다.

"당신 때문에 엄마 인생은 비참해졌어!"

그 외침에 가타기리가 멈춰 서서 히카리를 바라보았다.

"하지만 엄마의 인생이 당신 인생보다는 분명 나아. 엄마는 나를 사랑해줬어. 그러니까 이렇게 여기에 편히 잠들어 있지. 외할아버지와 외할머니와 언젠가는 아버지와 함께…. 나도 그럴 거야. 당신처럼 자식을 버리지는 않을 거야. 다른 사람을 상처 입히거나 슬프게 만들지는 않을 거야."

여기서는 가타기리의 표정을 분명하게 읽을 수 없다. 하지만 자신의 딸에게서 그런 말을 들으면 당연히 슬플 것이다.

가타기리가 말했으면 좋겠다.

자신도 딸과 똑같이 살고 싶다고.

다른 사람을 상처 입히지도, 슬프게 만들지도 않고, 요코와 마찬가지로 딸을 사랑하고 있다고.

두 사람을 바라보며 그렇게 빌었지만, 가타기리는 작게 고개를 끄덕이고 다시 뒤돌아 걸어갔다.

가타기리가 이쪽으로 다가온다.

"당신은 우리랑은 달라. 짐승이나 마찬가지야. 감옥 안에서 죽고, 죽은 후에도 영혼이 외톨이로 떠돌 거야. 그게 당신이 저질러 온 짓의 대가야."

히카리의 외침이 울린 순간, 가타기리의 어깨가 움찔 떨리고 입술을 깨문 것처럼 보였다.

그 표정에서 어떠한 결심을 엿본 것 같았지만 그것이 어떤 것인지는 알지 못한 채 가타기리의 모습은 어둠 속으로 사라져갔다.

≡

"곧 시나가와에 도착합니다-"

신칸센 안내방송이 들리고 아라키는 자리에서 일어났다.

가타기리 일행은 한 칸 앞 차량에 타고 있기 때문에 뒤쪽 연결통로로 향했다.

왕복승차권을 샀다고 해도 가타기리 일행이 반드시 도쿄 역에서 내린다는 보장은 없다.

아라키는 시나가와 역에 도착하고 전동차의 문이 열리자

얼굴을 빼꼼히 내밀어 플랫폼의 모습을 살폈다. 가타기리가 전동차에서 내려 플랫폼을 걸어가는 것이 보였다. 양복 차림의 남성은 같이 있지 않다.

아라키도 전동차에서 내려 인파에 섞이며 가타기리의 뒤를 쫓았다.

가타기리는 야마노테선을 타고 신오오쿠보 역에서 내렸다. 곧장 모텔촌 쪽으로 간다.

아라키는 멈춰 섰다. 가타기리가 아야코와 서서 이야기를 하고 있다. 가타기리는 아야코에게서 휴대폰을 받아 그늘로 사라졌다.

무얼 하는 걸까 생각하고 있을 때 가타기리가 그늘 속에서 다시 나와서 아야코에게 휴대폰을 돌려주었다. 이쪽으로 걸어온다.

아라키는 바로 옆에 있던 매춘부에게 다가갔다.

"얼마지?"

"잠깐 놀다 가는 '휴식'은 만 엔, 내일 아침까지 '긴 밤'은 2만 엔."

아라키가 물으니 여성이 그렇게 대답했다.

가타기리가 스쳐 지나가면서, 아라키와 매춘 여성을 흘긋 보았다.

눈이 마주쳤다. 자신의 존재를 알아챘다고 느꼈지만, 가타기리는 이쪽에 별 관심이 없다는 듯 그대로 걸어간다.

"미안합니다. 됐어요."

아라키는 매춘 여성에게 말하고 가타기리가 간 쪽으로 걸어갔다.

당신이 뭘 하려는 건지 알고 있다. 당신의 원통함도 이해한다. 그렇지만 그런 것은 그만두어야 옳다. 소중한 친구와 딸을 위해서라도.

이대로 가타기리에게 뛰어가 그렇게 말해주고 싶다.

이제까지 몇 번이나 그런 충동에 시달렸다. 할 수 있는 모든 수단을 동원해서 설득하고 싶다.

하지만 료스케의 말에 의존한 아라키와 달리, 아내를 잃은 가타기리에게는 그런 존재가 없다. 딸과의 만남조차 가타기리의 마음을 움직이지 못한 것 같다.

생판 남일 뿐인 아라키가 무슨 말을 한들 어떻게도 되지 않을 것이다.

목숨 걸고 막는 수밖에 없다.

가타기리가 공원으로 들어간다. 아라키도 들키지 않도록 공원으로 들어갔다. 어스레한 어둠 속에서 화장실이 눈에 들어와 거기에 몸을 숨겼다.

가타기리는 벤치에 앉았다. 공원 입구 쪽을 바라보고 있다.

아라키가 바로 뒤에서 바라보고 있지만, 가타기리는 이쪽을 전혀 신경 쓰지 않는 모습이다.

아라키는 가방을 열고 전기 충격기를 손에 쥐었다.

이 거리라면 가타기리가 덮치려고 하는 순간에 뒤에서 제압할 수 있다.

가타기리가 벤치에서 일어났다. 공원 입구를 보니 다운코트를 입은 남자가 들어온다.

가지와라다.

가지와라는 벤치 쪽으로 가서 가타기리의 5미터 정도 앞까지 왔을 때 멈춰 섰다.

"네가 기무라인가?"

"그래."

"돈은 가져왔나?"

"여기 있어."

가타기리가 오른손으로 재킷 주머니를 두드렸다.

"그래. 그건 고맙구만."

"물건은?"

"여기."

가지와라가 코트 주머니에 오른손을 넣었다.

"그럼, 교환하지!"

가타기리가 재킷 주머니에 손을 찔러 넣고 일어서려고 발을 내딛었다.

"그건 그렇고, 한동안 못 본 사이에 꽤 괴상한 꼴이 되었구만, 가타기리."

가지와라의 말에 가타기리가 발걸음을 멈췄다.

"이제 와서 나한테 복수할 생각인가? 대체 몇십 년 전 얘기야?"

가지와라의 비웃는 듯한 목소리가 들렸다.

"내 안에서는 아무리 시간이 흘러도 그 사건이 과거가 될 수 없어."

"그러냐? 왜 내가 했다고 생각했지?"

"네 동료들은 전부 입이 가벼운 녀석들뿐이더군. 한동안 지역의 질 나쁜 패거리들이랑 어울렸더니 네가 그런 소리를 지껄인다는 소문이 흘러나왔어. 어째서…, 어째서 내가 아닌 요코를…?"

가타기리의 목소리가 분노로 떨리는 것이 느껴졌다.

"너한테 보복하는 것만으로는 시시하지. 게다가 처음 가게에서 봤을 때 너랑 네 마누라는 아이를 에워싸고 꽤 들떠 있었어. 보고 있는 이쪽이 짜증날 정도로 말이야. 그런 걸 보면 망가뜨려버리고 싶어진다니까. 그런데 네 마누라가 나한테 안겼을 때는 너랑 애새끼랑 같이 있을 때보다도 훨씬 행복해 보였지. 소중한 애를 내팽개치고 마약에 휙 맛이 가서 히이히이 절정을 느끼면서 말이야…."

가타기리가 버럭 화를 내며 가지와라를 향해 돌진한다. 동시에 아라키는 가타기리를 향해 뛰쳐나갔다.

"그만둬!"

가타기리를 향해 전기 충격기를 쥔 손을 뻗은 순간 총성이 울렸다.

아라키는 놀란 나머지 그 자리에 주저앉았다. 얼굴을 드
니 무릎을 꿇은 가타기리의 어깨너머로 권총을 쥔 가지와라
가 보였다.

"뭐야, 너 이 자식!"

가지와라가 놀란 듯 외치며 아라키에게 권총을 겨눴다.
다음 순간, 가타기리가 가지와라가 겨눈 총구를 향해 왼손
을 들이댔다. 총성과 함께 의수가 깨져내려 아라키의 얼굴
을 덮쳤다. 가지와라의 얼굴에도 의수 조각이 튄 듯, 순간
움찔한 가지와라는 뒤로 물러섰다.

그 틈에 가타기리가 주머니에 넣고 있던 오른손을 꺼내
권총을 쥔 가지와라의 손을 붙잡았다. 아라키는 일어서는
가지와라의 얼굴을 노려 전기 충격기를 내밀었다.

총성이 울리는 것과 동시에 가지와라의 목에 전기충격기
의 섬광이 번쩍이고, 가지와라는 튕겨지는 것처럼 쓰러졌다.

가타기리도 권총을 쥔 채, 가지와라의 옆에 쓰러진다.

아라키는 그 자리에 쭈그려 앉아 두 사람의 손에서 권총
을 떼어놓았다. 신음하는 가지와라의 양손을 뒤로 돌려 밧
줄로 묶고 가타기리를 보았다. 가슴 주변에 탄환을 맞은 듯
피가 흘러넘치고 몸이 경련하고 있다.

"괜찮아요? 정신 차리세요!"

아라키는 가만히 이쪽으로 시선을 응시하고 있는 가타기

리에게 소리쳤다.

"오…, 오랜만이네…."

가타기리가 피를 토하며 입을 연다.

기억하고 있었던 건가.

"말하지 마요. 바로 구급차를 부를게요."

아라키는 주머니에서 휴대폰을 꺼냈다.

"아, 아니… 이… 며… 며칠… 수고… 수고 많았네…."

그 목소리에 가타기리를 쳐다보았다.

자신의 존재를 이미 알고 있었다는 것인가.

"어떻게. 내가 미행하는 걸 알면서도 놔둔 거야?"

가타기리가 살짝 고개를 끄덕였다.

"당신… 당신은… 모, 목격자가… 되어… 주어야… 하니까."

무슨 뜻이지?

"자식은… 마… 만났나…?"

가타기리는 이쪽을 쳐다보며 끊어질 듯 말 듯 말을 쥐어
짜냈다. 아라키는 가타기리를 만났을 때의 기억을 떠올렸다.

"어어. 죽고 말았지만. 당신 덕분에 죽기 전에 만날 수 있
었어요. 감사합니다…."

아라키는 그렇게 말하며 눈물이 끓어오른다.

"어… 언젠가… 만날 수 있을 거야…. 나랑, 그녀처…럼…."

가타기리가 괴로운 듯 쓰러져 있는 가지와라를 쳐다보았
다. 다시 천천히 이쪽을 쳐다본다.

"그 놈이…, 가, 감옥 밖에서… 죽게 놔두지는 않아…. 우, 우리…처럼… 되서는 안 돼지…."

아라키는 그 말의 의미를 알 수 없어 가타기리의 눈을 쳐다보았다. 하지만 그 순간 갑자기 또 다른 시나리오에 생각이 미쳐 가타기리의 재킷 주머니를 뒤지기 시작했다.

역시나 가타기리의 주머니에 가지와라를 죽일 수 있는 식칼 같은 흉기 류는 전혀 들어있지 않았다. 들어 있던 것은 담배와 『기쿠야』의 성냥갑, 그리고 한 장의 사진뿐이다. 언뜻 봐도 『기쿠야』의 바 자리에서 찍은 가타기리와 요코, 그리고 히카리의 가족사진이라는 걸 알 수 있었다.

가지와라가 자신과 요코처럼 교도소 밖에서 죽게 놔두지는 않겠다-

그렇다면 그것이 가타기리가 선택한 가지와라에 대한 복수의 방법이었던 것인가.

가타기리는 처음부터 가지와라가 자신을 죽이게 만들 계획이었을까?! 그 때문에 가지와라를 계속 찾고 있었단 말인가!

아니…, 그럴 리 없다. 도저히 믿을 수 없다!

아라키는 좀 전의 광경을 다시 떠올렸다.

당신은 우리랑은 달라. 짐승이나 마찬가지야. 감옥 안에서 죽고, 죽은 후에도 외톨이로 떠돌 거야-.

혹시 딸의 비통한 외침이 가타기리의 마음을 바꾼 것은 아닐까?

그때, 가타기리가 재킷 위에서 오른손을 헤매고 있다.

"이걸 보고 싶은 건가요?"

희미하게 고개를 끄덕이는 것을 보고 아라키는 가타기리의 눈앞에 사진을 가져갔다. 가타기리는 그 사진을 보고 미소 짓는 것처럼 입가가 일그러졌다. 그리고 눈에서 빛이 사라졌다.

아라키는 깊은 한숨을 토하고, 손을 뻗어 가타기리의 두 눈꺼풀을 감겨주었다.

가타기리의 얼굴은 웃고 있는 것처럼 보인다.

마침내 요코를 만난 것 같다.

아라키는 그렇게 확신하며 휴대폰 버튼을 눌렀다.

에필로그

경찰청 민원실 쪽을 보고 있을 때 설명이 끝난 듯 아버지
가 이쪽으로 걸어왔다.

'어땠어?'

히카리는 눈으로 물었다.

"일단 승낙해줬어. 여기서 기다리라는구나."

아버지는 그렇게 말하고 어두운 표정으로 히카리 옆에 앉
았다.

답답한 침묵이 흘렀다.

"역시…"

히카리는 중얼거리는 소리에 아버지를 쳐다보았다.

"너는 그만둬라. 내가 확인할 테니."

히카리는 고개를 옆으로 저었다.

여기에 오고 싶다고 말한 건 히카리다.

오늘 아침, 아버지와 아침을 먹고 있을 때 기억 속에 있는 이름이 TV에서 흘러 나왔다.

어젯밤에 도쿄 오오쿠보에서 총격사건이 일어나 한 명이 사망했다는 뉴스였는데, 피해자로 보이는 것이 가타기리 타츠오라는 59살의 남성이라고 한다.

자신과는 이제 관계없는 사람이다… 혹은 나이가 같은 동성동명의 인물일 가능성이 더 높다… 그렇게 생각하고 잊으려고 했지만 술렁거리는 마음은 가라앉지 않았다.

왜 이렇게 마음이 술렁이는 건지 알 수 없었다. 어제 막 만났었기 때문일까?

아니, 그렇지는 않다.

어제 가타기리와의 대화중에 느낀 작은 마음의 걸림돌이 그 뉴스를 보고 커져갔던 것이다. 자신과 만나면 약해져 버릴 것 같다는 가타기리의 결심이라는 건 대체 무엇일까?

엄마의 무덤을 보던 따스한 눈빛과, 그것과는 정반대로 자신을 떼치는 듯한 차가운 눈빛과 언동.

가타기리는 아버지의 말처럼 정말로 변변치 못한 남자인 것일까?

집에 돌아와 다시 그런 의문을 품었다.

뉴스 속 피해자가 자신들이 아는 가타기리인지 경찰서에

가서 확인하고 싶다는 히카리를 아버지는 말렸다. 히카리가 그래도 가보고 싶다고 물러서지 않자 아버지도 함께 가게 되었다.

양복을 입은 남성이 이쪽으로 오는 것이 보여 아버지와 함께 일어났다.

"가타기리 타츠오 씨의 가족분 되십니까?"

남성이 물었다.

"확인을 해봐야 알겠지만 이 아이의 친아버지가 가타기리 와 같은 나이에 동성동명입니다." 아버지가 말했다.

"이쪽으로 오세요."

남성을 따라 지하로 이어지는 계단을 내려간다. 『영안실』 팻말이 걸린 방 앞에 멈춰 문을 열었다.

남성이 안으로 안내해 아버지와 히카리가 함께 들어갔다.

방 중앙에 놓여 있는 침대를 쳐다보았다. 침대 위에 누군 가가 누워 있다. 천으로 몸과 얼굴이 덮여 있다.

"그러면 확인 부탁드립니다."

남성이 그렇게 말하고 얼굴의 천을 치웠다.

자신들이 아는 가타기리가 거기 있었다.

문신으로 덮인 얼굴은 어딘지 모르게 미소 짓고 있는 듯 했다.

그 얼굴을 바라보고 있을 때 옆에서 흐느껴 우는 소리가 들렸다. 쳐다보니 아버지가 눈물을 닦고 있다.

"어떤 녀석이었든…, 아는 사람의 죽음을 보는 건 괴롭구나. 왜 이렇게밖에 살지 못했을까."

보도에 따르면 가타기리를 죽인 가지와라라는 남자는 예전에 폭력조직의 일원이었다고 한다.

가타기리는 그런 남자에게 대체 무슨 원한을 산 것일까?

어제 히카리와 헤어진 후 가타기리의 신변에 대체 무슨 일이 일어난 것일까?

감옥 안에서 죽지는 않았지만 가타기리는 홀로 죽고 말았다.

자신의 아버지였던 남자가-

양복 입은 남성이 재촉해, 히카리와 아버지는 영안실을 빠져나왔다.

마음속에 뻥 구멍이 뚫린 것 같았다. 그 안에 무언가를 채우고 싶어도 어떤 감정조차 들어오지 않는다.

"화장실에 다녀오마. 민원실에서 기다려줘."

아버지가 그렇게 말해 히카리는 혼자 민원실로 향했다.

"저기…."

한 남성의 목소리가 히카리를 불러 세웠다.

돌아보니 나이가 50대쯤으로 보이는 남성이 서 있었다. 무슨 일이 있었는지는 모르지만 초췌한 표정으로 머리를 숙이고 있다.

"마츠다 히카리 씨인가요?"

남성이 그렇게 물어 의아하게 생각하면서도 고개를 끄덕였다.

"저는 아라키라고 합니다. 어젯밤에 가타기리 씨의 임종을 지켜본 사람입니다."

그 말에 히카리는 앞으로 고꾸라질 뻔했다.

왜 가타기리가 이렇게 되고 말았는지 묻기 전에, 남성이 히카리의 손을 붙잡고 무언가를 쥐어주었다.

"이걸 드리려고요."

내려다보니, 사진이었다.

곳곳에 혈흔 같은 것이 묻어 있지만, 사진에는 세 명의 인물이 찍혀 있다. 그 중 한 명은 젊은 시절의 엄마라는 걸 바로 알 수 있었다. 그 옆에 아기를 안고 앉아서 이쪽을 보고 웃고 있는 남성이 있다.

가타기리일까? 그렇다면 그의 무릎에 올라 있는 것은 어린 시절의 나?

"가타기리 씨가 돌아가시기 직전까지 보고 있던 사진입니다. 당신이 가지고 있어야 할 것 같아서요."

그렇게 말하며 아라키가 억지로 사진을 쥐어주고 떠나려고 했다.

"저-"

히카리가 불러 세우자 남성이 멈춰서 이쪽을 보았다.

"그 사람은 왜…, 왜 이렇게 되고 말았나요? 왜 죽임을 당해야 했나요?"

아라키는 바로는 말하지 않는다. 침묵한 채 마주보았다.

"가타기리 씨는…, 자신의 인생을 걸고 요코 씨를 사랑했습니다."

히카리는 무슨 뜻인지 이해하지 못한다.

"미안합니다…, 지금은 잘 얘기할 자신이 없습니다. 하지만 언젠가 반드시 이야기하겠습니다."

남성이 히카리에게 다가온다. 주머니에서 다시 무언가를 꺼내 히카리에게 쥐어주었다.

어딘가의 가게 성냥갑이다. 『기쿠야』라는 가게 이름이 쓰여 있다.

"언젠가…, 언젠가 여기로 와 주세요. 가타기리 씨와 요코 씨의 소중한 추억이 담긴 장소입니다. 거기서…, 제 얘기를 들어주세요."

기다렸던 복수의 밤

초판 2017년 8월 14일 1쇄
저자 야쿠마루 가쿠
옮긴이 김성미

출판사 도서출판 북플라자
주소 경기도 파주시 파주출판단지 서패동 471-1
전화 070-7433-7637
팩스 02-6280-7635
오탈자 제보 및 영화판권문의 book.plaza@hanmail.net
홈페이지 www.book-plaza.co.kr

ISBN 978-89-98274-92-4   03830

북플라자는 영화보다 재미있는 소설, 쉽고 효과적인 실용서적, 그리고 세상을 밝게 할 자기계발서를 항상 준비 중입니다. 독자 여러분의 원고 투고를 열린 마음으로 기다리고 있습니다. 책으로 엮고 싶은 아이디어가 있으신 분은 book.plaza@hanmail.net로 간단한 개요와 취지를 보내주세요. 인생은 항상 주저하지 않고 문을 두드리는 자에게 길이 열립니다.(우편 접수는 받지 않습니다)